um homem irresistível

Obras da autora publicadas pela Record

Acidente
Agora e sempre
A águia solitária
Álbum de família
Amar de novo
Um amor conquistado
Amor sem igual
O anel de noivado
O anjo da guarda
Ânsia de viver
O apelo do amor
Asas
O baile
Bangalô 2, Hotel Beverly Hills
O beijo
O brilho da estrela
O brilho de sua luz
Caleidoscópio
A casa
Casa forte
A casa na rua Esperança
O casamento
O chalé
Cinco dias em Paris
Desaparecido
Um desconhecido
Desencontros
Um dia de cada vez
Doces momentos
A duquesa
Ecos
Entrega especial
O fantasma
Final de verão
Forças irresistíveis
Galope de amor
Graça infinita
Um homem irresistível
Honra silenciosa

Imagem no espelho
Impossível
As irmãs
Jogo do namoro
Joias
A jornada
Klone e eu
Um longo caminho para casa
Maldade
Meio amargo
Mensagem de Saigon
Mergulho no escuro
Milagre
Momentos de paixão
Uma mulher livre
Um mundo que mudou
Passageiros da ilusão
Pôr do sol em Saint-Tropez
Porto seguro
Preces atendidas
O preço do amor
O presente
O rancho
Recomeços
Reencontro em Paris
Relembrança
Resgate
O segredo de uma promessa
Segredos de amor
Segredos do passado
Segunda chance
Solteirões convictos
Sua Alteza Real
Tudo pela vida
Uma só vez na vida
Vale a pena viver
A ventura de amar
Zoya

DANIELLE STEEL

um homem irresistível

Tradução de
CAMILA MELLO

2ª edição

EDITORA RECORD
RIO DE JANEIRO • SÃO PAULO
2018

CIP-BRASIL. CATALOGAÇÃO NA PUBLICAÇÃO
SINDICATO NACIONAL DOS EDITORES DE LIVROS, RJ

S826h
2ª ed.
Steel, Danielle, 1947-
Um homem irresistível / Danielle Steel; tradução de Camila Mello. –
2ª ed. – Rio de Janeiro: Record, 2018.

Tradução de: Rogue
ISBN 978-85-01-09660-9

1. Romance americano. I. Mello, Camila. II. Título.

16-35832

CDD: 813
CDU: 821.111(73)-3

Título original:
Rogue

Copyright © 2008 by Danielle Steel

Texto revisado segundo o novo Acordo Ortográfico da Língua Portuguesa.

Todos os direitos reservados. Proibida a reprodução, no todo ou em parte, através de quaisquer meios. Os direitos morais da autora foram assegurados.

Direitos exclusivos de publicação em língua portuguesa somente para o Brasil adquiridos pela
EDITORA RECORD LTDA.
Rua Argentina, 171 – Rio de Janeiro, RJ – 20921-380 – Tel.: (21) 2585-2000, que se reserva a propriedade literária desta tradução.

Impresso no Brasil

ISBN 978-85-01-09660-9

Seja um leitor preferencial Record.
Cadastre-se no site www.record.com.br e
receba informações sobre nossos
lançamentos e nossas promoções.

EDITORA AFILIADA

Atendimento e venda direta ao leitor:
mdireto@record.com.br ou (21) 2585-2002.

Para meus filhos infinitamente preciosos,
Beatie, Trevor, Todd, Nick, Sam,
Victoria, Vanessa, Maxx e Zara,
que são fontes de amor e riso na minha vida,
me mantêm honesta, me dão esperança
e me inspiram a fazer o meu melhor.
Os nove são todos meus heróis!

Amo vocês demais!
Mamãe/D.S.

Capítulo 1

O voo do monomotor Cessna Caravan sobre o pântano a oeste de Miami era aterrador. O avião estava tão alto que a paisagem parecia um cartão-postal, mas o vento que entrava pela porta aberta distraía a jovem agarrada à alça de segurança, de modo que ela só via a vasta imensidão de céu abaixo deles. O homem em pé logo atrás falava para ela pular.

— E se o paraquedas não abrir? — perguntou ela, olhando de relance para ele com uma expressão de horror. Era uma loira alta e bonita, com o corpo deslumbrante e o rosto delicado. Os olhos estavam arregalados de tanto medo.

— Confie em mim, Belinda. Vai abrir — prometeu Blake Williams com seu ar totalmente confiante. Paraquedismo era uma de suas muitas paixões havia anos, e era sempre uma alegria compartilhar suas maravilhas com outra pessoa.

Na semana anterior, Belinda tinha concordado em pular enquanto bebiam em uma boate exclusiva e famosa de South Beach. No dia seguinte, Blake já havia pagado por oito horas de instrução para ela e por um pulo-teste com instrutores. Agora, Belinda estava pronta. Era apenas a terceira vez que saíam, e Blake tinha feito o paraquedismo soar tão convidativo que depois do segundo cosmopolitan ela havia aceitado o convite sorrindo. Belinda não havia percebido onde estava se metendo, e agora ainda parecia nervosa. Ficou se perguntando como deixou que ele a convencesse. Quando pulou pela primeira vez, com os dois instrutores indicados por Blake, ela quase morreu de medo, mas não deixou de ser emocionante. E pular com ele seria a experiência derradeira. Mal podia esperar. Blake era tão charmoso, tão bonito, tão intenso e tão divertido que, apesar de mal conhecê-lo, estava pronta para segui-lo e experimentar quase tudo na companhia dele, até mesmo pular de um avião. Nesse momento, no entanto, estava aterrorizada. Blake virou o rosto dela e a beijou. A mera emoção de estar na presença dele facilitava o pulo. Seguindo o que havia aprendido nas aulas, ela deu um passo para fora do avião.

Blake fez o mesmo segundos depois. Belinda fechou bem os olhos e gritou por um minuto de queda livre, depois os abriu e viu Blake fazendo um gesto para que puxasse a corda que acionava o paraquedas, como os instrutores a ensinaram. De repente, começaram a descer lentamente em direção ao solo. Blake sorriu para ela e fez um sinal de positivo cheio de orgulho. Belinda não conseguia acreditar que havia feito isso duas vezes em uma semana, mas ele tinha esse tipo de carisma. Blake fazia com que todo mundo fizesse quase tudo.

Aos 22 anos, Belinda era uma supermodelo em Paris, Londres e Nova York. Conheceu Blake enquanto visitava amigos em Miami. Ele tinha vindo da casa de St. Bart's no seu 737 novo. Para o salto de paraquedas, Blake fretou um avião menor e contratou um piloto.

Blake Williams parecia especialista em tudo o que fazia. Era um esquiador de nível olímpico desde a faculdade e tinha aprendido a pilotar seu próprio jato — com a ajuda de um copiloto, por causa do tamanho e da complexidade da aeronave. E fazia paraquedismo havia anos. Tinha um conhecimento extraordinário sobre arte e possuía uma das coleções mais famosas do mundo de arte contemporânea e pré-colombiana. Entendia de vinhos, arquitetura, navegação e mulheres. Amava as coisas mais requintadas da vida e gostava de compartilhá-las com as mulheres com quem saía. Tinha um MBA em Harvard e uma graduação em Princeton; estava com

46 anos, havia parado de trabalhar aos 35, e sua vida inteira era dedicada à autoindulgência e ao prazer, e a compartilhar ambos com as pessoas ao seu redor. Era tão generoso que nem dava para acreditar, como disseram os amigos de Belinda. Era o tipo de homem que toda mulher queria — rico, inteligente, bonito e que gostava de se divertir. E, apesar do enorme sucesso antes de parar de trabalhar, não era uma pessoa maquiavélica. Era o partido do século, e, mesmo que a maior parte de seus relacionamentos nos últimos cinco anos tivessem sido breves e superficiais, nunca terminaram mal. Mesmo quando os casos passageiros acabavam, as mulheres ainda o amavam. Voando lentamente em direção a uma praia deserta escolhida a dedo, Belinda olhou para Blake com os olhos cheios de admiração. Não acreditava que tinha pulado de um avião com ele, mas foi a coisa mais incrível que já havia feito. Achava que não faria de novo, mas, quando deram as mãos no meio do pulo cercados pelo céu azul, teve certeza de que se lembraria de Blake e daquele momento pelo resto da vida.

— É muito bom, não é? — gritou ele, e Belinda assentiu com a cabeça.

Ainda estava admirada demais para conseguir falar. Pular com ele tinha sido muito mais incrível do que com os dois instrutores dias antes. Mal podia esperar para contar o que havia feito para todo mundo que conhecia, especialmente com quem.

Blake Williams era tudo aquilo que diziam. Tinha charme e dinheiro suficientes para governar um país. Apesar do medo inicial, Belinda sorria quando seus pés tocaram o solo instantes depois. Dois instrutores desengataram seu paraquedas, e, nesse momento, Blake aterrissou a alguns metros dela. Assim que se livraram do equipamento, ele a abraçou e a beijou novamente. Os beijos de Blake eram tão inebriantes quanto todo o resto.

— Você foi fantástica! — comentou ele, erguendo-a do chão.

Belinda era só sorrisos envolta pelo abraço. Blake era o homem mais empolgante que já havia conhecido.

— Não, *você* é que é! Eu jamais achei que faria um negócio desses. Foi a coisa mais louca do mundo!

Ela o conhecia havia apenas uma semana.

Suas amigas já a haviam alertado para não pensar em relacionamento sério com ele. Blake Williams saía com mulheres bonitas no mundo inteiro. Comprometer-se não era a sua praia, apesar de ter sido no passado. Tinha três filhos, uma ex-mulher por quem dizia ser louco, um avião, um barco e seis casas fabulosas. Ele só queria se divertir e não pretendia se juntar com ninguém desde o divórcio. Pelo menos naquele momento, só queria se divertir. Sua despedida prematura do mundo da tecnologia tinha sido lendária, assim como o sucesso das empresas nas quais havia investido. Blake Williams tinha tudo o que queria, todos os seus sonhos já haviam se tornado realidade. E, quando saíam da praia onde aterrissaram, na caminhada em direção ao jipe que os esperava, ele enlaçou Belinda pela cintura, aproximou-a e lhe deu um beijo longo e arrebatador. O dia e aquele momento específico ficariam marcados para sempre na memória de Belinda. Quantas mulheres podiam se gabar de terem pulado de um avião com Blake Williams? Provavelmente mais do que sabia, embora nem todas fossem tão corajosas quanto ela.

A chuva batia nas janelas do escritório de Maxine Williams na rua 79, leste, em Nova York. Era a maior precipitação de chuva registrada na cidade em novembro em mais de cinquenta anos. Estava frio e escuro lá fora, ventava muito, mas o escritório onde Maxine passava de dez a doze horas por dia era aconchegante. As paredes eram pintadas em um tom pálido e amanteigado de amarelo, e havia quadros discretos e abstratos, em tons suaves. A sala era alegre e agradável, e as poltronas grandes e com o estofamento muito macio em bege neutro onde ela se sentava para conversar com os pacientes eram confortáveis e convidativas. A mesa era moderna, despojada, funcional e tão impecavelmente organizada que dava para fazer uma cirurgia nela. Tudo no escritório de Maxine era meticulosamente pensado, e ela mesma estava perfeitamente arrumada, sem um fio de cabelo desalinhado. Maxine tinha controle total de seu mundo. A secretária, Felicia, igualmente eficiente e confiável, trabalhava com ela havia quase nove anos. Maxine detestava bagunça, qualquer tipo de desordem e mudanças. Tudo nela e em sua vida era sereno, ordenado e impecável.

O diploma emoldurado na parede dizia que ela havia se formado com louvor na Harvard Medical School. Era psiquiatra, uma das maiores especialistas em traumas na infância e na adolescência. Tinha extensa experiência com adolescentes esquizofrênicos e bipolares, e uma de suas subespecialidades era adolescentes suicidas. Maxine trabalhava com eles e suas famílias, e geralmente obtinha resultados excelentes. Escreveu dois respeitados livros para não especialistas sobre o efeito do trauma nas crianças. Recebia convites frequentes de outras cidades e países para dar seu parecer após desastres naturais ou tragédias causadas por seres humanos. Fez parte da equipe de apoio às crianças de Columbine depois do tiroteio na escola, escreveu vários artigos sobre os efeitos do 11 de Setembro e foi consultora das escolas públicas de Nova York. Aos 42, era referência em sua área, tinha a admiração e o reconhecimento que merecia. Negava convites de palestras mais do que aceitava. Com o tempo dividido entre pacientes, consultorias a agências locais, nacionais e internacionais e a própria família, tinha os dias e a agenda sempre lotados.

Era incrivelmente dedicada quando se tratava de ficar com os filhos — Daphne tinha 13; Jack, 12; e Sam tinha acabado de fazer 6. Como mãe solteira, lidava com o mesmo dilema de todas as mães que trabalham, tentando equilibrar as responsabilidades familiares e o trabalho. E não recebia quase nenhuma ajuda do ex, que geralmente aparecia como um arco-íris — sem avisar e de tirar o fôlego —, mas logo desaparecia de novo. Todas as responsabilidades ligadas às crianças recaíam sobre ela e mais ninguém.

Sentou-se olhando pela janela e pensando nos filhos enquanto esperava o próximo paciente quando o telefone tocou. Maxine achou que Felicia fosse avisar que o paciente, um garoto de 15 anos, tinha chegado. Em vez disso, falou que seu marido estava na linha. Maxine franziu o cenho ao ouvir a palavra.

— Meu *ex*-marido — corrigiu. Maxine e os filhos estavam por conta própria havia cinco anos, e, até onde sabia, estavam muito bem.

— Desculpe, ele sempre diz que é marido... Eu me esqueço...

Ele era tão gentil e charmoso, e sempre perguntava pelo namorado e pelo cachorro. Era uma daquelas pessoas que não dá para não gostar.

— Não se preocupe, ele também se esquece — comentou Maxine em tom seco e sorriu ao ter a ligação transferida.

Ela se perguntou onde ele estaria naquele momento. Com Blake, nunca dava para ter certeza. Ele não via as crianças havia quatro meses. Blake as levou para visitarem amigos na Grécia em julho, e sempre emprestava o barco para Maxine e os filhos no verão. As crianças o amavam e também sabiam que só podiam contar com a mãe, pois o pai ia e vinha como o vento. Maxine sabia muito bem que elas tinham uma capacidade infinita de perdoá-lo por seus erros. E ela também, por dez anos. Mas, com o passar do tempo, o comodismo total de Blake e a falta de responsabilidade deterioraram tudo, apesar de seu charme.

— Oi, Blake — disse ela ao telefone, e relaxou na poltrona. A distância e o comportamento profissional sempre sumiam ao falar com ele. Apesar do divórcio, eram bons amigos e mantiveram a intimidade. — Onde você está agora?

— Washington, D.C. Cheguei de Miami hoje. Passei umas duas semanas em St. Bart's.

A imagem da casa de praia deles lhe ocorreu imediatamente. Tinha cinco anos que não a via. Foi uma das muitas propriedades das quais abriu mão voluntariamente no divórcio.

— Você vem a Nova York ver as crianças?

Maxine não queria dizer a ele que devia visitá-las. Blake sabia tão bem quanto ela, mas sempre tinha alguma outra coisa para fazer. Ou pelo menos na maior parte das vezes. Por mais que amasse os filhos, e sempre os amou, eles recebiam pouca atenção e sabiam disso. Mesmo assim, amavam o pai, e, à sua maneira, Maxine também o amava. A impressão era de que não havia ninguém no mundo que não o amasse, ou que pelo menos não gostasse dele. Blake não tinha inimigos, apenas amigos.

— Eu queria poder ir — respondeu ele em tom de desculpas. — Vou para Londres hoje à noite. Tenho uma reunião com um arquiteto lá amanhã. Vou reformar a casa. — E acrescentou, parecendo uma criança levada: — Acabei de comprar um lugar fantástico em Marrakech. Vou para lá na semana que vem. É um palácio absolutamente deslumbrante, mas está em ruínas.

— Tudo o que você precisa — comentou ela, balançando a cabeça.

Blake era impossível. Comprava casas em todo lugar aonde ia. Ele as reformava com arquitetos e designers famosos, transformava-as em espetáculos e depois comprava outra coisa. Blake amava mais o projeto que o resultado.

Ele tinha uma casa em Londres, uma em St. Bart's, outra em Aspen, a metade superior de um *palazzo* em Veneza, uma cobertura em Nova York e agora, pelo visto, uma casa em Marrakech. Era impossível para ela não se perguntar o que Blake iria fazer com essa casa nova. O que quer que fosse, sabia que seria tão incrível quanto tudo o que ele tocava. Blake tinha bom gosto e ideias de design ousadas. Todas as suas casas eram extraordinárias, e ele tinha um dos maiores veleiros do mundo, apesar de só usá-lo algumas semanas por ano. Emprestava-o aos amigos sempre que podia. No restante do tempo, voava pelo mundo, fazia safáris pela África ou incursões culturais na Ásia. Esteve duas vezes na Antártida e voltou com fotos lindas de geleiras e pinguins. O mundo de Blake já havia ultrapassado o seu havia muito tempo. Maxine estava contente com a vida previsível e regulada em Nova York, entre o escritório e o apartamento confortável onde morava com os três filhos, na Park Avenue com a rua 84, leste. Caminhava do escritório para casa todas as noites, mesmo em um dia como esse. A curta caminhada a reanimava depois de passar o dia inteiro ouvindo coisas complicadas e dos jovens problemáticos dos quais tratava. Outros psiquiatras com frequência indicavam seus suicidas em potencial para ela. Lidar com casos difíceis era sua forma de contribuir com o mundo, e Maxine adorava o trabalho.

— Então, Max, como você está? E as crianças? — perguntou Blake com a voz relaxada.

— Estão bem. Jack vai jogar futebol esse ano de novo, ele melhorou bastante — respondeu com orgulho.

Era como se estivesse falando com Blake do filho de outra pessoa. Ele parecia muito mais um tio querido que um pai. O problema foi ter se portado da mesma forma como marido. Irresistível em todos os sentidos e sempre ausente quando era preciso lidar com algo difícil.

No início, Blake estava sempre construindo seu negócio, e, depois do dinheiro inesperado, ele simplesmente nunca estava por perto. Estava sempre em algum lugar se divertindo. Blake queria que ela desistisse da medicina, mas Maxine não seria capaz de fazer isso. Ela se esforçou muito para chegar onde estava. Abandonar o trabalho era algo que não conseguia imaginar nem queria fazer, independentemente do quão rico seu marido tivesse ficado de repente. Ela era incapaz de calcular quanto dinheiro ele tinha recebido. E, com o passar do tempo, apesar de amá-lo, não conseguia mais levar o casamento em frente. Eram opostos em todos os sentidos. O contraste entre a meticulosidade dela e a bagunça de Blake era extremo. Onde quer que ele se sentasse surgia uma profusão de revistas, livros, jornais, refeições pela metade, bebidas derramadas, cascas de amendoim, cascas de banana, restos de refrigerante e embalagens de fast-food que ele se esquecia de jogar fora. Blake estava sempre carregando a planta do projeto de sua última casa, os bolsos cheios de bilhetes referentes a ligações que devia retornar e nunca o fazia. Os bilhetes acabavam se perdendo. As pessoas sempre ligavam para saber onde ele estava. Blake era brilhante nos negócios, mas o resto de sua vida era uma bagunça. Era um cabeça de vento adorável, charmoso e amável. Maxine se cansou de ser a única pessoa madura, principalmente depois dos filhos. Por causa da estreia de um filme em Los Angeles, para onde tinha ido de avião, Blake perdeu o nascimento de Sam. E, quando uma babá deixou Sam cair do trocador oito meses depois, o que fez o bebê quebrar uma clavícula e um braço, além de bater a cabeça no chão com força, ninguém conseguia encontrar Blake. Sem avisar ninguém, ele voou para Cabo San Lucas para ver uma casa à venda, construída por um famoso arquiteto mexicano que admirava, perdeu o celular no caminho e levou dois dias para ser localizado. No fim, Sam ficou bem, mas Maxine pediu o divórcio quando Blake retornou a Nova York.

O casamento desmoronou depois que Blake ganhou muito dinheiro. Max precisava de um marido mais humano, com quem pudesse contar pelo menos em alguns momentos. Blake nunca estava lá. Ela decidiu que era o mesmo que ficar sozinha e melhor que brigar com ele toda vez que ligasse, que passar horas tentando encontrá-lo quando algo de errado acontecia com as crianças. Quando avisou a Blake que queria o divórcio, ele ficou estupefato. E ambos choraram. Ele tentou convencê-la do contrário, mas Max já havia decidido. Eles se amavam, no entanto Maxine insistiu que não dava certo para ela. Não mais. Eles não queriam mais as mesmas coisas. Ele só queria se divertir, e ela adorava ficar com as crianças, adorava o trabalho. Eram diferentes demais em muitos aspectos. Foi bom quando eram jovens, mas ela cresceu e ele não.

— Vou a um jogo do Jack quando voltar — prometeu Blake.

Maxine ficou observando a chuva torrencial batendo na janela do consultório. "E quando você volta?", pensou ela, mas não perguntou. Blake respondeu à pergunta silenciosa. Ele a conhecia muito bem, melhor que qualquer outra pessoa no mundo. Foi a pior parte de desistir de Blake. Eles ficavam muito confortáveis juntos e se amavam demais. E, de várias maneiras, ainda se amavam. Blake era sua família, sempre seria, e era o pai de seus filhos. Para Max, isso era sagrado.

— Chego para o Dia de Ação de Graças, em umas duas semanas.

Maxine suspirou.

— Posso contar às crianças ou é melhor esperar?

Ela não queria desapontar os filhos novamente. Blake mudava de planos em segundos e os deixava esperando, assim como fazia com ela. Ele se distraía com facilidade. Era o que mais odiava nele, principalmente quando envolvia as crianças. Não era Blake quem tinha de encarar a expressão dos filhos quando ela avisava que o papai não vinha mais.

Sam não se lembrava de morar com o pai, mas mesmo assim o amava. Tinha 1 ano quando eles se divorciaram. Estava acostumado com a vida dessa forma, contando com a mãe para tudo. Jack e Daffy conheciam o pai melhor, apesar de as memórias dos velhos tempos já estarem meio apagadas.

— Pode falar para elas que eu vou, Max. Não vou deixar de ir — prometeu com uma voz gentil. — E você? Está bem? Seu príncipe encantado já apareceu?

Maxine sorriu com a pergunta que ele sempre fazia. Havia várias mulheres na vida de Blake, nada sério, e a maioria era bem jovem. Não havia homem algum na vida dela.

Não tinha nem interesse nem tempo.

— Eu não saio com ninguém tem um ano — disse honestamente.

Maxine sempre era honesta com Blake. Ele era como um irmão agora. Não escondia seus segredos dele. E ele não guardava segredos para ninguém, visto que quase tudo que fazia acabava na mídia. Blake aparecia constantemente nas colunas de fofoca com modelos, atrizes, cantoras famosas, herdeiras e quem mais estivesse disponível. Ele saiu com uma princesa famosa por um tempinho, o que apenas confirmou o que Max já sabia havia anos. Blake estava muito, muito além de seu alcance e vivia em outro mundo, diferente do seu. Ela era terra. Ele era fogo.

— Isso não vai levar você a lugar nenhum — comentou ele, ralhando com ela. — Você trabalha demais. Sempre foi assim.

— Eu amo o que faço — retrucou ela com simplicidade.

Não era novidade para Blake. Max sempre gostou do trabalho. Ele mal conseguia fazer com que tirasse uma folga quando eram casados, e isso não tinha mudado, apesar de ela passar os fins de semana com as crianças e ter uma equipe de prontidão para ajudá-la, o que já era uma evolução. Maxine ficou com a casa em Southampton que ele comprou quando ainda eram casados. Era perfeita para Max e os filhos, uma casa de família, grande e espaçosa, bem perto da praia.

— Posso ficar com as crianças no jantar de Ação de Graças? — perguntou ele, com cuidado.

Blake sempre respeitou os planos dela, nunca chegou do nada e desapareceu com os filhos. Sabia o quanto Max se esforçava para manter uma vida estável para eles. E Maxine gostava de planejar com antecedência.

— Pode ser. Eu vou levar as crianças para almoçar na casa dos meus pais.

O pai de Maxine também era médico, um cirurgião ortopédico, além de ser tão meticuloso quanto a filha. Ela herdou isso do pai, que era um exemplo maravilhoso. Ele tinha muito orgulho do trabalho de Maxine, sua filha única. A mãe dela nunca trabalhou. A infância de Maxine foi muito diferente da de Blake, cuja vida tinha sido uma sequência de golpes de sorte.

Blake foi adotado por um casal mais velho assim que nasceu. Sua mãe biológica, como descobriu anos depois após realizar uma pesquisa, era uma menina de 15 anos de Iowa. Quando decidiu conhecê-la, estava casada com um policial e tinha outros quatro filhos. Ela ficou bastante surpresa ao conhecer Blake. Os dois não tinham nada em comum, e ele sentiu pena. A mulher teve uma vida difícil, sem dinheiro e com um marido alcoólico. Ela contou que o pai dele era um jovem bonito, charmoso e impetuoso que tinha 17 anos quando Blake nasceu. Havia morrido em um acidente de carro dois meses depois de se formar, mas, de qualquer forma, não queria se casar com ela. Os avós de Blake, muito católicos, forçaram sua mãe a passar o período de gestação em outra cidade e colocar o bebê para adoção. Seus pais adotivos foram presentes e gentis. Seu pai era um advogado tributarista de Wall Street, em Nova York, que ensinou a Blake os princípios dos bons investimentos. Fez questão de mandar o filho para Princeton e depois para Harvard para o MBA. Sua mãe fazia trabalho voluntário e lhe ensinou a importância de "retribuir" ao mundo o que recebia. Blake aprendeu ambas as lições muito bem, e sua fundação ajudava várias obras de caridade. Ele assinava os cheques mesmo sem saber o nome dos destinatários.

Os dois sempre o apoiaram, porém faleceram quando Blake se casou com Maxine. Ele lamentava não terem conhecido os netos. Foram pessoas incríveis e pais amáveis e dedicados. Também não viveram tempo suficiente para ver sua ascensão meteórica ao sucesso. Às vezes, Blake se perguntava como reagiriam ao seu estilo de vida atual, e, de vez em quando, tarde da noite, ficava preocupado, achando que talvez não fossem aprová-lo. Tinha plena consciência de como teve sorte, de como se entregou aos próprios desejos, mas se divertia tanto com tudo o que tinha que seria difícil voltar no tempo. Blake estabeleceu um estilo de vida que lhe dava prazer e alegria imensos e que não fazia mal a ninguém. Queria ver mais os filhos, mas parecia nunca ter tempo. E ele compensava quando os encontrava. As crianças faziam tudo que queriam, Blake era capaz de satisfazer suas vontades como ninguém. Maxine era a solidez e a ordem em que os filhos confiavam, e ele era a magia e a diversão. Em alguns aspectos, também o foi para Maxine, quando eram jovens. Tudo mudou com o passar do tempo. Ou melhor, ela mudou, ele não.

Ele perguntou a Max como os pais dela estavam. Sempre gostou do pai de Maxine. Era um homem trabalhador e sério, com bons valores e moral firme, mesmo que tivesse pouca imaginação. Era uma versão mais severa, até mais séria, de Maxine. E, apesar de terem estilos e filosofias bem diferentes em relação à vida, ele e Blake se deram bem. O pai dela sempre o chamava, brincando, de "cafajeste". Blake adorava isso. Para ele, soava sensual e empolgante. Nos últimos anos, o pai de Max se sentia um pouco decepcionado por Blake não ver os filhos com frequência, apesar de saber que sua filha compensava muito bem quando o pai falhava. E lamentava que ela estivesse levando tudo sozinha.

— Então a gente se vê no Dia de Ação de Graças — disse Blake ao fim da ligação. — Eu ligo de manhã para avisar a que horas eu chego. Vou contratar um bufê para fazer o jantar. Você é bem-vinda para nos acompanhar — disse, generosamente, e queria mesmo que ela fosse.

Ainda gostava da companhia de Maxine. Nada havia mudado, ele a achava uma mulher fantástica. Só gostaria que ela relaxasse e se divertisse mais. Acreditava que Max tinha levado a ética puritana de trabalho ao extremo.

O telefone tocou assim que se despediu de Blake. O paciente das quatro, o menino de 15 anos, havia chegado. Max desligou, abriu a porta do consultório e o paciente entrou. Ele se sentou em uma das poltronas, depois olhou para ela e disse "oi".

— Oi, Ted — respondeu ela com tranquilidade. — Tudo bem?

Ele deu de ombros, ela fechou a porta, e a sessão começou. Ted havia tentado se enforcar duas vezes. Maxine havia feito com que ele passasse três meses internado, e agora estava melhor, depois de duas semanas em casa. Ted começou a mostrar sinais de que era bipolar aos 13 anos. As sessões aconteciam três vezes por semana, e ele frequentava uma vez por semana um grupo de adolescentes que já tentaram suicídio. Ted estava se saindo bem, e Maxine tinha um bom relacionamento com ele. Os pacientes gostavam muito dela. Max tinha jeito e se importava com eles de verdade. Era uma boa médica e uma boa pessoa.

A sessão durou cinquenta minutos, o que a deixou com dez minutos de intervalo. Conseguiu retornar duas ligações e atendeu a última paciente do dia, uma menina anoréxica de 16 anos. Como sempre, foi um dia longo, difícil e interessante, que demandou muita concentração. Às seis e meia, caminhava de volta para casa debaixo de chuva, pensando em Blake. Estava feliz por ele aparecer no feriado e sabia que os filhos ficariam contentes. Perguntou-se se isso significava que ele não passaria o Natal com as crianças. Provavelmente ia preferir que elas se encontrassem com ele em Aspen. Blake geralmente passava o fim de ano por lá. Com tantas opções e casas interessantes, era difícil saber por onde ele andaria. E agora, com o Marrocos adicionado à lista, seria ainda mais difícil encontrá-lo e falar com ele. Não ficava com raiva de Blake, era simplesmente o jeito dele, mesmo que fosse frustrante para ela e os filhos de vez em quando. Não havia maldade nele mas também não havia senso de responsabilidade. Blake se recusava a crescer em diversos sentidos. Isso fazia com que fosse uma delícia estar com ele, contanto que não se criasse muita expectativa. De vez em quando, Blake os surpreendia, fazia algo realmente atencioso e incrível, e depois voava para longe de novo. Ela se perguntou se as coisas teriam sido diferentes caso ele não tivesse ficado rico aos 32 anos. Isso mudou a vida dele e da família para sempre. Quase preferia que Blake não tivesse ganhado toda aquela fortuna com os negócios. A vida era boa antes disso. Mas, com o dinheiro, tudo mudou.

Maxine conheceu Blake na época da residência no Hospital Stanford. Ele trabalhava no Vale do Silício, no mundo dos investimentos em alta tecnologia. Fazia planos para a empresa que estava abrindo; Max nunca entendeu muito bem, mas ficou fascinada com a energia e a paixão incrível que ele tinha pelas ideias que desenvolvia. Os dois se conheceram em uma festa para a qual ela não queria ir, mas foi obrigada por uma amiga. Tinha passado dois dias trabalhando sem parar na unidade de trauma e estava morrendo de sono naquela noite. Blake a despertou com um estampido. No dia seguinte, ele a levou para dar uma volta de helicóptero, sobrevoaram a baía e passaram embaixo da Golden Gate Bridge. Estar com ele era emocionante, e a paixão dos dois foi como um incêndio na floresta em dia de vento forte. Menos de um ano depois eles se casaram. Maxine tinha 27 anos na época, foi uma época agitada. Dez meses depois do casamento, Blake vendeu sua empresa por uma fortuna. O resto era história. Ele fez com que esse dinheiro gerasse ainda mais dinheiro, sem parecer ter se esforçado muito. Blake estava disposto a arriscar tudo e era genial no que fazia. Maxine ficava deslumbrada com sua visão, sua habilidade e sua mente brilhante.

Quando Daphne nasceu, dois anos após o casamento, Blake havia feito uma quantidade extraordinária de dinheiro e queria que Max abandonasse a carreira. Em vez disso, ela se tornou chefe dos residentes na psiquiatria juvenil, teve Daphne e se viu casada com um dos homens mais ricos do mundo. Era muita coisa para ajustar e digerir. E, em consequência da negação ou de ter confiado demais que não ficaria grávida enquanto estivesse cuidando de um bebê, ficou grávida de Jack seis semanas depois do nascimento de Daphne. Quando o segundo filho veio, Blake já havia comprado a casa de Londres e a de Aspen, tinha encomendado o barco e eles se mudaram para Nova York. E parou de trabalhar logo depois disso. E, mesmo após o nascimento de Jack, Maxine não desistiu da carreira. A licença-maternidade dela foi mais curta que as viagens de Blake, e ele viajava pelo mundo naquela época. Contrataram uma babá para morar com eles, e Maxine voltou ao trabalho.

Trabalhar enquanto Blake se divertia era um pouco incômodo, mas a vida que ele levava a assustava. Era livre, opulenta e hedonista demais para ela. Maxine abriu seu próprio consultório e se vinculou a um projeto de pesquisa importante para o trauma infantil, ao passo que Blake contratou o mais renomado decorador de Londres para trabalhar na casa deles, outro decorador para Aspen, comprou a casa de St. Bart's como presente de Natal para ela e um avião para si. As coisas estavam acontecendo um pouco rápido demais para Maxine, e, depois disso, o ritmo nunca diminuiu. Eles tinham casas, filhos e uma fortuna inacreditável, e Blake estava na capa da *Newsweek* e da *Time*. Continuou fazendo investimentos, que continuaram duplicando e triplicando seu dinheiro, e nunca voltou a trabalhar formalmente. Tudo o que fazia, não importava o que, fazia via internet ou pelo telefone. Com o passar do tempo, o casamento também pareceu estar acontecendo pelo telefone. Quando estavam juntos, Blake era amável como sempre, mas, na maior parte do tempo, ele simplesmente não estava lá.

Em determinado momento, Maxine até pensou em desistir de trabalhar e conversou com o pai sobre isso. Mas, no fim, chegou à conclusão de que não havia motivo. O que ela faria? Viajaria com Blake de uma casa para a outra, ficaria em hotéis nas cidades onde não tivessem casa, acompanharia as maravilhosas férias dele, de safáris na África, escaladas no Himalaia, dinheiro para escavações arqueológicas ou corridas de barco? Não havia nada que Blake não conseguisse fazer, e menos ainda que ele temesse experimentar. Ele precisava fazer, tentar, provar e ter tudo. Max não conseguia imaginar dois bebês na maior parte dos lugares aonde Blake ia, então ela passava quase o tempo todo em casa com os filhos em Nova York, e nunca conseguiu se convencer a soltar as rédeas e largar o emprego. Cada criança suicida que via, cada criança traumatizada, a convencia de que seu trabalho era necessário. Ganhou dois prestigiosos prêmios por pesquisas que desenvolveu, e havia momentos em que se sentia quase esquizofrênica, tentando se encontrar com o marido em sua vida de luxo em Veneza, na Sardenha ou em St. Moritz, indo à creche buscar as crianças em Nova York, ou trabalhando nos projetos de pesquisa e dando palestras. Levava três vidas ao mesmo tempo. Blake parou de implorar a ela que o acompanhasse e se resignou a viajar sozinho. Ele não conseguia mais ficar parado, o mundo estava aos seus pés e nunca era grande o suficiente. Tornou-se um marido e um pai ausentes quase do dia para a noite, ao passo que Maxine tentava contribuir para melhorar a qualidade de vida de crianças e adolescentes suicidas e traumatizados, e para melhorar a vida deles próprios. Sua vida e a de Blake não poderiam estar mais afastadas. Independentemente do quanto se amavam, no final das contas a única ponte que os unia eram os filhos.

Nos cinco anos seguintes, levaram vidas separadas, encontraram-se brevemente em vários lugares do mundo, quando e onde era conveniente para Blake, e então ela engravidou de Sam. Foi um acidente ocorrido quando se encontraram em um fim de semana em Hong Kong, logo depois de Blake ter feito uma jornada a pé pelo Nepal com alguns amigos. Maxine havia acabado de receber uma nova bolsa para desenvolver uma pesquisa sobre jovens anoréxicas. Descobriu que estava grávida e, ao contrário das outras gestações, dessa vez não ficou animada. Era mais uma coisa para administrar, mais uma criança para educar sozinha, mais uma peça no quebra-cabeça que já estava complicado e grande demais. No entanto, Blake ficou radiante. Disse que queria seis filhos, o que não fazia sentido nenhum para Maxine. Ele mal via os que tinha. Jack tinha 6 anos e Daphne 7 quando Sam nasceu. Blake perdeu o parto e chegou de avião no dia seguinte com uma caixa da Harry Winston em mãos. Deu um anel de esmeralda de trinta quilates para Maxine, espetacular, porém não era o que ela queria. Preferia ter passado algum tempo com o marido. Sentia saudade do começo do relacionamento, na Califórnia, quando os dois trabalhavam e eram felizes, antes de ele ganhar na loteria do Vale do Silício que mudou a vida dos dois radicalmente.

E, oito meses depois, quando Sam caiu do trocador, quebrou a clavícula e o braço e bateu a cabeça, durante dois dias ela não conseguiu nem localizar o pai dele. Quando por fim conseguiu falar com Blake, depois de Cabo San Lucas, ele estava a caminho de Veneza, em busca de *palazzi*, querendo comprar um para fazer uma surpresa a Max. Àquela altura, ela já estava cansada de surpresas, casas, decoradores e mais lares do que eles jamais conseguiriam visitar. Blake sempre tinha de se encontrar com novas pessoas, ir a novos lugares, avaliar novos negócios que queria adquirir ou nos quais pretendia investir, ver novas casas que tinha de construir ou comprar e buscar novas aventuras nas quais pretendia embarcar. A vida dos dois estava completamente desconectada nesse ponto. Por isso, quando Blake voltou depois de Maxine lhe contar sobre o acidente, ela caiu no choro ao vê-lo e disse que queria se divorciar. Era demais. Max soluçou nos braços dele e falou que não aguentava mais.

— Por que você não para de trabalhar? — sugeriu ele com calma. — Você trabalha muito. Se concentre apenas em mim e nas crianças. Por que a gente não arruma mais ajuda, aí você viaja comigo.

Blake não levou o pedido de divórcio a sério no começo. Eles se amavam. Por que se divorciariam?

— Se eu fizesse isso — respondeu ela com tristeza, o rosto aconchegado no peito dele —, nunca veria meus filhos, da mesma forma que você não os vê. Quando foi a última vez que ficou em casa por mais de duas semanas?

Ele pensou e ficou inexpressivo. Max tinha razão, apesar de ele estar constrangido em admiti-lo.

— Meu Deus, Max, eu não sei. Nunca penso nisso dessa forma.

— Eu sei que não. — Ela chorou ainda mais e assoou o nariz.

— Eu nem sei mais onde você está. Demorei dias para encontrar você quando Sam se machucou. E se ele morresse? Ou eu? Você nem iria saber.

— Me desculpe, amor, vou tentar ficar mais disponível. Eu sempre acho que você tem tudo sob controle.

Blake estava contente em deixá-la no comando enquanto ia brincar.

— Tenho. Mas estou cansada de fazer tudo sozinha. Em vez de me mandar parar de trabalhar, por que você não para de viajar tanto e fica em casa?

Maxine não tinha muita esperança, mas tentou.

— A gente tem tantas casas incríveis, e há tanta coisa que eu quero fazer.

Ele havia acabado de patrocinar uma peça em Londres, escrita por um dramaturgo jovem que financiava havia dois anos. Blake adorava ser um patrono das artes, muito mais que ficar em casa. Amava a esposa e adorava os filhos, mas se entediava quando ficava em Nova York. Maxine aguentou oito anos de mudanças na vida deles, mas não dava mais. Queria estabilidade, igualdade e o tipo de vida tranquila que Blake agora odiava. Ele adorava se deparar com novidades. Blake redefiniu a expressão "espírito livre" de uma maneira que Maxine jamais teria previsto. Estava ficando cada vez mais difícil se enganar dizendo que tinha um marido e que podia contar com ele. Por fim, percebeu que não podia. Blake a amava, mas em noventa e cinco por cento do tempo não estava lá. Tinha sua própria vida, seus interesses e buscas, os quais mal a incluíam.

Por isso, com lágrimas e arrependimentos, mas muito civilizadamente, divorciaram-se havia cinco anos. Ele deixou para ela o apartamento de Nova York e a casa em Southampton. Teria dado mais casas se Max quisesse, mas ela não queria, então ofereceu um acordo financeiro que teria deixado qualquer pessoa boquiaberta. Blake se sentiu culpado por ter sido um marido e um pai ausentes naqueles últimos anos, mas tinha de confessar que aquela vida lhe caía muito bem. Odiava admitir, mas sentia como se estivesse em uma camisa de força dentro de uma caixa de fósforos confinado na vida que Maxine levava em Nova York.

Ela recusou o acordo e aceitou apenas a pensão dos filhos. Maxine ganhava mais que o suficiente para se sustentar, não queria nada de Blake. E, em sua opinião, o dinheiro era dele, não dela. Nenhum dos amigos do ex-marido acreditou que, em sua posição, ela pôde ser tão justa. Os dois não tinham um acordo pré-nupcial para proteger os recursos dele, visto que não havia nenhum quando se conheceram. Max não pretendia tirar nada de Blake, ela o amava, queria o melhor para ele, gostaria que ficasse bem. Isso fez com que ele a amasse ainda mais no fim, e permaneceram amigos próximos. Maxine sempre dizia que ele era como um irmão rebelde e desgarrado, e, depois do choque por causa das meninas com as quais Blake saía — a maioria tinha metade da idade dele, ou mesmo dela —, ela optou por não se incomodar com nada. Sua única preocupação era que fossem gentis com seus filhos.

Maxine não teve nenhum relacionamento sério depois de Blake. A maior parte dos médicos que conhecia eram casados, e sua vida social se limitava aos filhos. Nos últimos cinco anos, estava sempre ocupada com família e trabalho. Saía com homens que conhecia ocasionalmente, mas não tinha sentido nada especial com ninguém desde Blake. Ele era um caso difícil. Irresponsável, instável, desorganizado e um pai ausente, apesar das boas intenções, mas não havia um homem no planeta, na opinião dela, que fosse mais gentil, mais decente, mais bondoso nem mais divertido. De vez em quando, ela desejava ser tão desregrada e livre quanto Blake. No entanto, precisava de estrutura, de uma fundação firme, de uma vida organizada, e não tinha a mesma inclinação, nem a mesma coragem, de Blake para seguir os sonhos mais loucos. Às vezes, Max o invejava por isso.

Não havia nada nos negócios nem na vida que fosse arriscado demais para ele, e por isso se tornou um sucesso tão grande. Era preciso coragem para chegar a tal ponto, e isso Blake Williams tinha de sobra. Maxine se sentia um ratinho quando comparada a ele. Apesar de ser bem-sucedida, era muito mais humilde. Lamentava que o casamento não tivesse dado certo. E se sentia eternamente grata pelos filhos. Eram a alegria de sua vida, e tudo de que precisava agora. Aos 42, não estava desesperada para encontrar outro homem. Tinha um trabalho recompensador, pacientes dos quais gostava muito e filhos incríveis. Por enquanto, era o suficiente; às vezes, mais que o suficiente.

O porteiro tocou a aba do chapéu quando Maxine entrou no prédio na Park Avenue, a cinco quadras do consultório. Era uma construção antiga com salas espaçosas, construída antes da Segunda Guerra Mundial, e um ar de dignidade. Max estava encharcada. Seu guarda-chuva virou ao contrário por causa do vento e se despedaçou dez passos depois da porta do consultório, então o jogou fora. O casaco estava pingando, e seus cabelos loiros e compridos, presos em um rabo de cavalo firme enquanto trabalhava, estava grudado na cabeça. Não estava usando maquiagem, por isso seu rosto parecia fresco, jovem e limpo. Era alta e magra, parecia mais jovem do que era, e Blake já tinha dito algumas vezes que suas pernas eram espetaculares, apesar de ela raramente mostrá-las usando saias curtas. Geralmente vestia calça social para trabalhar e jeans no fim de semana. Não era o tipo de pessoa que usava sua beleza para se promover. Era discreta e modesta, e Blake brincava dizendo que lembrava Lois Lane. Ele tirava os óculos de leitura que Max usava para ficar no computador e soltava seus cabelos cor de trigo longos e viçosos, e ela ficava imediatamente sensual, mesmo sem querer. Maxine era uma mulher linda, e teve três filhos muito bonitos com Blake. Os cabelos de Blake eram escuros enquanto os de Maxine eram claros, mas os olhos dos dois tinham o mesmo tom de azul, e, embora Maxine fosse alta, ele era ainda maior, com um metro e noventa. Formavam um casal admirável. Daphne e Jack tinham os cabelos pretos de Blake e os olhos claros dos pais; os cabelos de Sam eram loiros como os da mãe e os olhos, verdes como os do avô. Era um menino lindo e ainda jovem o suficiente para ser fofinho com a mãe.

Maxine subiu no elevador deixando uma poça aos seus pés. Entrou no apartamento, um dos dois únicos do andar. Os proprietários do outro apartamento se aposentaram e se mudaram para a Flórida anos antes, e nunca estavam lá. Então Maxine e as crianças não precisavam se preocupar muito com barulho, o que era bom para quem tem três crianças sob o mesmo teto, sendo duas delas meninos.

Ela escutou música alta enquanto tirava o casaco no hall de entrada. Colocou-o sobre o porta-guarda-chuvas. Tirou os sapatos ali também, os pés encharcados, e riu quando viu seu reflexo no espelho. Parecia um rato afogado, com as bochechas vermelhas por causa do frio.

— O que a senhora fez? Veio nadando para casa? — perguntou Zelda, a babá das crianças, ao ver Maxine no hall. Ela carregava roupas recém-lavadas. Trabalhava para a família desde que Jack nasceu e era uma dádiva para todos. — Por que não pegou um táxi?

— Eu precisava de ar — argumentou Maxine, sorrindo para ela.

Zelda era rechonchuda, usava o cabelo preso em uma trança grossa, e tinha a idade de Maxine. Nunca havia se casado, era babá desde os 18. Maxine a seguiu até a cozinha, onde Sam desenhava à mesa, já de pijama e banho tomado. Zelda rapidamente entregou uma xícara de chá a Max. Era sempre reconfortante ser recebida por Zelda em casa, sabendo que tudo estaria sob controle. Assim como Max, Zelda era obsessivamente organizada e tinha passado a vida limpando a bagunça das crianças, cozinhando para elas e levando-as a todo canto enquanto a mãe estava no trabalho. Maxine retomava o controle nos fins de semana. Oficialmente, Zelda estava de folga nesses dias e adorava ir ao teatro quando podia, mas geralmente ficava no quartinho atrás da cozinha relaxando e lendo. Era totalmente leal às crianças e à mãe delas. Trabalhava como babá na família havia doze anos, era membro dela. Não tinha uma opinião muito positiva sobre Blake, que achava bonito, mimado e um péssimo pai para as crianças. Sempre pensou que elas mereciam coisa melhor. Maxine não tinha como dizer que estava errada. Ela o amava. Zelda não.

A cozinha era decorada com madeira patinada, bancadas de granito bege e chão de tábua corrida clara. Era um cômodo aconchegante, onde eles se congregavam, e havia um sofá e uma TV, onde Zelda assistia a novelas e programas de entrevista. Ela repetia frases desses programas sempre que tinha a oportunidade.

— Oi, mamãe — disse Sam, enquanto trabalhava duro com um giz de cera lilás, então olhou para a mãe.

— Oi, meu amor. Como foi o dia? — Maxine deu um beijo na cabeça de Sam e afagou os cabelos dele.

— Foi bom. Stevie vomitou na escola — respondeu de maneira objetiva, e trocou o giz lilás pelo verde. Estava desenhando uma casa, um caubói e um arco-íris. Maxine não achou que o desenho significasse alguma coisa, ele era um menino normal e feliz. Sentia menos falta do pai que os irmãos, pois que nunca havia morado com ele. Os outros dois tinham um pouco mais de noção da perda.

— Puxa vida — comentou Maxine sobre o pobre Stevie. Torceu para que fosse alguma coisa que o menino tivesse comido, e não alguma nova onda de virose. — Você está bem?

— Tô.

Zelda abriu o forno e verificou o jantar. Em seguida, Daphne entrou na cozinha. Seu corpo de 13 anos estava desenvolvendo novas curvas, e ela havia acabado de entrar no oitavo ano. Os três estudavam na Danton, escola que Maxine adorava.

— Posso pegar o seu casaco preto emprestado? — perguntou Daphne, e pegou um pedaço da maçã que Sam estava comendo.

— Qual deles? — Maxine olhou para ela com cuidado.

— Aquele com a gola de pele branca. Tem uma festa na casa da Emma hoje — respondeu Daphne sem prestar muita atenção, tentando passar a ideia de que não estava nem aí, mas era óbvio para a mãe que não era bem assim. Era sexta-feira, e havia festa quase todo fim de semana ultimamente.

— É um casaco chique demais para uma festa na casa da Emma. Que tipo de festa é essa? Tem a ver com meninos?

— Hum... É... Talvez...

Maxine sorriu. "Talvez", até parece, pensou ela. Max tinha certeza de que Daphne sabia todos os detalhes. E, com seu casaco Valentino novo, a filha queria impressionar alguém, com certeza um menino do oitavo ano.

— Você não acha aquele casaco velho demais para você? Que tal outra roupa?

Nem ela havia usado o casaco ainda. Estava dando sugestões a Daphne quando Jack entrou. Ainda estava usando chuteiras. Zelda gritou assim que viu o calçado, e apontou para ele.

— Tire essa imundície do meu chão! Pode tirar *agora*! — ordenou.

Ele se sentou no chão e tirou as chuteiras sorrindo. Zelda mantinha todo mundo em ordem, Maxine não precisava se preocupar com isso.

— Você não jogou hoje, jogou? — indagou Maxine quando parou para dar um beijo no filho.

Ele estava sempre praticando algum esporte ou na frente do computador. Era o perito em computadores da família e sempre ajudava Maxine e os irmãos com as máquinas deles. Nenhum problema o amedrontava, Jack sempre o resolvia com facilidade.

— Cancelaram por causa da chuva.

— Achei que fossem fazer isso.

Com todos presentes, Maxine contou sobre os planos de Blake para o Dia de Ação de Graças.

— Ele quer jantar com todos vocês. Acho que vai passar o fim de semana aqui. Vocês podem ficar com ele se quiserem — disse ela casualmente.

Blake tinha feito quartos fabulosos para os filhos na cobertura no quinquagésimo andar, cheios de peças de arte contemporânea fantásticas e equipamentos de áudio e vídeo de primeira linha. De seus quartos tinham uma vista incrível da cidade; dispunham ainda de um cinema onde podiam ver filmes e uma sala de jogos com mesa de bilhar e todos os jogos eletrônicos já feitos. Eles amavam ficar com o pai.

— Você também vai? — perguntou Sam levantando a cabeça.

O pai era um estranho para Sam em vários sentidos, e ele ficava mais feliz com a mãe por perto. Raramente passava a noite na casa de Blake, apesar de Jack e Daphne ficarem lá.

— Talvez eu vá para o jantar, se você quiser. Vamos à casa do vovô e da vovó para almoçar, então já vou ter comido. Vai ser bom ficar com o papai.

— Ele vai levar uma amiga? — perguntou Sam, e Maxine percebeu que não fazia ideia.

Não era raro Blake estar acompanhado quando via os filhos. Eram sempre mulheres jovens, e às vezes as crianças até se divertiam com elas, no entanto Maxine sabia que os filhos achavam esse carrossel de mulheres uma intromissão no tempo que passavam com o pai, principalmente Daphne, que gostava de ser a mulher mais importante na vida de Blake. Ela achava o pai muito legal. E a mãe lhe parecia bem menos legal ultimamente, o que era normal na idade. Maxine via meninas adolescentes que detestavam a mãe. Isso passaria, ainda não era motivo de preocupação.

— Não sei se ele vai levar alguém — respondeu Maxine.

Zelda, diante do fogão, emitiu um som de desaprovação.

— A última era insuportável — comentou Daphne, e foi vasculhar o closet da mãe.

Os quartos ficavam próximos uns dos outros, ao fim de um longo corredor, e Maxine gostava disso. Estava feliz perto dos filhos. Sam quase sempre ia para a cama dela à noite dizendo que teve pesadelos. Na maior parte das vezes, era só porque gostava de ficar juntinho da mãe.

Além disso, tinham uma sala de estar, uma sala de jantar grande o suficiente para todos e um quartinho onde Maxine trabalhava de vez em quando, escrevendo artigos, preparando palestras ou estudando. O apartamento não era nada se comparado ao luxo de onde Blake morava, que era como uma nave espacial no topo do mundo. O apartamento de Maxine era aconchegante e caloroso, e dava a sensação de um lar de verdade.

Quando foi para o quarto secar o cabelo molhado de chuva, viu Daphne agitada vasculhando seu closet. A filha voltou com um casaco de caxemira branco e um par de sapatos de salto alto, o Manolo Blahnik de couro preto com ponta fina e salto agulha que quase nunca usava. Maxine já era bem alta, e só conseguia usar saltos tão altos quando era casada com Blake.

— O salto é alto demais para você — avisou Maxine. — Eu quase morri na última vez que usei. Que tal pegar outro?

— Mããããe... — gemeu Daphne. — Eu me viro com esse salto.

Para Maxine, os sapatos eram sofisticados demais para uma menina de 13 anos, mas Daphne parecia dois ou três anos mais velha, então dava para passar. Era uma menina linda, tinha as feições e a pele clara da mãe, e os cabelos pretos do pai.

— Deve ser uma noite importante na casa da Emma hoje — comentou Maxine, rindo. — Vai ter muito gatinho, não é?

Daphne revirou os olhos e saiu do quarto, confirmando o que a mãe tinha dito. Maxine ficava um pouco preocupada ao pensar em como seria a vida quando os garotos entrassem em cena. Até então, ter filhos havia sido tranquilo, mas ela sabia mais do que ninguém que isso não duraria para sempre. E, se a situação ficasse difícil, ela teria de lidar com tudo sozinha. Sempre foi assim.

Maxine tomou um banho quente e colocou um roupão felpudo. Meia hora depois, estava na cozinha com os filhos, enquanto Zelda servia o jantar: frango assado, batatas cozidas e salada. Zelda preparava refeições saudáveis e nutritivas, e todos concordavam que ela fazia o melhor brownie, o melhor biscoito com canela e as melhores panquecas do mundo. Às vezes, Maxine ficava triste ao pensar que Zelda teria sido uma excelente mãe, mas não havia homens em sua vida. Entretanto, aos 42 anos, era quase certo que essa oportunidade havia passado. Tinha apenas os seus filhos para amar.

Durante o jantar, Jack avisou que ia ao cinema com um amigo. Tinha estreado um filme de terror que ele queria ver, que parecia ser especialmente sangrento. Precisava que a mãe o levasse e o buscasse.

Sam ia dormir na casa de um amigo no dia seguinte e planejou assistir a um filme comendo pipoca naquela noite na cama da mãe. Maxine deixaria Daphne na casa de Emma no caminho para o cinema de Jack. No dia seguinte, tinha coisas a fazer, e o fim de semana seria definido, como sempre, casualmente, de acordo com os planos e as necessidades das crianças.

Estava folheando uma edição da *People* naquela noite enquanto esperava Daphne ligar pedindo que fosse buscá-la quando se deparou com uma foto de Blake em uma festa que os Rolling Stones deram em Londres. Ele parecia radiante ao lado de uma famosa estrela do rock, uma garota lindíssima que estava praticamente nua. Maxine passou um minuto olhando para a foto, avaliando se isso a incomodava, e decidiu que não. Sam roncava ao seu lado, com a cabeça sobre o travesseiro, um balde de pipoca vazio ao lado e o ursinho de pelúcia desgastado pelo amor nos braços.

Olhando para a foto na revista, tentou se lembrar de como era ser casada com Blake. Houve dias maravilhosos no começo e dias solitários, tempestuosos e frustrantes no fim. Agora nada disso importava. Maxine decidiu que o ver ao lado de famosas e modelos, celebridades da música e princesas não a incomodava em nada. Ele era um rosto do passado distante e, no fim, independentemente do quanto havia sido amável, o pai dela tinha razão. Ele não era um marido, era um cafajeste. E, ao dar um beijo suave na bochecha macia de Sam, mais uma vez teve a sensação de que gostava da vida que tinha.

Capítulo 2

Durante a noite, a chuva pesada virou neve. A temperatura caiu consideravelmente e tudo estava coberto por um manto branco quando acordaram. Foi a primeira neve de verdade do ano. Sam deu uma olhada e bateu palmas de tanta alegria.

— Vamos ao parque, mamãe? A gente pode levar os trenós.

A neve ainda caía, e o mundo lá fora parecia um cartão de Natal, mas Maxine sabia que no dia seguinte a neve teria derretido e virado lama.

— Claro, meu amor.

Ao dizer isso, ela percebeu, como sempre, que Blake estava perdendo a melhor parte. Ele tinha trocado isso tudo por festas chiques e pessoas ao redor do mundo. No entanto, para Maxine, o melhor da vida estava logo ali.

Daphne foi tomar café da manhã com o celular grudado na orelha. Ela deixou a mesa várias vezes sussurrando com as amigas. Jack revirou os olhos e pegou uma rabanada que Maxine tinha feito. Era uma das poucas coisas que sabia fazer na cozinha, e geralmente as preparava. Ele colocou uma boa quantidade de xarope de bordo e comentou como Daphne e as amigas estavam sendo idiotas em relação a meninos ultimamente.

— E você? — perguntou a mãe com interesse. — Ainda sem namoradas?

Jack fazia aula de dança, estudava em uma escola mista e tinha várias oportunidades de conhecer meninas, mas ainda não se interessava por elas. Esportes eram seu principal interesse até então. Futebol era o preferido, além de videogame e passar o tempo na internet.

— Eca — foi a resposta dele, e devorou outro pedaço da rabanada.

Sam estava deitado no sofá, assistindo a desenho animado na TV. Tinha tomado o café da manhã uma hora antes, ao se levantar. Ninguém tinha horário nas manhãs de sábado, e Maxine cozinhava para os filhos quando eles apareciam. Amava o lado doméstico da vida, para o qual não tinha tempo durante a semana, quando corria para visitar pacientes no hospital antes de ir ao consultório. Geralmente saía de casa antes das oito, horário em que as crianças iam para a escola. Mas, com raras exceções, sempre jantava com elas.

Lembrou a Sam que ele ia dormir na casa de um amigo naquela noite, e Jack a interrompeu dizendo que também ia. Daphne avisou que três amigas viriam assistir a um filme e talvez uns meninos também viessem.

— Que novidade é essa? — comentou Maxine com uma expressão de interesse. — Alguém que eu conheça? — Daphne se limitou a balançar a cabeça com ar irritado e foi embora. Ficou claro que para ela a pergunta não merecia uma resposta.

Maxine passou água nos pratos e os colocou-a no lava-louça. Uma hora depois, ela e os três filhos foram ao parque. Jack e Daphne resolveram ir na última hora. Maxine levou dois trenós; ela e Daphne se sentaram em sacos de lixo e escorregaram pelas colinas com os meninos e outras crianças dando gritinhos de alegria. Ainda nevava, e seus filhos eram jovens o suficiente para agirem como crianças de vez em quando, e não como pessoas maduras, como queriam ser. Ficaram lá até as três da tarde e depois voltaram para casa caminhando pelo parque. Foi divertido, e, quando chegaram ao apartamento, ela fez chocolate quente com creme e *s'mores*. Era bom ver que, afinal de contas, eles não eram tão velhos assim e ainda gostavam dos mesmos programas infantis dos quais sempre gostaram.

Maxine levou Sam para a casa do amigo às cinco, na rua 89, leste, Jack ao Village, às seis, e voltou para o apartamento a tempo de ver as amigas de Daphne chegando com uma pilha de filmes alugados. Acabou que mais duas meninas apareceram. Ela pediu pizza para as garotas às oito, e Sam ligou às nove "para ver como ela estava", o que, por experiência, Max sabia que indicava que talvez ele não ficasse na casa do amigo. Às vezes, Sam não conseguia passar a noite fora e voltava para dormir com ela ou na própria cama. Maxine disse que estava bem e ele falou que também estava. Sorriu ao desligar o telefone e ouviu risadinhas no quarto de Daphne. Alguma coisa lhe dizia que estavam conversando sobre meninos, e não estava errada.

Dois meninos de 13 anos, que pareciam extremamente desconfortáveis, chegaram às dez. Eram bem mais baixos que as meninas, não mostravam sinais de puberdade e devoraram o que restou da pizza. E, poucos minutos depois, foram embora murmurando desculpas. Não chegaram nem perto do quarto de Daphne, ficaram na cozinha e disseram que tinham de ir para casa. Estavam em minoria, havia três meninas para cada um deles, mas teriam ido para casa cedo de qualquer forma. A cena foi demais para eles. As meninas pareciam muito mais maduras e voltaram correndo para o quarto de Daphne para debater sobre os meninos assim que eles foram embora. Maxine ficou sorrindo sozinha ouvindo-as dar gritinhos e risadinhas. O telefone tocou às onze. Achou que fosse Sam querendo voltar para casa, e ainda sorria ao atender na expectativa de ouvir a voz do filho mais novo.

No entanto, era uma enfermeira da emergência do Hospital Lenox Hill ligando para falar de um dos pacientes dela. Maxine franziu o cenho e logo se sentou, concentrada, fazendo perguntas. Jason Wexler tinha 16 anos, seu pai havia morrido repentinamente de ataque cardíaco quase um ano atrás e sua irmã mais velha tinha morrido em um acidente de carro dez anos antes. Ele tinha tomado um punhado do calmante da mãe. Sofria de depressão e já havia tentado se matar antes, logo após a morte do pai. Jason e o pai tiveram uma briga feia na noite em que o pai faleceu, e estava convencido de que o ataque cardíaco e a morte dele eram culpa sua.

A enfermeira informou que a mãe dele estava histérica na sala de espera. Jason estava consciente e já recebia lavagem estomacal. Acreditavam que ele ficaria bem, mas foi por pouco. A mãe o havia encontrado e ligado para a emergência, ele tinha tomado muitas pílulas de calmante. Se ela o tivesse encontrado pouco mais tarde, Jason estaria morto. Maxine escutou atenciosamente. O hospital ficava a apenas oito quadras, e ela poderia caminhar até lá rapidamente, apesar de os quinze centímetros de neve que caíram mais cedo já terem virado lama no fim da tarde e depois congelado, criando pequenas porções de gelo marrom no começo da noite. Era perigoso andar por aí quando o chão ficava assim.

— Chego em dez minutos — disse à enfermeira. — Obrigada por ligar.

Maxine tinha dado seu telefone de casa e do celular para a mãe de Jason meses antes. Mesmo quando a equipe de plantão cobria o seu trabalho nos fins de semana, ela queria estar presente para ajudar Jason e a mãe, se precisassem. Torcia para que isso nunca acontecesse, e não ficou feliz com a segunda tentativa de suicídio. Ela sabia que a mãe do garoto estaria triste, desesperada. Após perder o marido e a filha, Jason era tudo o que tinha.

Maxine bateu à porta de Zelda e notou que ela estava dormindo. Queria avisá-la que ia sair para ver um paciente e pedir que ficasse de olho nas meninas, só para garantir. Mas detestava acordá-la, então fechou a porta com cuidado, sem fazer barulho. Afinal de contas, Zelda estava de folga. Maxine entrou no quarto de Daphne enquanto colocava um suéter grosso. Já estava de jeans.

— Tenho de sair para ver um paciente — explicou.

Daphne sabia, assim como as amigas, que a mãe saía para ver pacientes especiais até mesmo nos fins de semana. Sua filha ergueu a cabeça e fez que sim. Elas ainda estavam vendo filme e foram ficando mais quietas conforme a noite foi passando.

— Zelda está em casa, então, se precisarem de alguma coisa, podem falar com ela, mas só peçam se for realmente importante, por favor. Ela está dormindo.

Daphne assentiu de novo, os olhos grudados na TV. Duas amigas haviam caído no sono na cama de Daphne, e outra estava pintando as unhas. As outras assistiam ao filme avidamente.

— Volto daqui a pouco.

Daphne sabia que devia ser uma tentativa de suicídio. A mãe nunca falava muito a respeito, mas geralmente era por isso que ela saía de casa tarde da noite. Os outros pacientes podiam esperar até o dia seguinte.

Maxine colocou botas com solado de borracha e uma parca para neve, pegou a bolsa e saiu apressada. Minutos depois, estava na rua andando contra o vento gelado. Caminhou para o sul na Park Avenue, mantendo um bom ritmo, direto para o Hospital Lenox Hill. Seu rosto estava pinicando de tão gelado, e seus olhos lacrimejavam quando entrou na emergência. Max se apresentou na recepção e foi informada em qual leito Jason estava. Decidiram que ele não precisava ir para a UTI. Estava dopado, porém fora de perigo, e a aguardavam para dar entrada na internação e decidir o resto. Helen Wexler pulou sobre Maxine assim que a médica entrou no quarto, agarrando-a e chorando.

— Ele quase morreu... — disse ela histericamente nos braços de Maxine, que a levou com calma para fora do quarto depois de dar uma olhadinha para a enfermeira.

Jason estava dormindo e não se mexeu. Ainda estava sedado com o resíduo do remédio que havia ingerido, mas a quantidade nele já não apresentava risco para sua vida. Era o suficiente para mantê-lo dormindo por um bom tempo. A mãe ficou repetindo que ele quase havia morrido. Maxine a levou para o fim do corredor para evitar problemas se o filho acordasse.

— Mas ele não morreu, Helen. Jason vai ficar bem — disse Maxine com calma. — Você teve sorte de encontrá-lo, e ele vai ficar bem.

Até tentar de novo. O trabalho de Maxine era evitar que houvesse uma terceira tentativa. Ela sabia que, depois da primeira, o risco de uma nova tentativa era infinitamente maior e que a chance de sucesso também aumentava. Ela não estava feliz com essa segunda tentativa.

Maxine fez com que a mãe de Jason se sentasse em uma cadeira e respirasse fundo. Só então conseguiu falar com calma. Max disse que achava que Jason devia ficar internado por mais tempo dessa vez. Sugeriu um mês, e depois veriam como ele estava. Recomendou um lugar com o qual trabalhava frequentemente em Long Island. Garantiu para Helen Wexler que eram muito bons com adolescentes. A mãe de Jason ficou horrorizada.

— *Um mês?* Isso significa que ele não vai estar em casa no Dia de Ação de Graças. Você não pode fazer isso — disse ela, chorando novamente. — Não posso deixar Jason passar o feriado longe de mim. O pai dele acabou de morrer, vai ser o nosso primeiro Dia de Ação de Graças sem ele — insistiu, como se isso fizesse alguma diferença agora, com o risco de o filho tentar se suicidar pela terceira vez.

É incrível o que a negação faz com a mente, assim como as coisas às quais as pessoas se agarram para não ter de confrontar uma situação difícil. Se Jason tivesse sucesso em uma terceira tentativa, ele nunca mais teria um Dia de Ação de Graças. Valia a pena sacrificar um feriado. Entretanto, sua mãe não queria ouvir isso, e Maxine tentava ser firme, mas compassiva e gentil, como sempre era.

— Acho que agora ele precisa de proteção e apoio. Não quero mandá-lo para casa cedo demais, e o feriado também vai ser difícil para ele sem o pai. Eu realmente acho que Jason vai ficar melhor no Silver Pines. Você pode passar o Dia de Ação de Graças lá com ele.

Isso só fez Helen chorar mais.

Maxine estava ansiosa para ver o paciente. Disse a Helen que conversariam mais depois, porém ambas concordaram que ele devia passar a noite no Lenox Hill. Não havia opção, ele não tinha como ir para casa. Helen concordou totalmente com isso, só não concordou com o resto. Detestou a ideia do Silver Pines. Comentou que soava como ir a um cemitério.

Ela deu uma olhada em Jason com calma enquanto ele dormia e ficou assustada ao ver a quantidade de remédio que havia ingerido. Tomou muito mais que uma dose letal, ao contrário da primeira vez, quando não tinha tomado o suficiente para se matar. A tentativa dessa vez foi bem mais séria, e Max se perguntou o que o teria instigado. Veria Jason na manhã seguinte quando ele acordasse. Não tinha como falar com ele agora.

Max anotou no prontuário de Jason o que queria. Ele seria transferido para um quarto privado ainda naquela noite, e as ordens de Maxine incluíam o acompanhamento de uma enfermeira para evitar uma possível nova tentativa de suicídio. Alguém tinha de ficar de olho em Jason antes mesmo que ele acordasse. Max disse à enfermeira que voltaria na manhã seguinte, às nove, e pediu que ligassem se precisassem dela mais cedo. Deixou os números de casa e do celular e foi se sentar com a mãe de Jason lá fora de novo. Helen parecia ainda mais devastada que antes, ela havia começado a encarar a realidade. Por pouco não havia perdido o filho naquela noite, ficando sozinha no mundo. Só de pensar nisso, quase perdeu o controle. Maxine perguntou se queria que chamasse seu médico, caso precisasse de calmantes ou de alguma sedação leve, remédios que não queria prescrever. Helen não era sua paciente, e não conhecia seu histórico nem sabia se havia tomado outros remédios.

Helen disse que já havia ligado para o médico. Ele deveria retornar a ligação, mas não estava em casa. Ela falou que Jason havia tomado todos os seus calmantes, então não tinha mais nada em casa. Voltou a chorar muito depois que falou isso, e era claro que não queria ir para casa sozinha.

— Posso pedir para colocarem uma cama no quarto de Jason para você, se quiser — disse Maxine gentilmente. — A não ser que você fique muito mal com isso. — E, nesse caso, ela teria de voltar para casa.

— Quero, sim — disse Helen suavemente, os olhos arregalados focados em Maxine. — Ele vai morrer? — perguntou. Temia a resposta, porém estava tentando se preparar para o pior.

— Dessa vez? Não — respondeu Maxine, balançando a cabeça de modo solene —, mas temos de fazer de tudo para garantir que não haja uma próxima vez. Isso é sério. Ele ingeriu muitos comprimidos. É por isso que quero que ele fique no Silver Pines por um tempo.

Maxine não comentou com a mãe do garoto que queria deixá-lo internado por mais de um mês. Estava pensando em dois ou três, e talvez em algum outro lugar de apoio depois disso, se julgasse necessário. Felizmente, a família tinha dinheiro para bancar o tratamento, mas a questão não era essa. Maxine via nos olhos de Helen que ela queria que Jason voltasse logo para casa e que iria brigar se ele fosse passar mais tempo no hospital. Era um posicionamento infundado da parte dela, mas Maxine já havia lidado com esse tipo de situação. Se Jason fosse mandado para um hospital psiquiátrico, teriam de encarar o fato de que o ocorrido não era um "pequeno deslize", ele realmente estava doente. Maxine não tinha dúvidas de que Jason tinha tendências suicidas e uma depressão grave diagnosticada. Ele está assim desde a morte do pai. Era mais do que Helen queria encarar, mas àquela altura ela não tinha escolha. Se o levasse para casa no dia seguinte, estaria agindo contra ordens médicas e teria de assinar um termo de responsabilidade. Maxine esperava que não chegasse a esse ponto. Com sorte, Helen estaria mais calma no dia seguinte e faria o que fosse mais seguro para o filho. Max também não gostava da ideia de interná-lo, mas não tinha dúvidas do quanto era importante para Jason. A vida dele estava em risco.

Maxine pediu às enfermeiras que colocassem uma cama no quarto de Jason para a mãe dele quando o tirassem da emergência. Ela se despediu de Helen com um toque caloroso em seu ombro e deu mais uma olhada em Jason antes de ir embora. Ele estava bem por enquanto. Havia uma enfermeira com Jason. Ela ficaria com ele no quarto. Jason não seria deixado sozinho novamente. Não havia uma ala psiquiátrica vigiada no Lenox Hill, mas Maxine achou que ele ficaria bem com uma enfermeira por perto, e a mãe também estava lá. E levaria horas para acordar.

Ela voltou para casa no frio gélido. Passava de uma da manhã quando chegou. Deu uma olhada no quarto de Daphne, tudo parecia em paz. As meninas haviam dormido, duas em sacos de dormir e as demais na cama de Daphne. O filme ainda estava passando, elas não tinham trocado de roupa. Maxine olhou para elas e sentiu um cheiro estranho. Um cheiro que não havia percebido no quarto da filha antes. Sem saber por que, foi até o closet e abriu a porta. Ficou espantada ao ver doze garrafas de cerveja vazias. Olhou para as meninas de novo e percebeu que não apenas dormiam, elas estavam bêbadas. Para Max, eram jovens demais para beber escondido, mas na verdade os jovens dessa idade costumam beber. Ela não sabia se chorava ou se sorria. Não fazia ideia de quando isso tinha começado, mas as meninas certamente aproveitaram a ida de Maxine ao hospital. Detestava fazer isso, mas teria de colocar Daphne de castigo no dia seguinte. Alinhou as garrafas na cômoda da filha, organizadas para que fossem vistas por elas quando acordassem. Conseguiram beber duas garrafas de cerveja cada uma, o que era bastante para crianças naquela idade. É, sussurrou Maxine para si mesma, a adolescência começou. Depois, ficou deitada na cama pensando sobre o caso e sentiu falta de Blake por um segundo. Seria bom compartilhar esse momento com alguém. Em vez disso, como sempre, teria de fazer o papel de durona no dia seguinte, teria de colocar a máscara cabúqui de decepção para passar um sermão na filha e lhe falar sobre o significado mais profundo da confiança.

Na verdade, Maxine compreendia muito bem que Daphne era adolescente e que ainda haveria muitas e muitas noites nas quais alguém faria algo idiota, e um dos seus filhos ou o filho de outra pessoa se aproveitaria de uma situação ou experimentaria álcool ou drogas. E certamente não era a última vez que um dos seus filhos ficaria bêbado. Maxine sabia que seria sorte se não ficassem muito pior que isso. E também sabia que teria de ser firme no dia seguinte. Ainda estava pensando sobre o assunto quando caiu no sono. E, ao acordar no dia seguinte, as meninas ainda estavam dormindo.

O hospital ligou quando ela ainda se vestia. Jason estava acordado e falando. A enfermeira avisou que a mãe estava com ele e que ela estava muito irritada. Helen Wexler acionou seu médico, mas, de acordo com a enfermeira, ao contrário de confortá-la, ele a tinha deixado ainda mais nervosa. Maxine disse que chegaria logo e desligou. Ouviu Zelda na cozinha e foi pegar uma xícara de café. Zelda estava sentada à mesa com uma caneca de café bem quente e o *Times*. Levantou a cabeça ao ver Maxine entrando e sorriu.

— Noite tranquila? — perguntou Zelda quando Maxine se sentou à mesa e deu um suspiro.

Às vezes, tinha a impressão de que Zelda era seu único sistema de apoio na criação dos filhos. Seus pais nunca davam muitos conselhos, apesar de serem bem-intencionados. E Blake sempre havia sido ausente. A saída era Zelda.

— Não exatamente — disse Maxine com um sorriso triste. — Acho que atingimos um novo marco ontem à noite.

— A maior quantidade de fatias de pizza comidas por seis meninas adolescentes em toda a história?

— Não — respondeu Maxine com o tom de voz moderado. Havia um sorriso em seu olhar. — A primeira vez que um dos meus filhos se embebeda de cerveja. — Sorriu. Zelda arregalou os olhos para ela.

— Está falando sério?

— Sim. Encontrei doze garrafas vazias no closet de Daphne quando fui olhar. Não foi uma cena bonita. Ninguém trocou de roupa e estavam todas espalhadas pelo quarto quando entrei; e pareciam estar dormindo, mas talvez "desmaiadas" seja o termo mais correto.

— Onde a senhora estava quando elas beberam?

Zelda ficou surpresa por Daphne ter tido coragem de beber enquanto a mãe dormia no quarto ao lado. Maxine também estava surpresa, e nenhuma das duas parecia feliz. Era o começo de uma nova era que elas não estavam tão ansiosas para vivenciar. Meninos, drogas, sexo e bebida. Bem-vindas à adolescência. O pior ainda estava por vir.

— Tive de sair para ver um paciente ontem à noite. Fiquei fora das onze até uma da manhã. Uma delas deve ter trazido a bebida na mochila. Nunca pensei nisso antes.

— Acho que de agora em diante a gente vai ter de verificar — disse Zelda sem rodeios, nem um pouco constrangida por ter de enfrentar Daphne e as amigas.

Ela não ia deixar que ficassem bêbadas enquanto fosse a responsável, e sabia que Maxine também não permitiria. E, mais cedo ou mais tarde, Jack passaria por isso, assim como Sam algum dia. Que ideia. Zelda não estava feliz com a perspectiva, mas tinha toda a intenção de permanecer onde estava. Amava a família e o trabalho.

As duas conversaram por alguns minutos, e Maxine disse que tinha de voltar ao Lenox Hill para ver o paciente. Zelda estava de folga, mas não ia sair. Ela disse que ficaria atenta às meninas e torceu para que estivessem péssimas quando acordassem. Maxine respondeu com uma gargalhada.

— Deixei as garrafas arrumadinhas na cômoda, só para elas saberem que não sou tão idiota quanto pareço.

— Elas vão surtar ao verem isso — comentou Zelda, contente.

— Tomara. O que elas fizeram foi bem feio, um abuso da minha confiança e hospitalidade... — Max olhou para Zelda com um sorriso. — Estou treinando para o meu discurso. Que tal?

— Bom. Deixar Daphne de castigo e cortar a mesada talvez seja uma boa também.

Maxine fez que sim com a cabeça. Ela e Zelda geralmente tinham o mesmo ponto de vista. Zelda era firme porém razoável, gentil porém sensível, e não era muito durona. Não era uma tirana mas também não era boba. Maxine confiava totalmente nela e em seu julgamento perspicaz quando não estava por perto.

— Por que você saiu ontem à noite? Suicídio? — perguntou Zelda. Maxine assentiu e ficou séria novamente. — Quantos anos? — Zelda a respeitava muito pelo que fazia.

— Dezesseis.

Maxine não deu mais detalhes. Nunca dava. Zelda concordou. Ela era capaz de ver nos olhos de Maxine quando algum paciente morria. Zelda se condoía tanto pelos pais quanto pelos jovens. O suicídio de um adolescente era algo terrível. E, a julgar por como Maxine estava sempre ocupada, havia muitos casos em Nova York e em outros lugares. Doze garrafas de cerveja para seis meninas de 13 anos, isso não era uma tragédia se comparado às coisas que Maxine via todos os dias.

Maxine saiu alguns minutos depois e caminhou até o Lenox Hill, como sempre fazia. Ventava, fazia frio, mas havia sol; era um dia bonito. Ela ainda estava pensando na filha e na travessura da noite anterior. Com certeza, era o começo de um novo tempo para elas, e novamente ficou grata pela ajuda de Zelda. Teriam de ficar de olho em Daphne e nas amigas dela. Iria mencionar o caso para Blake quando ele chegasse à cidade, só para ele ficar a par. Não podiam mais ter total confiança na filha, e provavelmente seria assim durante alguns anos. Pensar nisso dava um pouco de medo. Era tão mais fácil quando tinham a idade de Sam. O tempo passou muito rápido. Logo, todos seriam adolescentes e toda hora fariam coisas assim. Pelo menos, por enquanto, não era nada extraordinário.

Quando chegou ao quarto de Jason no hospital, ele estava sentado na cama. Parecia dopado, exausto e pálido. A mãe estava sentada em uma cadeira, conversando com ele, chorando e assoando o nariz. Não era uma cena alegre. A enfermeira escalada para observá-lo estava sentada em silêncio no outro lado da cama, tentando não se intrometer, ser discreta. Os três ergueram a cabeça quando Maxine entrou.

— Como está se sentindo hoje, Jason?

Maxine olhou para a enfermeira e lhe fez um sinal positivo com a cabeça. A mulher saiu do quarto em silêncio.

— Estou bem, eu acho.

Jason parecia e soava deprimido, uma reação normal à overdose de medicamentos, e obviamente já estava deprimido antes mesmo de isso acontecer. A mãe parecia tão mal quanto ele, como se não tivesse dormido, com olheiras. Helen pedia ao filho que prometesse que não faria isso de novo quando Maxine entrou, e Jason concordou com relutância.

— Ele falou que não vai fazer de novo — disse Helen quando Maxine olhou bem nos olhos de Jason. Ficou preocupada com o que viu.

— Espero que seja verdade — comentou Maxine, mas não estava convencida.

— Posso ir para casa hoje? — perguntou Jason sem emoção na voz.

Não gostava da enfermeira no quarto com ele. Ela explicou que não podia sair do quarto, a não ser que fosse substituída por outra pessoa. Jason se sentia em uma prisão.

— Acho que a gente precisa conversar sobre isso — disse Maxine em pé ao lado da cama. Estava usando um suéter rosa e jeans, parecia uma criança. — Não acho que seja uma boa ideia — declarou com honestidade. Max nunca mentia para os pacientes. Era importante que dissesse a verdade como a via. Confiavam nela por causa disso. — Você tomou muitas pílulas ontem à noite, Jason. Muitas mesmo. Você não estava de brincadeira dessa vez. — Olhou para ele, que assentiu com a cabeça e olhou para o outro lado. Agora, pensando com clareza, estava constrangido.

— Eu estava meio bêbado. Não sabia o que estava fazendo — argumentou na tentativa de se esquivar.

— Eu acho que você sabia, sim — disse Maxine, com calma.
— Você tomou muito mais que na primeira vez. Acho que precisa de um tempo agora para pensar nisso, refletir, frequentar alguns grupos. Acho que é importante lidarmos com isso, e tenho certeza de que agora, com a chegada do fim do ano, a situação vai ficar mais difícil, pois você perdeu o seu pai nessa época do ano.

Maxine foi direto na ferida, e a mãe de Jason olhou para ela em pânico. Parecia prestes a pular em seu pescoço. Sua ansiedade estava nas alturas. Helen tinha os mesmos distúrbios que o filho, mas sem o sentimento de culpa. Estar convencido de que matou o pai só piorava as coisas para o garoto. De um modo perigoso.

— Eu gostaria que você fosse para um lugar para jovens, onde eu já trabalhei. É ótimo. Os jovens de lá têm entre 14 e 18 anos. Sua mãe vai poder visitar você todo dia. Mas acho que precisamos lidar com o que está acontecendo agora. Ainda não me sinto confortável em mandar você para casa.

— Quanto tempo? — perguntou ele, evasivo, tentando transparecer tranquilidade, mas Maxine via medo em seus olhos.

Era uma ideia aterrorizante para Jason. Mas ele ter sucesso na próxima tentativa de suicídio a aterrorizava ainda mais. Maxine se comprometia plenamente em impedir que isso acontecesse, se houvesse algo que pudesse fazer. E geralmente havia. Ela queria que fosse assim dessa vez, queria evitar uma nova tragédia naquela família. O que já havia acontecido era o suficiente.

— Vamos tentar por um mês. Aí a gente conversa e vê o que você acha e como se sente. Acredito que você não vá adorar, mas talvez goste de lá. — E acrescentou, sorrindo: — É um hospital misto.

Jason não sorriu. Estava deprimido demais para pensar em meninas nesse momento.

— E se eu detestar e não quiser ficar? — Ele a encarou.
— Aí a gente conversa.

Se fosse preciso, eles podiam pedir a um juiz que o obrigasse a ficar confinado, visto que tinha acabado de provar que era um perigo a si mesmo, mas isso seria traumático para Jason e a mãe. Maxine preferia o comprometimento voluntário, sempre que possível. A mãe de Jason falou.

— Doutora, a senhora realmente acha... Eu estava falando com o meu médico hoje de manhã e ele disse que a gente devia dar outra chance ao Jason... Ele falou que estava bêbado e não sabia o que estava fazendo, e acabou de prometer que não vai fazer isso de novo.

Maxine sabia mais do que ninguém que essa promessa não valia de nada. E Jason também sabia disso. Helen queria acreditar nisso, mas não tinha como. Não havia dúvida: a vida do filho estava em risco.

— Acho que não podemos contar com isso — disse Maxine de maneira simples. — Eu gostaria que você confiasse em mim — adicionou com muita calma. Notou que Jason não estava argumentando com ela, era a mãe que o fazia. — Acho que a sua mãe está chateada porque você não vai estar em casa no Dia de Ação de Graças, Jason. Eu falei para ela que pode passar o feriado com você lá. Eles incentivam visitas.

— O Dia de Ação de Graças vai ser péssimo mesmo esse ano sem o papai. Eu não me importo.

Jason fechou os olhos, encostou a cabeça no travesseiro e apagou. Maxine fez um gesto para que Helen saísse do quarto com ela. Com isso, a enfermeira de plantão voltou para se sentar com Jason. Ele também seria observado bem de perto no Silver Pines, onde as alas eram vigiadas, e Maxine sabia que Jason precisava disso. Pelo menos nesse momento, talvez por algum tempo.

— Acho que devemos fazer isso — explicou Maxine para ela. As lágrimas escorriam pelo rosto de Helen. — Recomendo fortemente. A decisão é sua, mas não acho que possa protegê-lo direito em casa. Não tem como evitar que Jason tente de novo.

— Você acha mesmo que ele vai tentar? — Helen estava em pânico.

— Acho, sim — respondeu Maxine diretamente. — Tenho quase certeza disso. Ele ainda está convencido de que matou o pai.

Vai demorar para superar essa ideia. Até lá, precisa ficar em algum lugar seguro. Você não vai ter um segundo de descanso se Jason ficar em casa — acrescentou, e a mãe pareceu concordar.

— O meu médico acha que a gente podia dar mais uma chance a ele. Disse que meninos dessa idade às vezes fazem isso para chamar atenção.

Helen estava se repetindo como se quisesse convencer Maxine, que entendia a situação muito melhor que ela.

— Jason agiu conscientemente, Helen. Ele sabia o que estava fazendo. Seu filho tomou três vezes a dose letal do seu medicamento. Você quer arriscar que ele faça isso de novo ou que se jogue de uma janela? Jason poderia passar por você e fazer isso em um segundo. Você não tem como dar o que ele precisa em casa.

Não escondia nada, e a mãe assentiu lentamente e voltou a chorar ainda mais. Não conseguia suportar a ideia de perder o filho.

— Tudo bem — disse com calma. — Quando Jason vai ter de ir?

— Vou ver se eles têm uma cama disponível hoje ou amanhã. Quero levá-lo para lá o mais rápido possível. Aqui eles também não têm como protegê-lo direito. Isso aqui não é um hospital psiquiátrico. Jason precisa ir para um lugar como o Silver Pines. Não é tão ruim quanto você imagina, e é o lugar certo para ele agora, pelo menos até sair da crise, talvez depois do fim de ano.

— Natal também? — Helen Wexler ficou desesperada.

— Vamos ver. Vamos conversar sobre isso depois, vamos ver como ele se sai. Ele precisa de um tempo para se encontrar.

A mãe concordou e voltou para o quarto. Maxine foi ligar para o Silver Pines. Cinco minutos depois, estava tudo resolvido. Felizmente, havia um quarto disponível, e Maxine pediu uma ambulância para levá-lo às cinco da tarde. Helen poderia acompanhá-lo e ajudá-lo a se instalar, mas não poderia passar a noite.

Maxine explicou tudo para os dois e disse que visitaria Jason no dia seguinte. Teria de mexer no horário de alguns pacientes, mas era um bom dia para fazer isso. Sabia que não tinha nada de muito importante à tarde, e os únicos dois casos de crise estavam marcados no horário da manhã. Jason parecia tranquilo quanto a ser removido, e Maxine ainda estava conversando com ele e a mãe quando a enfermeira entrou e disse que havia um Dr. West ao telefone para falar com ela.

— Dr. West? — Maxine não sabia quem era. — Está pedindo para eu dar entrada em algum paciente para ele?

Os médicos faziam isso o tempo todo, mas Max não reconheceu o nome. A mãe de Jason ficou constrangida.

— É o meu médico. Pedi que falasse com você porque ele achou que Jason devia ir para casa. Mas eu entendo... Eu acho... Desculpa... Você se importa de falar com ele? Não quero que o Dr. West sinta que pedi para ligar por nada. A gente vai mandar Jason para o Silver Pines. Talvez você pudesse falar para o Dr. West que já arrumamos tudo.

Helen estava sem jeito. Maxine disse que não se preocupasse, ela conversava com outros médicos o tempo todo. Perguntou se ele era psiquiatra, e Helen disse que era o clínico dela. Maxine deixou o quarto e foi atender na sala de enfermagem. Não queria que Jason ouvisse a conversa. Era apenas uma formalidade agora. Atendeu com um sorriso, na expectativa de conversar com um médico amigável e inocente, que não estava acostumado a lidar com adolescentes suicidas no dia a dia, como ela.

— Dr. West? — disse Maxine com voz jovem, eficiente e agradável. — Aqui é a Dra. Williams, psiquiatra do Jason — explicou.

— Eu sei — respondeu ele, e com apenas duas palavras conseguiu soar condescendente. — A mãe dele me pediu para ligar para a senhora.

— Ela me falou. Acabamos de conseguir uma internação no Silver Pines para ele essa tarde. Acho que é o melhor lugar para Jason nesse momento. Ele tomou uma dose letal dos calmantes da mãe ontem à noite.

— Incrível o que crianças fazem para chamar atenção, não é?

Maxine não acreditou no que ouviu. O médico não estava apenas sendo condescendente, ele estava sendo um completo idiota.

— É a segunda tentativa dele. E não acho que três vezes a dose letal seja uma tentativa de chamar atenção. Temos de lidar com isso com seriedade.

— Eu realmente acho que o menino ficaria melhor em casa com a mãe — comentou o Dr. West, como se estivesse falando com uma criança ou uma enfermeira muito, muito jovem.

— Eu sou a psiquiatra dele — declarou Maxine com firmeza. — E minha opinião profissional é de que, se ele for para casa com a mãe, morre em uma semana, talvez em vinte e quatro horas.

Era o mais direta que conseguia ser. Ela não teria dito isso para a mãe de Jason, mas não ia dar espaço para aquele médico condescendente e arrogante.

— Acho isso um pouco histérico — disse ele com um tom meio irritado.

— A mãe de Jason concordou com a internação. Não acho que tenhamos opção. Jason precisa ficar em algum lugar vigiado e ser observado. Não tem como fazer isso em casa.

— A senhora tranca todos os seus pacientes, Dra. Williams?

Ele a insultava diretamente, e Maxine estava começando a ficar enfurecida. Quem aquele médico achava que era?

— Apenas os que estão em perigo de cometer suicídio, Dr. West, e não acho que a sua paciente vá ficar bem se perder o filho. Como o senhor avaliaria isso?

— Acho que a senhora devia deixar a avaliação da minha paciente comigo — declarou ele em tom insolente.

— Exatamente. Boa ideia. E sugiro que o senhor deixe o meu comigo. Jason Wexler é meu paciente, trabalho com ele desde sua primeira tentativa e não estou gostando do que estou vendo nem do que estou ouvindo do senhor, para falar a verdade. Se o senhor quiser verificar minhas credenciais na internet, Dr. West, fique à vontade. Agora, com licença, preciso voltar ao meu paciente. Obrigada pela ligação.

Ele ainda estava falando quando Maxine desligou. Teve de disfarçar a irritação quando voltou ao quarto de Jason. Não era problema deles que ela e o médico de Helen se desentenderam pelo telefone. O Dr. West era o tipo de babaca empolado que prejudicava vidas, na opinião de Maxine, e uma ameaça real ao ignorar a seriedade da crise na qual Jason se encontrava. Ele precisava ficar em uma instituição psiquiátrica como o Silver Pines. Dane-se o Dr. West.

— Correu tudo bem? — Helen olhou para ela com ansiedade, e Maxine torceu para que não conseguissem ver o quanto estava irritada. Vestiu a raiva com um sorriso.

— Sim.

Maxine examinou Jason e ficou mais meia hora com ele dizendo o que esperar do Silver Pines. Ele fingiu não se importar e não estar assustado, mas ela sabia que estava. Tinha de estar. Era um momento aterrorizante para o garoto. Primeiro, ele quase morreu, e agora teria de lidar com a vida de novo. Para Jason, era o pior dos dois mundos.

Ela os deixou e garantiu a Helen que estaria disponível o dia inteiro e no dia seguinte para receber ligações. Depois de assinar os papéis da internação, deixou o hospital e foi andando para casa. Enquanto caminhava pela Park Avenue, sentiu-se furiosa com aquele médico idiota, Charles West. Daphne e as amigas ainda dormiam quando entrou em casa. Era quase meio-dia.

Dessa vez, Maxine foi até o quarto da filha e abriu as cortinas. A luz clara da manhã banhou o cômodo, e ela disse bem alto que era hora de acordar. Nenhuma das meninas estava com a cara boa quando elas gemeram e se levantaram. Ao sair da cama, Daphne viu as garrafas vazias alinhadas na cômoda e percebeu o olhar da mãe.

— Merda — disse ela baixinho, dando uma olhada nas amigas. Todas pareciam assustadas.

— É por aí mesmo — disse Maxine sem se alterar, e deu uma olhada nas outras garotas. — Obrigada por virem, meninas. Podem se arrumar e pegar suas coisas. A festa acabou. E você — ela olhou para Daphne de novo — está de castigo por um mês. E quem trouxer álcool para essa casa de novo não vai mais poder entrar aqui. Vocês violaram a minha hospitalidade e a minha confiança. — E completou, dirigindo-se a Daphne, que parecia em pânico: — Falo com você mais tarde.

As meninas começaram a cochichar freneticamente quando Maxine saiu do quarto. Elas se arrumaram depressa, tudo o que queriam fazer agora era ir embora. Daphne estava com os olhos cheios de lágrimas.

— Eu falei que era uma ideia idiota — comentou uma das meninas.

— Achei que você tivesse escondido as garrafas no closet — reclamou Daphne.

— Eu escondi.

Elas estavam quase chorando. Foi a primeira vez que fizeram aquilo, mas com certeza não seria a última. Maxine sabia disso melhor que elas.

— Ela deve ter procurado.

As meninas se arrumaram e foram embora em menos de dez minutos. Daphne foi procurar a mãe. Encontrou-a na cozinha conversando com Zelda, que olhou para Daphne inflexível, com um ar de desaprovação, e não disse uma palavra. Cabia a Maxine escolher como lidar com a situação.

— Foi mal, mãe — disse Daphne, chorando.

— Foi mal mesmo. Eu confiei em você, Daff. Sempre confiei. Não quero que nada afete isso. Nós temos uma ótima relação.

— Eu sei... Não fiz por mal... A gente só... Eu...

— Você está de castigo por um mês. Sem telefone na primeira semana. Sem sair com seus amigos por um mês. Não vai sair de casa sozinha. E sem mesada. É isso. E não faça isso de novo — completou, séria.

Daphne assentiu com a cabeça em silêncio e voltou para o quarto. As duas ouviram a porta se fechando devagar. Maxine tinha certeza de que a filha estava chorando, mas queria deixá-la sozinha por enquanto.

— E isso é só o começo — comentou Zelda com tristeza.

As duas riram. Não era o fim do mundo para elas, mas Maxine queria causar algum impacto na filha para que isso não se repetisse tão cedo. Aos 13 anos, Daphne era muito jovem para ficar bebendo escondida no quarto, então era melhor ser direta com ela.

Daphne ficou no quarto o restante da tarde depois de entregar o celular para a mãe. O aparelho era a vida dela, abrir mão dele era um sacrifício terrível.

Maxine foi buscar os meninos às cinco, e, quando chegaram, Daphne contou para Jack o que tinha acontecido. Ele ficou surpreso, porém impressionado, e disse o que ela já sabia, que tinha sido uma idiotice e que era claro que a mãe deles iria descobrir. Segundo Jack, a mãe sabia de tudo e tinha uma espécie de radar e visão de raios X implantada na cabeça. Era parte do pacote de ser mãe.

Os quatro jantaram em silêncio naquela noite e foram dormir cedo, pois as crianças tinham aula no dia seguinte. Maxine dormia profundamente à meia-noite quando a enfermeira do Silver Pines ligou. Jason Wexler havia tentado se matar de novo. Ele estava bem e estável. Jason tirou o pijama e tentou se estrangular com ele, mas a enfermeira encarregada de cuidar do garoto o encontrou e o reanimou. Maxine se deu conta de que o tiraram do Lenox Hill na hora certa, e agradeceu a Deus pela mãe de Jason não ter dado ouvido ao Dr. West, o idiota pomposo. Ela disse para a enfermeira que visitaria Jason à tarde, e já dava para imaginar como a mãe receberia a notícia. Maxine ficou grata por ele estar vivo.

Depois, deitada na cama, Max se deu conta de que o fim de semana foi agitado. A filha ficou bêbada pela primeira vez e um de seus pacientes tentou se matar pela segunda vez. Mas, pensando bem, podia ter sido muito pior. Jason Wexler poderia estar morto. Estava aliviada por isso não ter acontecido, embora fosse gostar de dar uma lição de moral em Charles West. O sujeito era um completo imbecil. Ainda bem que a mãe de Jason não lhe deu ouvido e confiou em Maxine. O mais importante era que Jason estava vivo. Tomara que permanecesse assim. A cada tentativa, o risco era maior. Em comparação, a festinha etílica de Daphne no sábado à noite não era nada, afinal de contas, não passava disso. Maxine ainda estava pensando nisso quando Sam entrou no quarto e parou ao lado da cama.

— Posso dormir com você, mamãe? — perguntou com um tom solene. — Acho que tem um gorila no meu armário.

— Claro, meu amor.

Maxine abriu espaço para ele, que se aconchegou ao lado da mãe. Ela ficou se perguntando se devia explicar que não havia um gorila no closet ou simplesmente deixar passar.

— Mãe? — sussurrou Sam ao lado dela. Estava bem confortável.

— Que foi?

— O gorila... Eu inventei.

— Eu sei.

Max sorriu para o filho no escuro, deu um beijo em sua bochecha e, minutos depois, os dois caíram no sono.

Capítulo 3

Maxine chegou ao consultório às oito da manhã no dia seguinte. Realizou consultas sem intervalo até o meio-dia e depois foi de carro até Long Island para ver Jason Wexler no Silver Pines. Chegou à uma e meia. A única coisa que comeu foi a metade de uma banana enquanto dirigia, e retornou ligações usando o viva-voz do carro. Estava concentrada e não se atrasou.

Ela passou uma hora sozinha com Jason, conversou com o psiquiatra de plantão sobre os eventos da noite anterior e falou com a mãe do garoto por meia hora. Todos estavam gratos por Jason estar no Silver Pines e por ele não ter sido bem-sucedido na terceira tentativa de suicídio. Helen rapidamente deu crédito a Maxine e disse que ela estava certa. A mãe estremeceu ao pensar no que teria acontecido se tivesse levado o filho para casa. Era quase certo que dessa vez ele teria conseguido. Ao contrário das sugestões do médico de Helen, essas não eram tentativas de chamar atenção. Jason queria fugir. Considerando que ele sempre teve sentimentos conflitantes em relação ao pai e a discussão ocorrida na noite do ataque cardíaco, Jason estava plenamente convencido de que o havia matado. Mostrar o contrário e aliviar sua culpa levariam meses, talvez anos. Helen e Maxine sabiam agora que seria uma extensa luta para o garoto. E, diferente das expectativas iniciais da mãe, ele não conseguiria voltar para casa a tempo do Natal. Agora

Maxine queria que Jason ficasse internado de seis meses a um ano, mas ainda era muito cedo para falar isso para Helen, que estava bastante abalada pelo filho quase ter se enforcado na noite anterior. E Jason falou para a mãe naquela manhã que, se quisesse se matar, ele se mataria. Nada poderia detê-lo. Maxine ficou mortificada, mas sabia por experiência que Jason tinha razão. O que tinham de fazer agora era curar a alma e o espírito feridos do menino, e isso levaria tempo.

Maxine foi embora às quatro e chegou ao consultório pouco depois das cinco, após de ter pegado trânsito intenso na ponte. Tinha um paciente marcado para as cinco e meia, e verificava as mensagens quando recebeu uma ligação do clínico de Helen, o Dr. West. Pensou em não atender, presumiu que fosse ouvir mais besteiras presunçosas, como no dia anterior, e não estava com humor para isso. Apesar de sempre manter o profissionalismo em relação aos pacientes, e tinha limites bem definidos, estava profundamente triste por Jason e sua mãe. Ele era um menino adorável, e a família já havia sofrido o suficiente na vida. Relutante, atendeu e se preparou para a arrogância na voz do médico.

— Dra. Williams, pois não?

— Aqui é Charles West. — Ao contrário dela, ele não se apresentou com o título. Parecia chateado, o que Maxine não estava esperando. A voz era suave e tranquila, quase humana. — Recebi uma ligação de Helen Wexler hoje de manhã sobre Jason. Como ele está?

Maxine permaneceu alheia e distante. Não confiava no médico. Ele provavelmente ia achar um problema em alguma coisa que ela fez, ia insistir em mandarem Jason para casa. Por mais insano que pudesse ser, Maxine achou que o Dr. West fosse capaz disso, a julgar pelos comentários do dia anterior.

— Está como o esperado. Jason estava sedado quando o vi, mas coerente. Ele se lembra do que fez e por quê. Eu tinha quase certeza de que tentaria de novo, apesar de ele ter prometido à mãe que não o faria. Jason guarda muita culpa por causa do pai. — Era o máximo que estava disposta a dizer para ele, e era mais que suficiente para explicar suas ações. — Não é raro, mas ele precisa de formas mais construtivas de lidar com isso, e o suicídio não é uma.

— Eu sei. Desculpe. Liguei para me desculpar por ter sido tão idiota ontem. Helen é muito próxima dele, sempre foi. Filho único, sobrevivente. Não acho que o casamento tenha sido muito bom. — Maxine sabia disso, mas não fez comentários. O que sabia não era da conta dele. — Achei que ele estivesse apenas querendo atenção, a senhora sabe como são as crianças.

— Sei, sim — disse Maxine com frieza. — A maioria delas não se mata para ganhar atenção. Geralmente têm razões fortes, e acho que Jason acredita ter. Convencê-lo do contrário vai demandar muito trabalho.

— Tenho total certeza de que a senhora é capaz de fazer isso — declarou o Dr. West com gentileza. Para a surpresa dela, ele soou até humilde, muito diferente do dia anterior. — Fico constrangido em admitir isso, mas olhei seu currículo na internet. A senhora tem uma experiência incrível, doutora.

Ele ficou bastante impressionado e encabulado por tê-la tratado como uma psiquiatra qualquer que estava tirando vantagem dos Wexlers, exagerando seus problemas. O Dr. West leu o currículo dela e pesquisou onde estudou, os títulos, os livros que escreveu, as palestras que deu e os comitês nos quais serviu, e agora sabia que ela já havia assessorado escolas no país inteiro sobre traumas em crianças, e que o livro que tinha escrito sobre suicídio entre adolescentes era o melhor material acerca do assunto. A Dra. Williams era uma verdadeira autoridade na área. Ele era um ninguém perto dela, e, apesar de ter uma boa dose de autoconfiança, não teve como não se sentir impressionado por ela. Qualquer um ficaria.

— Obrigada, Dr. West — disse Maxine friamente. — Eu já sabia que Jason não estava brincando na segunda tentativa. Meu trabalho é esse.

— No mínimo. Eu só queria me desculpar por ter sido tão idiota ontem. Sei que Helen fica descontrolada, e ela está no limite ultimamente. Sou médico dela há quinze anos, conheço Jason desde que nasceu. O marido dela foi meu paciente também. Nunca me dei conta do quanto Jason estava perturbado.

— Acho que isso vem de antes da morte do pai. A morte da irmã abalou a família inteira, o que é compreensível, e ele está em uma idade difícil. Garotos de 16 anos são muito vulneráveis, e há muitas expectativas naquela família, academicamente e em outros sentidos. Jason é o único filho vivo, esse tipo de coisa. Não é fácil para ele. E a morte do pai só piorou tudo.

— Só agora eu entendi isso. Peço mil desculpas. — Ele parecia realmente arrependido, o que a surpreendeu.

— Não se preocupe, todos nós podemos errar em nossas avaliações. Não é sua área. Eu não faria diagnósticos de meningite ou diabetes. É por isso que temos especialidades, doutor. Foi gentil de sua parte ter ligado. — Ele havia adotado uma postura humilde, era a última pessoa que Maxine pensaria ver fazendo isso. — Acho que o senhor deve ficar de olho em Helen. Ela está muito abalada. Eu indiquei um psiquiatra para ela que trabalha com perdas, mas ficar com Jason em um hospital pelos próximos meses, especialmente no fim do ano, não vai ser fácil. E o senhor sabe como é, às vezes esse tipo de estresse atinge o sistema imunológico.

Helen já havia comentado com Maxine que tivera três resfriados fortes e várias crises de enxaqueca desde a morte do marido. As três tentativas de suicídio de Jason e sua internação provavelmente não fariam com que sua saúde melhorasse, e Charles West sabia disso.

— Vou ficar de olho nela. A senhora tem razão, é claro. Sempre me preocupo com meus pacientes depois da morte de um cônjuge ou de um filho. Alguns deles desmoronam como um castelo de cartas, apesar de Helen ser bem forte. Vou ligar para ela e ver como está.

— Acho que ela está em choque depois da noite de ontem — avisou Maxine com honestidade.

— Quem não estaria? Eu não tenho filhos, mas não consigo imaginar nada pior, e ela já perdeu a filha, agora quase perde o filho, e logo depois de ficar viúva. Difícil ficar pior que isso.

— Difícil mesmo — concordou Maxine com tristeza. — Ela podia ter perdido o filho também. Graças a Deus isso não aconteceu. E vamos fazer de tudo para evitar que aconteça. É o meu trabalho.

— Não gostaria de estar no seu lugar. A senhora deve lidar com coisas bastante complicadas.

— Lido — disse ela com calma olhando para o relógio. O próximo paciente chegaria em cinco minutos. — O senhor foi muito gentil de ter ligado — repetiu ela, tentando finalizar a conversa. Falou com sinceridade. Vários médicos não teriam se dado ao trabalho.

— Agora já sei quem indicar aos meus pacientes com crianças problemáticas.

— Grande parte do meu trabalho está relacionado a trauma com crianças mais novas. Como terapeuta, é menos deprimente que trabalhar com adolescentes suicidas. Lido com os efeitos de grandes situações traumáticas a longo prazo, como o 11 de Setembro.

— Li na internet sua entrevista para o *New York Times*. Deve ter sido fascinante.

— Foi, sim.

O segundo livro de Max era sobre eventos públicos e nacionais que traumatizaram grandes grupos de crianças. Ela estava envolvida em vários estudos e projetos de pesquisa, e já havia testemunhado várias vezes perante o Congresso.

— Se achar que tem alguma coisa que eu precise saber em relação a Helen ou Jason, me avise. As pessoas geralmente não me falam o que está acontecendo. Helen fala sem problemas mas também é discreta. Então, se a senhora detectar alguma coisa importante, ligue para mim.

— Tudo bem.

O telefone tocou. O paciente das cinco e meia tinha sido pontual. Uma garota anoréxica de 14 anos que estava melhor que no ano anterior, depois de seis meses hospitalizada em Yale.

— Obrigada novamente por ligar. Foi muito gentil de sua parte — disse Max com doçura. Afinal, ele não era tão ruim. Ligar e assumir o erro foi um ato nobre.

— Imagine — disse ele, e desligaram.

Maxine se levantou e abriu a porta para uma menina linda. Ainda estava extremamente magra e parecia bem mais nova do que era. Parecia ter cerca de 10 ou 11 anos, apesar de estar prestes a fazer 15. Contudo, quase tinha morrido de anorexia um ano antes, então as coisas estavam melhorando. Seus cabelos ainda estavam ralos, havia perdido vários dentes durante a internação e sua capacidade de ter filhos seria uma questão no futuro. Era uma doença séria.

— Oi, Josephine, pode entrar — chamou Maxine calorosamente, apontando para a poltrona familiar, onde a linda adolescente se encolheu como um gatinho, olhos enormes buscando os de Maxine.

Em poucos minutos, ela voluntariamente confessou ter roubado um pouco dos laxantes da mãe naquela semana, mas, depois de pensar muito, não os havia usado. Maxine pareceu compreender, e as duas conversaram sobre esse episódio, entre outros assuntos. Josephine começou a gostar de um menino que tinha conhecido, já havia retornado à escola e estava se sentindo melhor consigo mesma. O caminho de volta do lugar obscuro onde se vira no ano anterior, quando pesava menos de trinta quilos aos 13 anos, era longo e lento. Pesava trinta e oito quilos agora, ainda muito leve para sua altura, mas não parecia tão enfraquecida. O objetivo atual delas era chegar aos quarenta e cinco quilos. Naquele momento, estava ganhando quatrocentos gramas por semana, sem retroceder.

Maxine tinha mais uma paciente depois dela, uma menina de 16 anos que se cortava. Tinha cicatrizes nos braços, que ela cobria, e havia tentado se matar um ano antes. Maxine tinha sido indicada pelo médico da família, e elas estavam fazendo um progresso lento mas regular.

Maxine ligou para o Silver Pines antes de sair do consultório e foi informada de que Jason tinha se arrumado e saído para jantar com os outros residentes. Ele não falou muito e voltou para o quarto logo em seguida, mas era um começo. Ainda estava sob vigília, o que continuaria por algum tempo, até que o médico de plantão e Maxine se sentissem mais seguros em relação a ele. Ainda estava muito deprimido, corria muito risco, mas pelo menos estava a salvo no Silver Pines, motivo que a fez enviá-lo para lá.

Ela estava no elevador de seu prédio às sete e meia, exausta. Quando entrou em casa, Sam passou por ela correndo fantasiado de peru e grugulejando. Ela sorriu. Chegar em casa era bom. Tinha sido um longo dia e ela ainda estava triste por causa de Jason. Sentia muito pelos pacientes.

— O Halloween já acabou! — disse ela ao filho.

Sam parou, sorriu, voltou correndo e a abraçou na altura da cintura. Quase a derrubou fazendo isso. Era um menininho forte.

— Eu sei. Sou o peru na peça da escola — anunciou com orgulho.

— Escolheram o papel certo — comentou Jack, caminhando de short e chuteira, deixando um rastro de terra no carpete, o que não o incomodava nem um pouco. Carregava uma pilha de jogos de videogame que pegou emprestada com um amigo.

— Zelda vai ter um treco — avisou a mãe olhando para o carpete. Assim que ela falou, a babá apareceu de cara feia.

— Vou jogar essas chuteiras pela janela se você não entrar em casa descalço, Jack Williams. Você vai acabar com todos os nossos tapetes e com o chão! Quantas vezes eu vou ter de falar?

Ela bufou e voltou para a cozinha batendo os pés. Ele se sentou no chão e tirou os sapatos.

— Desculpa — murmurou ele, e depois sorriu para a mãe. — Ganhamos do Collegiate hoje. São uns bebezões. Dois deles choraram quando perderam o jogo.

Maxine já havia presenciado dois meninos do time de Jack chorando também. Os garotos levavam os esportes a sério e não sabiam perder nem vencer.

— Que bom que ganhou. Vou ao jogo na quinta. — Ela havia reservado espaço na agenda para isso. Virou-se para Sam, que a olhava com adoração, vestido de peru. — Quando é sua peça?

— Um dia depois do Dia de Ação de Graças — respondeu ele todo contente.

— Tem alguma fala para você aprender?

Sam grugulejou alto em resposta. Jack tapou as orelhas e saiu andando, e Zelda gritou da cozinha:

— O jantar vai estar pronto em cinco minutos!

Zelda saiu para ver Maxine e disse em voz baixa:

— A gente esperou a senhora chegar.

Ela tentava atrasar o jantar nas noites em que Maxine trabalhava até mais tarde, a não ser quando ficava tarde demais para as crianças. Mas Zelda era boa em dar um jeito de todos fazerem a refeição juntos. Sabia o quanto isso era importante para Maxine. Era uma das várias coisas que Maxine gostava nela. Zelda nunca agia pelas suas costas nem fazia comentários passivo-agressivos sobre cuidar de seus filhos enquanto ela está longe. Nunca fazia nada que pudesse atrapalhar seu relacionamento com as crianças, como algumas babás de amigas faziam. Zelda era totalmente dedicada à família, e se mantinha assim havia doze anos. Não desejava de forma alguma usurpar o papel materno de Maxine com as crianças.

— Obrigada, Zellie — disse Maxine, e deu uma olhada em volta. Ainda não tinha visto a filha, apenas os meninos. — Cadê Daff? No quarto? — Provavelmente de mau humor, presumiu, depois de ser colocada de castigo no dia anterior.

— Ela pegou o celular e estava ligando — respondeu Sam antes de Zelda, que franziu o cenho para ele.

Ela ia contar para Maxine no momento certo. Sempre contava, e Maxine sabia que podia confiar em Zelda.

— Não é legal dedurar sua irmã — ralhou Zelda.

Maxine ergueu uma sobrancelha e foi para o quarto de Daphne. Sam estava certo, Maxine a encontrou na cama conversando alegremente ao celular. Daphne deu um pulo quando viu a mãe. Maxine se aproximou dela com a mão estendida. Nervosa, Daphne entregou o celular após finalizar a ligação rapidamente sem se despedir.

— A gente ainda é honesto nessa casa ou vou ter de esconder o celular?

As coisas definitivamente estavam mudando com Daphne, e rápido. Houve uma época, não muito distante, em que ela teria respeitado a punição e não teria pegado o celular de volta. Os 13 anos estavam mudando tudo, e Maxine não gostava disso.

— Desculpa, mãe.

Ela não olhou diretamente para a mãe. Zelda os chamou para o jantar, todos foram para a cozinha, Jack descalço e com short de futebol, Daphne com a roupa que usou para ir à escola e Sam ainda vestindo com orgulho sua fantasia de peru. Maxine tirou o blazer e colocou sapatos baixos. Tinha passado o dia de salto alto. Ela sempre parecia profissional no trabalho e relaxada em casa. Se tivesse tempo, teria colocado jeans, mas o jantar já havia esperado demais, e tanto ela quanto os filhos estavam famintos.

Foi uma refeição tranquila e confortável. Zelda se sentou com eles, como sempre fazia. Maxine achava maldade fazer com que ela comesse sozinha. Como não havia um pai à mesa, Maxine sempre a convidava para acompanhá-los. As crianças, de bom humor, falaram sobre o dia, exceto Daphne, que falou pouco e sabia que ainda estava encrencada. E estava com vergonha por causa do episódio do celular. Ela descobriu que Sam a dedurou, olhou para ele com raiva e murmurou que se vingaria. E Jack falou do jogo e prometeu ajudar a mãe a instalar um programa novo no computador. As crianças foram para seus respectivos quartos após o jantar. Zelda ficou na cozinha para fazer a limpeza. Maxine foi ao quarto de Daphne para conversar.

— Oi, posso entrar? — perguntou para a filha à porta. Geralmente pedia permissão, e nesse momento era ainda mais importante.

— Tanto faz — respondeu Daphne, e Maxine sabia que seria a melhor resposta que teria, considerando o castigo e o episódio do celular.

Ela entrou no quarto e se sentou na cama, onde Daphne estava deitada vendo TV. Tinha feito o dever de casa antes de a mãe chegar. Era boa aluna e tirava boas notas. Jack não era tão aplicado, por causa da tentação do videogame, e Sam ainda não tinha dever de casa.

— Eu sei que você está zangada comigo por causa do castigo, Daff. Mas não gostei das cervejas na festa. Quero confiar em você e nas suas amigas, principalmente se eu tiver de sair.

Daphne não falou nada, apenas olhou para o outro lado. Depois, por fim, olhou para a mãe com a expressão cheia de ressentimento.

— A ideia não foi minha. E foi outra pessoa que trouxe as cervejas.

— Mas você deixou que acontecesse. E deve ter bebido também. Nosso lar é sagrado, Daffy. Assim como minha confiança em você. Não quero que nada abale essa confiança.

Ela sabia com toda a certeza que algo abalaria essa confiança. Era previsível na idade de Daphne, e Maxine entendia isso, mas ainda tinha de cumprir seu papel de mãe. Não podia simplesmente fingir que não havia acontecido e não reagir. E Daphne também sabia disso. Ela só lamentava que tivessem sido pegas em flagrante.

— É, eu sei.

— Suas amigas têm de respeitar a gente quando vêm aqui. E não acho que ficar bebendo seja uma ideia muito boa.

— Tem gente que faz coisa pior — argumentou a filha com o nariz em pé.

Maxine sabia disso. Muito pior. Fumavam maconha, usavam drogas mais pesadas, bebiam destilados, e muitas meninas da idade de Daphne já haviam transado. Maxine ouvia casos regularmente no trabalho. Uma das pacientes dela chupava qualquer menino desde o sexto ano.

— Por que tanto escândalo só porque a gente tomou cerveja?

— Porque é contra as nossas regras. E, se você começar a quebrar algumas regras, onde isso vai parar? Temos certos acordos entre nós, falados ou não, e temos de respeitar esses acordos, ou renegociar os limites em algum momento, mas não agora. Regras são regras. Eu não trago homens para cá e passo a noite fazendo orgias. Vocês esperam que eu aja de determinada maneira, e eu obedeço. E não fico no meu quarto enchendo a cara e dormindo bêbada. Como você se sentiria se eu fizesse isso?

Daphne sorriu, mesmo sem querer, ao imaginar a mãe em uma cena dessas.

— Você nunca sai com ninguém mesmo. A mãe de várias amigas minhas levam namorados em casa. Você não tem namorado.

A intenção das palavras foi machucar, e machucaram um pouco.

— Mesmo se tivesse, eu não ficaria no quarto bebendo. Quando você for mais velha, pode beber comigo ou na minha frente. Mas você não está na idade de beber de acordo com a lei, nem as suas amigas, e não quero isso acontecendo aqui. Ainda mais aos 13 anos.

— Eu sei — disse Daphne, e depois completou a frase. — O papai deixou a gente beber vinho na Grécia no verão passado. Ele até deu um pouco para o Sam. E ele não surtou por causa disso.

— Isso é diferente. Vocês estavam com ele. Ele deu o vinho para vocês, e vocês não estavam bebendo escondidos, embora eu também não goste muito dessa ideia. Vocês são muito novos para beber. Não precisam começar agora.

Mas Blake era assim. Suas ideias eram muito diferentes das dela, e não havia regras para si próprio nem para os filhos. E ele realmente levava mulheres para casa, se é que podiam ser chamadas assim. A maioria delas tinha acabado de se tornar mulher; em breve, conforme os filhos cresciam, as mulheres com as quais saía teriam a idade deles. Maxine achava que Blake era sossegado e descuidado demais na frente das crianças, mas ele nunca a ouvia. Ela já havia falado sobre isso várias vezes, e tudo que ele fazia era rir e fazer tudo de novo.

— Quando eu for mais velha, você vai me deixar beber aqui? — Daphne estava tateando o terreno.

— Talvez. Se eu estiver por perto. Mas não vou deixar suas amigas beberem aqui se forem menores de idade. Posso ter muitos problemas por causa disso, ainda mais se alguma coisa der errado ou se alguém se machucar. Simplesmente não é uma boa ideia.

Maxine acreditava em regras e as seguia fielmente. Os filhos sabiam disso, todo mundo sabia disso, incluindo Blake.

Daphne não teceu nenhum comentário. Já havia escutado o sermão antes, quando discutiram sobre isso. Sabia que outros pais tinham regras bem mais flexíveis, alguns não tinham regra alguma, e alguns eram como sua mãe. Era uma loteria. Sam apareceu à porta com sua fantasia de peru procurando pela mãe.

— Mamãe, eu tenho que tomar banho hoje? Tomei muito cuidado. Não me sujei nem um pouco.

Maxine respondeu com um sorriso, e Daphne aumentou o volume da TV, o que era um sinal para a mãe de que havia escutado o suficiente e não queria mais ouvir nada. Maxine se inclinou para dar um beijo nela e saiu do quarto com o filho caçula.

— Não interessa se você tomou cuidado hoje. Sim, tem de tomar banho.

— Que saco.

Zelda estava esperando com uma expressão nefasta. Maxine deixou Sam com ela, parou para ver Jack, que jurava ter feito o dever de casa, e depois foi para o próprio quarto e ligou a TV. Era uma boa noite, calma e tranquila em casa, o tipo de noite de que mais gostava.

Pensou sobre o que Daphne tinha dito. Não era totalmente verdade. Ela saía para jantar de vez em quando, jantares de antigos amigos ou de casais da época em que era casada. Ia a óperas, peças e balés, apesar de menos do que deveria, ela sabia disso. Sentia que tudo demandava muito esforço, adorava ficar em casa depois de um dia agitado. Ia ao cinema com os filhos e a jantares inevitáveis com grupos de médicos. No entanto, entendeu o que Daphne quis dizer, e a filha tinha razão. Ela não saía com ninguém havia um ano. Isso a incomodava às vezes, principalmente quando percebia que o tempo estava passando. Tinha 42 anos, afinal de contas, e não tinha um homem em sua vida desde Blake. Saía com alguém de vez em quando, mas havia anos que não se sentia atraída por um homem, e não tinha muitas oportunidades para conhecer ninguém. Estava sempre no trabalho ou com os filhos, e a maioria dos médicos que conhecia era casada ou queria trair a esposa, o que não estava nem um pouco disposta a fazer. Havia pouquíssimos homens livres e atraentes na casa dos 40 e 50 anos. Todos os caras interessantes estavam casados ou pareciam estar, e os que sobraram tinham "questões" a trabalhar ou problemas com intimidade, eram gays ou tinham fobia de compromisso ou queriam namorar mulheres com metade da sua idade. Encontrar um homem para um relacionamento não era tão fácil quanto parecia, e não estava tão preocupada com isso. Achava que, se fosse para acontecer algum dia, aconteceria. Até lá, por ela estava tudo bem.

 Quando ela e Blake se separaram, Max achou que encontraria outra pessoa, talvez até se casasse de novo, no entanto isso parecia mais improvável a cada ano. Blake estava na ativa, curtindo a vida com jovens deslumbrantes. Maxine ficava sentada em casa toda noite, com os filhos e a babá, e tinha suas dúvidas se queria que fosse diferente. Certamente não trocaria os filhos por um encontro. E, no fim das contas, qual o problema disso? Por um instante, Maxine permitiu que a mente vagueasse por imagens de noites nos braços do marido, dançando com ele, rindo com ele, caminhando na praia com ele e fazendo amor. Pensar que nunca mais faria sexo era meio assustador, ou que não beijaria mais ninguém. Contudo, se era isso que a vida lhe reservava, tudo bem. Tinha os filhos. Do que mais precisava? Ela sempre disse a si mesma que isso bastava.

Maxine ainda estava pensando no assunto quando Sam entrou no quarto. Ele tinha acabado de tomar banho, estava usando um pijama limpinho, pés descalços, cabelos úmidos com cheiro de xampu. Pulou na cama da mãe.

— No que você está pensando, mãe? Você parece triste. — As palavras de Sam a fizeram sair de seu devaneio e sorrir para ele.

— Não estou triste, meu amor. Só estava pensando em umas coisas.

— Coisas de gente grande? — perguntou com interesse enquanto aumentava o volume da TV com o controle remoto.

— É, mais ou menos isso.

— Posso dormir com você hoje? — Pelo menos dessa vez ele não inventou um gorila. Maxine sorriu para o filho.

— Claro. Por mim tudo bem.

Maxine adorava quando ele dormia com ela. Sam se aconchegou ao seu lado. Os dois recebiam o conforto do qual precisavam. Com seu pequeno Sam, tão fofinho, dormindo ali, encolhido ao seu lado, o que mais poderia querer? Nenhum namorado ou relacionamento jamais seria tão adorável.

Capítulo 4

Na manhã do feriado do Dia de Ação de Graças, Maxine foi dar uma olhada nos filhos em seus respectivos quartos. Daphne estava deitada na cama conversando com uma amiga ao celular, que tinha sido oficialmente devolvido a ela. Ainda estava de castigo, sem poder sair com os amigos, mas pelo menos agora podia conversar pelo telefone. Jack estava na frente do computador vestindo camisa azul, calça cinza e um blazer. Maxine o ajudou com a gravata. E Sam ainda estava de pijama grudado na TV, vendo o desfile da Macy's. Zelda saiu cedo para passar o dia com uma amiga que trabalhava com uma família em Westchester. Ela ia preparar o almoço para um grupo de babás que conhecia. Elas eram um tipo especial de pessoa — davam a vida pelas crianças que amavam e das quais cuidavam, porém não tinham filhos.

Maxine pegou as roupas de Sam e lembrou a Daphne que ela devia sair do telefone e se arrumar. A filha entrou no banheiro com o celular grudado na orelha e bateu a porta. Maxine foi para o quarto se arrumar. Planejava vestir calça bege com um suéter de caxemira de gola alta, com uma cor que combinasse com a calça, e sapatos de salto alto. Colocou o suéter e começou a pentear os cabelos.

Dez minutos depois, Sam entrou no quarto com a camisa mal abotoada, o zíper da calça aberto e os cabelos desgrenhados. Max sorriu.

— Estou bonito? — perguntou com confiança.

Ela penteou os cabelos de Sam e pediu a ele que fechasse o zíper.

— Ah — disse ele com um sorriso quando a mãe abotoou sua camisa, então ela pediu que pegasse a gravata. Franziu o rosto. — Eu tenho que usar isso também? Ela fica me estrangulando.

— Então a gente não aperta muito. O vovô sempre coloca gravata, e Jack também está usando hoje.

— Mas o papai nunca coloca gravata — rebateu Sam, chateado.

— Coloca, sim. — Maxine se manteve firme. Blake ficava lindo de terno. — Ele coloca quando sai.

— Ele não coloca mais.

— Bem, é para usar gravata no Dia de Ação de Graças. E não se esqueça de pegar o mocassim.

Maxine sabia que, se não falasse isso, Sam iria querer usar o tênis de corrida para almoçar na casa dos avós. Ele voltou para o quarto para pegar a gravata e o sapato. Daphne apareceu à porta vestindo minissaia preta, meia-calça preta e sapato de salto alto. Foi ao quarto da mãe para pegar outro suéter emprestado, o cor-de-rosa que ela mais gostava. Pequenos diamantes brilhavam em suas orelhas. Presente de Maxine em seu aniversário de 13 anos, quando permitiu que ela furasse as orelhas. Queria fazer mais um furo em cada uma. "Todo mundo" na escola tinha pelo menos dois furos. Maxine ainda não havia cedido, e a filha estava linda com os cabelos penteados delicadamente. Maxine entregou o suéter cor-de-rosa no momento em que Sam entrou, calçado e com uma expressão esquisita.

— Não consigo achar a gravata — declarou ele parecendo contente.

— Consegue, sim. Volte e procure de novo — pediu Maxine com firmeza.

— Eu te odeio — disse ele. Era a resposta que ela esperava. Maxine colocou o blazer, os saltos e os brincos de pérola.

Meia hora depois, todos estavam vestidos, os dois meninos estavam de gravata e parcas para neve por cima do blazer, e Daphne, com um casaco preto curto com gola de pele, presente de aniversário de Blake. Todos pareciam arrumados, respeitáveis e bem-vestidos. Fizeram uma caminhada curta pela Park Avenue até o apartamento dos avós. Daphne queria pegar um táxi, mas Maxine disse que a caminhada faria bem a eles. Era um dia bonito e ensolarado de novembro, e as crianças estavam ansiosas pela chegada do pai à tarde. Blake vinha de Paris, e o combinado era que estariam no apartamento dele para o jantar. Maxine concordou em ir também. Vê-lo seria bom.

O porteiro do prédio dos avós desejou um feliz Dia de Ação de Graças para todos quando entraram no elevador. A mãe de Maxine esperava por eles à porta assim que chegaram. Ela era muito parecida com a filha, uma versão mais velha e um pouco mais pesada, e o pai de Maxine estava logo atrás com um sorriso enorme.

— Meu Deus! — exclamou ele com doçura. — Vocês são um grupo muito bonito.

Ele deu um beijo na filha e cumprimentou os meninos com um aperto de mão. Enquanto isso, Daphne deu um beijo na avó e sorriu para o avô, que lhe deu um abraço.

— Oi, vô — disse ela com carinho.

Eles acompanharam os avós até a sala. A avó tinha preparado vários arranjos lindos com flores do outono, o apartamento estava mais arrumado e elegante do que nunca. Estava tudo impecável e arrumado, e as crianças se sentaram educadamente no sofá e nas cadeiras. Sabiam que deviam se comportar na casa dos avós, que eram gentis e amáveis, mas desacostumados a receber várias crianças ao mesmo tempo, principalmente meninos. Sam pegou um baralho do bolso e começou a jogar com o avô, enquanto Maxine e a mãe foram para a cozinha ver como estava o peru. Tudo já havia sido meticulosamente arrumado e preparado — talheres de prata reluzente, guardanapos de pano liso, peru no forno, legumes na panela. Passar o Dia de Ação de Graças juntos era uma tradição que todos amavam. Maxine gostava de visitar os pais. Eles a apoiaram a vida inteira, principalmente depois do divórcio. Gostavam de Blake, mas achavam que tinha exagerado desde que ficou rico. O atual estilo de vida dele estava completamente além do que podiam compreender. Preocupavam-se com sua influência sobre as crianças, mas ficavam aliviados ao ver que os valores sólidos e a atenção constante de Maxine continuaram a mantê-las firmes. Eles eram loucos pelos netos, amavam recebê-los e passar os feriados com eles.

O pai de Maxine ainda trabalhava dando aulas e acompanhando cirurgias em casos especiais. Tinha muito orgulho da filha e de sua carreira. Quando ela optou pela medicina e seguir seus passos, ficou muito feliz. Um tanto surpreso pela decisão de se especializar em psiquiatria, um mundo que ele mal conhecia, mas ficava impressionado com a carreira e a reputação dela na área. Ele já havia distribuído vários exemplares dos dois livros da filha.

A mãe de Maxine verificou as batatas-doces no forno, mexeu no peru para se certificar de que não estava ficando seco e se virou para Maxine com um sorriso caloroso. Era uma mulher quieta e reservada, satisfeita com a vida dedicada a apoiar o marido e orgulhosa por ser casada com um médico. Nunca sentiu necessidade de ter uma carreira própria. Era de uma geração que gostava de se manter como apoio do marido, de criar os filhos e, caso não houvesse nenhuma necessidade financeira, de ficar em casa em vez de trabalhar. Fez inúmeros trabalhos voluntários para a Junior League, era voluntária no hospital onde o marido havia trabalhado e gostava de ler para deficientes visuais. Era uma pessoa feliz, que sentia sua vida completa, embora se preocupasse com a filha. Ela achava que Maxine tinha muitas responsabilidades e trabalhava demais. Incomodava-se mais que o marido com o fato de Blake ser um pai ausente, apesar do próprio marido também não ter se envolvido diretamente com a criação da filha. Mas os motivos para isso, e o trabalho exigente dele, pareciam bem mais compreensíveis e respeitáveis para Marguerite Connors que a busca obsessiva e totalmente irresponsável de Blake por diversão. Ela nunca conseguiu compreender o que ele estava fazendo e como se comportava, e achava incrível que Maxine fosse tão paciente e tolerasse a total falta de responsabilidade de Blake com os filhos. Na verdade, sentia muito pelas crianças, pelo que estavam perdendo, e de Maxine. E ficava preocupada por não haver um homem sério na vida da filha.

— Como você está, filha? Ocupada como sempre? — perguntou Marguerite.

Conversava com Maxine algumas vezes na semana, mas raramente falavam de algo realmente importante. Caso Maxine sentisse necessidade, preferia discutir sobre as coisas com o pai, que tinha uma visão mais realista do mundo. A mãe foi tão protegida nos quase cinquenta anos de casamento que era bem menos capaz de ajudar de maneira prática. E Maxine detestava deixá-la preocupada.

— Está escrevendo um livro novo?

— Ainda não. E as consultas sempre ficam meio agitadas no fim do ano. Tem sempre um irresponsável fazendo algo para colocar os filhos em perigo e traumatizá-los, e os meus pacientes adolescentes ficam chateados nessa época do ano, que nem todo mundo. Essas festas parecem mexer com as pessoas — respondeu Maxine ajudando a mãe a colocar os pães no cesto depois de aquecidos.

O jantar estava com uma aparência ótima e um cheiro delicioso. Apesar de ter uma ajudante durante a semana, Marguerite era uma cozinheira incrível e se orgulhava de fazer os jantares festivos sozinha. Também preparava o jantar de Natal, o que era um grande alívio para Maxine, que nunca foi tão inclinada a trabalhos domésticos quanto a mãe. Ela era bem mais como o pai em vários sentidos. Também tinha a visão de mundo realista e prática dele. Era mais científica que artística e, sendo a mantenedora da própria família, mais sensata. Até hoje, o pai dela ainda assinava cheques e pagava contas. Maxine sabia que, se alguma coisa acontecesse com ele, a mãe ficaria completamente perdida no mundo real.

— Esses feriados são cheios para nós também — comentou Marguerite enquanto tirava o peru do forno. Estava pronto para ser fotografado para uma revista. — Acho que todo mundo quebra alguma parte do corpo na temporada de esqui. Assim que fica frio as pessoas começam a cair e quebrar o quadril. — Ela mesma fez isso três anos antes e passou por uma cirurgia. Recuperou-se muito bem. — Você sabe como seu pai fica ocupado nessa época do ano.

Maxine sorriu em resposta. Ajudou a tirar as batatas-doces do forno e a colocá-las na ilha no centro da cozinha. A cobertura de marshmallow sobre as batatas tinha uma cor marrom-dourada perfeita.

— O papai está sempre ocupado, mãe.

— Você também — declarou a mãe com orgulho, e foi chamar o marido para cortar o peru.

Maxine foi com ela até a sala. O pai ainda estava jogando cartas com Sam, e os outros dois filhos estavam vendo futebol americano na TV. O pai adorava esportes, e foi o cirurgião ortopédico do New York Jets durante anos. Ainda recebia os atletas como pacientes particulares no consultório.

— Hora do peru — anunciou Marguerite. Seu marido se levantou para cortar a ave. Pediu licença a Sam e olhou para a filha com um sorriso. Estava se divertindo.

— Eu acho que ele rouba no jogo — comentou o pai de Max sobre o neto.

— Com certeza — concordou Maxine, e o pai foi para a cozinha.

Dez minutos depois, o peru estava cortado, e ele o levou para a mesa de jantar. Marguerite chamou todos para se sentarem à mesa. Maxine adorava o ritual familiar e se sentia grata por aquela reunião e pelos pais estarem com saúde. A mãe tinha 78 e o pai 79 anos, mas ambos estavam em boa forma. Era difícil acreditar que eles já tivessem essa idade.

A mãe fez as orações, como fazia todo ano, e depois o pai ofereceu o prato de peru a todos. Havia o recheio da ave, geleia de mirtilo, batatas-doces, arroz selvagem, ervilhas, espinafre, purê de castanha e pães feitos pela mãe. Um verdadeiro banquete.

— Hummm! — disse Sam quando empilhou as batatas-doces com cobertura de marshmallow no prato. Pegou bastante geleia, uma boa porção de recheio, uma fatia de peru e nada de legumes. Maxine não disse nada, deixou que curtisse a refeição.

Como sempre, a conversa era animada quando estavam juntos. O avô perguntou a cada um como estava indo na escola, e ficou especialmente interessado pelos jogos de futebol de Jack. Depois do almoço todos estavam tão satisfeitos que mal conseguiam se mexer. A refeição foi finalizada com torta de maçã, de abóbora e de carne moída, e sorvete de baunilha ou creme de leite perfeitamente batido como acompanhamentos opcionais. A camisa de Sam começou a sair de dentro da calça nas costas quando ele se levantou, a gola estava aberta e a gravata parecia torta. Jack, mais respeitável, apesar de também ter tirado a gravata. Apenas Daphne parecia uma perfeita lady, exatamente como quando chegou. As três crianças voltaram para a sala para ver futebol, e Maxine foi se sentar e relaxar com os pais tomando café.

— O almoço foi fantástico, mãe — elogiou Maxine com sinceridade. Adorava a comida da mãe e gostaria de ter aprendido a cozinhar com ela, mas não tinha nem a dedicação nem a habilidade. — A comida da senhora cozinha é fantástica — acrescentou. A mãe estava radiante.

— Sua mãe é uma mulher incrível — disse o pai, e Maxine sorriu quando os dois trocaram um olhar.

Eram um casal lindo. Depois de todos aqueles anos, ainda estavam apaixonados. O aniversário de cinquenta anos de casamento seria no ano seguinte. Maxine já estava pensando em dar uma festa para eles. Sendo filha única, a responsabilidade era sua.

— As crianças estão ótimas — comentou o pai.

Maxine estava pegando chocolate com menta na bandeja de prata que a mãe colocou para eles. Ela deu um gemido. Difícil acreditar que era capaz de ingerir mais alguma coisa depois da refeição desmedida, mas, de alguma forma, conseguiu.

— Obrigada, pai. Elas estão bem.

— Uma pena que o pai não as veja com mais frequência. — Era um comentário que ele sempre fazia. Apesar de gostar da companhia de Blake de vez em quando, achava que era uma lástima como pai.

— Ele vai aparecer hoje mais tarde — comentou Maxine distraidamente. Ela sabia o que o pai achava e não discordava totalmente.

— E vai ficar quanto tempo? — perguntou Marguerite. Ela pensava como o pai de Max, que Blake tinha se tornado uma grande decepção como marido e como pai, apesar de gostar dele.

— Acho que o fim de semana todo. — Se é que ficaria tanto tempo. Nunca dava para ter certeza com Blake. Mas, pelo menos, ele estava vindo e ia encontrá-los no Dia de Ação de Graças. Isso não era comum para ele, e as crianças ficavam felizes com qualquer tempo que passassem com o pai, mesmo que breve.

— Quando foi a última vez que ele viu as crianças? — perguntou o pai com um tom óbvio de reprovação.

— Em julho. Na Grécia, no barco. Eles se divertiram.

— A questão não é essa — interveio o pai, sério. — Crianças precisam de um pai. Ele nunca está presente.

— Nunca esteve — acrescentou Maxine com honestidade. Não tinha mais de defendê-lo, apesar de não gostar de ser indelicada ou de chatear os filhos com comentários negativos sobre Blake, coisa que nunca fazia. — Foi por isso que nos separamos. Ele ama as crianças, só se esquece de aparecer. Como diria Sam, "é uma droga". Mas elas parecem estar adaptadas a isso. Talvez no futuro isso seja algum problema, mas por enquanto parece tudo bem. Aceitam o pai como ele é, um cara adorável e instável que ama os filhos, uma pessoa divertida.

Era uma avaliação perfeita de Blake. O pai franziu o cenho e balançou a cabeça.

— E você? — perguntou ele.

Sempre preocupado com a filha. Assim como Marguerite, ele achava que Maxine trabalhava demais, mas tinha muito orgulho dela, apenas sentia pena por estar sozinha. Para ele, isso não parecia justo, sentia mais rancor de Blake pelo fim do casamento do que a própria Maxine. Ela já havia superado isso. Seus pais nunca conseguiram.

— Estou bem — respondeu Maxine com suavidade em resposta à pergunta do pai. Ela sabia o que ele queria dizer. Sempre perguntavam.

— Tem algum homem interessante em vista? — Ele estava com um ar de esperança.

— Não — disse ela com um sorriso. — Ainda estou dormindo com Sam. — Seus pais sorriram.

— Espero que isso mude — declarou Arthur Connors com uma expressão de preocupação. — Essas crianças vão crescer um dia. Quando você menos esperar, estará sozinha.

— Acho que ainda tenho alguns anos antes de entrar em pânico por causa disso.

— Passa muito rápido — comentou Arthur pensando na filha. — Mal pisquei e você já estava na faculdade. E agora olhe para você. É uma autoridade no seu campo. Quando penso em você, Max, ainda acho que tem 15 anos. — Ele sorriu com doçura para ela, a mãe concordou.

— É, eu também sinto isso, pai. Às vezes olho para Daphne vestindo minhas roupas e meus sapatos, e me pergunto como isso aconteceu. Outro dia ela tinha 3 anos. Jack de repente ficou tão alto quanto eu, de um dia para o outro, e cinco minutos atrás Sam era um bebê de dois meses. Estranho, não é?

— É mais estranho ainda quando as "crianças" chegam à sua idade. Você vai ser sempre uma criança para mim.

Ela gostava desse aspecto do relacionamento com os pais. Tinha de haver um lugar no mundo, um lugar real, onde ainda fosse possível ser uma criança. Era muito difícil ser adulto o tempo todo.

Isso era bom em ainda ter pais, havia uma sensação de segurança em não ter de ser o membro mais velho da família.

De vez em quando, Maxine se perguntava se o comportamento louco e selvagem de Blake não era motivado pelo medo de envelhecer. Ela não teria como culpá-lo totalmente se fosse o caso. De diversas maneiras, não havia nada que ele temesse mais que responsabilidades; no entanto, tinha se saído muito bem nos negócios. Mas isso era diferente. Blake queria ser um prodígio ou um menino de ouro para sempre, e agora era um adulto de meia-idade. Maxine sabia que isso o assustava mais que tudo, e, por mais que corresse muito rápido, não teria como fugir de um confronto consigo mesmo. Era um pouco triste, e ele perdeu muita coisa no processo. Enquanto corria acima da velocidade do som, seus filhos cresciam e ele a havia perdido. Parecia um preço bem alto em troca de ser o Peter Pan.

— Não fique se achando velha tão cedo — disse o pai. — Você ainda é jovem, e o homem que ficar com você será sortudo. Aos 42, você ainda é uma criança. Não se tranque, não se esqueça de sair e se divertir.

Todos sabiam que Maxine não saía muito. Às vezes, Arthur temia que ela ainda estivesse apaixonada por Blake, que ainda o quisesse, mas Marguerite insistia que não era o caso. O pai tentou apresentá-la a alguns médicos no começo, mas nunca deu certo, e Maxine disse que preferia encontrar seus próprios pretendentes.

Ela ajudou a mãe a arrumar a mesa e a cozinha, mas Marguerite disse que a faxineira estaria de volta no dia seguinte, então foram para a sala se juntar aos outros, que assistiam a um jogo avidamente. Relutante, às cinco da tarde Maxine chamou os filhos para irem embora. Detestava fazer isso, mas não queria que se atrasassem para encontrar Blake. Cada segundo com o pai era precioso. Os pais dela ficaram com pena de vê-los indo embora. Eles trocaram abraços e beijos, e ela e os filhos agradeceram pela refeição maravilhosa. O Dia de Ação de Graças de todo mundo devia ser assim. Maxine estava grata pela família que tinha. Sabia o quanto tinha sorte.

Ela e as crianças caminharam lentamente pela Park Avenue até o prédio deles. Eram cinco e meia. Os filhos tiraram as roupas chiques. Às seis, com uma pontualidade incomum, Blake ligou. Tinha acabado de aterrissar. Estava saindo do aeroporto e chegaria às sete. Ele avisou que estava tudo pronto e esperando por eles. O jantar foi organizado por um bufê, e, sabendo que todos teriam comido peru na casa dos pais de Maxine, Blake disse que pediu uma coisa diferente. O jantar estaria pronto às nove, eles podiam conversar até lá. Só de ouvir isso, as crianças já ficaram animadas.

— Tem certeza de que ainda quer que eu vá? — perguntou Maxine com cuidado.

Detestava se intrometer no tempo que os filhos tinham com o pai, apesar de saber que Sam ficaria mais confortável se ela estivesse por perto. Mas o filho teria de se acostumar a ficar sozinho com o pai mais cedo ou mais tarde. Blake nunca passava tempo suficiente com Sam para que o filho superasse essa fase. Blake não se incomodava, gostava muito da presença de Maxine e sempre a fazia se sentir bem-vinda. Mesmo depois de cinco anos de divórcio, eles ainda gostavam da companhia um do outro, como amigos.

— Quero muito — respondeu Blake à pergunta dela. — A gente coloca o papo em dia enquanto as crianças estiverem correndo pela casa.

As crianças sempre se esbaldavam na casa do pai, jogavam videogame e assistiam a filmes. Adoravam a sala de projeção e os assentos enormes e confortáveis. Blake tinha todos os brinquedinhos mais modernos do mundo, pois também era uma criança. Ele fazia com que Maxine se lembrasse de Tom Hanks em *Quero ser grande*, um menino sob um feitiço fingindo ser homem.

— Vejo você daqui a pouco — prometeu Blake.

Maxine desligou e deu a notícia aos filhos. Tinham uma hora para relaxar e arrumar as mochilas para o fim de semana com o pai. Sam parecia um pouco inseguro, então Maxine garantiu que ficaria bem.

— Você pode dormir com a Daffy se precisar — disse ela ao filho, que pareceu contente com a ideia.

Maxine mencionou isso à filha alguns minutos depois e pediu a ela que tomasse conta de Sam. Daphne não se importou.

Uma hora depois, os quatro estavam juntos em um táxi a caminho do apartamento de Blake. O elevador parecia uma espaçonave. Era necessário um código especial para chegar à cobertura duplex dele. Quando Blake abriu a porta, tudo se resumiu ao mundo mágico em que vivia. A música no extraordinário aparelho de som estava nas alturas, a arte e a iluminação eram incríveis, a vista era para além de espetacular: paredes de vidro, janelas panorâmicas e claraboias enormes. As paredes internas eram espelhadas para refletir a vista, e o pé-direito tinha quase nove metros de altura. Blake transformou os dois andares em um só apartamento com uma escada circular no meio, e possuía todos os jogos, brinquedos, aparelhos de som, TVs, dispositivos e engenhocas possíveis e imagináveis. Ele colocou um filme para ser projetado em uma parede inteira e entregou os fones de ouvido a Jack para que ele o visse. Beijou e abraçou todos eles, deu um celular novo para Daphne, esmaltado de rosa com as iniciais dela gravadas, e mostrou para Sam como mexer na nova cadeira com remos do videogame que ele instalou. Estavam todos ocupados brincando e se adaptando aos seus quartos novamente quando Blake finalmente teve um momento de paz para sorrir para a ex-esposa e abraçá-la amistosamente.

— Oi, Max — saudou ele com calma. — Como você está? Desculpe pelo caos.

Blake estava deslumbrante como sempre. E estava bastante bronzeado, o que fazia com que seus reluzentes olhos azuis ficassem ainda mais admiráveis. Vestia jeans, suéter preto de gola alta e botas pretas de caubói encomendadas em Milão. Sem sombra de dúvidas Blake era irresistível, lembrou Maxine. Tudo nele era atraente e incrivelmente lindo por cerca de dez minutos. Então, percebia-se que não se podia contar com ele, que Blake nunca aparecia e que, independentemente do charme, ele jamais iria crescer. Era o Peter Pan mais lindo, inteligente e adorado do mundo. Era ótimo, caso se quisesse brincar de Wendy. Caso contrário, ele simplesmente não era o homem certo. De vez em quando, Maxine tinha de se lembrar disso. Estar na mesma sintonia de Blake era uma experiência inebriante. Mas ela sabia melhor que ninguém que ele não era um adulto responsável. Às vezes, sentia que Blake era um quarto filho.

— Eles amam o caos — comentou ela, deixando-o confortável. Estar com Blake era o verdadeiro caos. E quem não gostava disso na idade dos filhos? Era bem mais difícil de aguentar na idade dela.
— Você está ótimo, Blake. Como foi no Marrocos, ou em Paris? Sei lá onde você estava...
— A casa de Marrakech vai ficar linda. Passei a semana toda lá. Ontem estava em Paris.

Maxine gargalhou diante do contraste da vida deles. Ela estava no Silver Pines acompanhando Jason, em Long Island. Era bem diferente do glamour da vida do ex-marido, mas não trocaria de lugar com ele de jeito nenhum. Não tinha mais como viver daquela forma.

— Você também está muito bem, Max. Continua muito ocupada? Cuidando de milhões de pacientes? Não sei como consegue.
— Ainda mais sabendo que ela lidava com coisas pesadas. Blake admirava o trabalho de Maxine e o tipo de mãe que era. Foi uma ótima esposa também. Ele sempre dizia isso.
— Gosto das coisas do jeito que estão — comentou Maxine, sorrindo. — Alguém tem de fazer esse trabalho, ainda bem que sou eu. Amo trabalhar com crianças.

Blake assentiu, sabia que era verdade.
— Como foi o almoço nos seus pais?

Ele se sentia meio sufocado nas comemorações do Dia de Ação de Graças, mas mesmo assim gostava delas, o que era engraçado. A família de Maxine era como toda família devia ser, e poucas eram. Blake não tinha um feriado assim havia cinco anos.

— Foi bom. Eles amam as crianças, e são tão queridos. Os dois estão incrivelmente bem para a idade. Meu pai ainda faz operações, mas não tantas, e continua dando aulas e atendendo na clínica todos os dias, aos 79.

— Você também vai ser assim — disse Blake, servindo champanhe em duas taças. Entregou uma para Maxine. Ele sempre bebia Cristal.

Ela pegou a taça, tomou um gole e admirou a vista do apartamento. Era como se estivessem voando sobre a cidade. Tudo que ele tinha ou tocava adquiria um ar mágico. Blake era o que as pessoas sonhavam em ser caso dessem sorte, mas pouquíssimas tinham seu estilo e sua habilidade de executá-lo.

Maxine ficou surpresa por ele não estar acompanhado dessa vez. Minutos depois, Blake explicou a situação, sorrindo.

— Acabei de levar um fora.

Um fora de uma supermodelo de 24 anos que tinha ficado com um astro da música e que, segundo Blake, tinha um avião maior que o dele. Maxine não conseguiu conter uma gargalhada diante da maneira como Blake falou. Ele não parecia chateado, e ela sabia que não estava. As garotas com as quais saía eram apenas parceiras no jogo. Ele não desejava se casar nem queria mais filhos, então as jovens com as quais se divertia na certa se casariam com outra pessoa. Casamento não era uma opção para Blake, nem passava pela sua cabeça. Eles estavam sentados na sala conversando quando Sam entrou e se sentou no colo da mãe. Ficou observando Blake com interesse, como se fosse um amigo da família, e não seu pai, e então perguntou sobre a namorada que estava com ele no verão anterior. Blake olhou para o menino e riu.

— Você perdeu as duas outras depois daquela, amigão. Eu estava contando para sua mãe agora mesmo. Ela me deu um fora na semana passada. Então dessa vez só tem eu aqui.

Sam assentiu com a cabeça ao ouvir a explicação e olhou para a mãe.

— A mamãe também não tem namorado. Ela nunca sai. Ela tem a gente.

— Ela devia sair — disse Blake, sorrindo para os dois. — É uma mulher linda, e qualquer dia desses vocês vão crescer.

Foi exatamente o que o pai de Maxine disse naquele mesmo dia, depois do almoço. Ela ainda tinha mais doze anos até que Sam fosse para a faculdade. Não tinha pressa, apesar de os outros se preocuparem. Blake perguntou a Sam sobre a escola, não tinha mais o que dizer sobre Max, e Sam contou ao pai que foi o peru na peça da escola. Maxine havia mandado fotos da peça para Blake, como sempre fazia com eventos importantes. Mandou vários outros e-mails com fotos de Jack nos jogos de futebol.

As crianças iam e vinham, batiam papo com os pais, acostumavam-se a Blake novamente. Daphne olhava para ele com óbvia adoração, e, quando ela saiu da sala, Maxine falou do incidente com a cerveja, só para que ficasse sabendo e não deixasse que acontecesse enquanto ela estivesse com ele.

— Ah, Max — repreendeu ele com carinho —, não seja tão severa. Ela é só uma criança. Você não acha que um mês de castigo é um pouco demais? Daphne não vai virar uma alcoólatra por causa de duas cervejas.

Foi o tipo de reação que ela estava esperando dele, e não gostava dessa resposta. Mas não estava surpresa. Era uma das várias diferenças entre os dois. Blake não acreditava em regras para ninguém, muito menos para ele mesmo.

— Não vai mesmo — comentou Maxine com calma —, mas, se eu deixar que bebam em casa agora, com 13 anos, onde isso vai parar nos 16 ou 17? Festinhas com crack ou heroína enquanto eu estiver fora com meus pacientes? Ela precisa de limites, tem de respeitar os limites, ou vamos estar na pior daqui a alguns anos. Prefiro frear agora.

— Eu sei. — Ele suspirou. Seus olhos azuis brilharam mais que nunca quando olhou para ela envergonhado. Parecia um menininho que tinha acabado de receber uma bronca da mãe ou da professora na escola. Era um papel do qual Maxine não gostava, mas que exercia com Blake havia anos. Já estava acostumada. — Você deve estar certa. É que para mim não parece tão sério. Eu fazia muito pior na idade dela. Roubava uísque do bar do meu pai aos 12 e vendia tudo na escola. Lucrava muito. — Ele riu, assim como Max.

— Isso é outra coisa. Isso se chama fazer negócio. Você era um empresário nessa idade, não um bêbado. Aposto que você não bebia o uísque.

Em geral, Blake não bebia muito, e quase nunca havia usado drogas. Ele só não tinha limites em outros aspectos.

— Você tem razão. — Blake deu mais uma risada diante das lembranças. — Eu só fui beber aos 14. Eu estava mais interessado em ficar sóbrio e embebedar as meninas com as quais eu saía. Para mim, era um plano muito mais interessante.

Max balançou a cabeça e riu dele.

— Por que será que sinto que isso não mudou?

— Não preciso mais deixar as mulheres bêbadas — confessou com um sorriso safado.

Tinham a relação mais estranha do mundo. Eram como grandes amigos, e não pessoas que foram casadas durante dez anos e tinham três filhos. Ele era o amigo louco que ela via duas ou três vezes ao ano, ao passo que ela era a responsável, criando os filhos e indo para o trabalho todo dia. Eles eram como o dia e a noite.

O jantar chegou pontualmente às nove, e todos já estavam com fome. Blake encomendou a ceia do melhor restaurante japonês da cidade. A comida foi preparada diante deles com todo tipo de floreio e toque exótico, e um chef que flambou tudo, picou o camarão, jogou-o no ar e o pegou com o bolso. As crianças adoraram. Tudo que Blake fazia ou organizava era espetacular e diferente. Até Sam parecia relaxado e feliz quando Maxine foi embora. Era quase meia-noite, e as crianças estavam vendo um filme. Ela sabia que ficariam acordadas até duas, três da manhã. Tudo bem, não sentia ciúmes dos momentos que passavam com o pai. Dormiriam quando voltassem para casa.

— Quando você vai embora? — perguntou ela enquanto ele a ajudava a vestir o casaco.

Temeu que a resposta fosse "amanhã", o que sabia que deixaria as crianças chateadas. Queriam pelo menos alguns dias com o pai, ainda mais por não saberem quando o veriam de novo, apesar de o Natal estar se aproximando. Blake sempre conseguia passar alguns dias com eles no final do ano.

— Só no domingo — respondeu ele, e notou a expressão de alívio de Maxine.

— Que bom — disse ela com doçura. — Eles odeiam quando você vai embora.

— Eu também — acrescentou ele quase com tristeza. — Se você concordar, quero levar as crianças para Aspen depois do Natal. Não tenho planos ainda, mas é uma época boa para estar lá, no Ano-Novo.

— Elas vão amar.

Maxine sorriu para ele. Sempre sentia saudade dos filhos quando ficavam com o pai, mas queria que tivessem um pai, e não era algo fácil de conseguir. Tinha de aproveitar quando Blake estava disposto e quando podia fazer planos com eles.

— Quer vir jantar com a gente amanhã? — convidou ele quando a acompanhou até o elevador.

Ainda gostava de estar com Maxine, sempre gostou. Teria continuado casado com ela para sempre. Foi Maxine quem quis se separar, e ele não a culpava por isso. Divertiu-se bastante desde então, mas amava tê-la em sua vida e era grato por ela nunca o ter afastado. Blake se perguntava se isso mudaria quando ela encontrasse um homem sério, nunca duvidou de que isso aconteceria um dia. Ficava surpreso por ainda não ter acontecido.

— Talvez — respondeu ela, relaxada. — Vamos ver como vai ser com as crianças. Não quero me intrometer.

Elas precisavam de tempo com o pai, Maxine não queria interferir.

— A gente adora ter você por aqui — declarou ele e a abraçou.

— Obrigada pelo jantar — disse ela ao entrar no elevador, depois acenou e as portas se fecharam.

O elevador desceu cinquenta andares, e os ouvidos dela estalaram enquanto pensava em Blake. Era estranho. Nada havia mudado. Ainda o amava. Sempre o amou. Nunca deixou de amá-lo. Só não queria mais estar com ele. Nem se importava por ele sair com meninas de 20 anos. Definir o relacionamento deles era difícil. Mas, independentemente disso, mesmo que fosse estranho, os dois estavam bem com a relação que tinham.

O porteiro chamou um táxi quando ela saiu do prédio. No caminho para o apartamento, pensou em como o dia tinha sido bom. Foi estranho encontrar o apartamento em silêncio e escuro. Acendeu as luzes, foi até o quarto pensando em Blake e nos filhos naquele apartamento insanamente luxuoso. Isso fez o apartamento onde morava lhe parecer melhor que nunca. Não havia nada na vida de Blake que ainda quisesse. Ela não sentia necessidade alguma de ter aquele tipo de excesso e de conforto. Estava feliz pelo ex-marido, mas o que ela tinha era tudo o que queria.

Pela milésima vez desde que se separou, Maxine teve certeza de que fez a coisa certa. Blake Williams era o sonho de todas as mulheres, porém não mais o seu.

Capítulo 5

Maxine dormia profundamente às quatro da manhã quando o telefone tocou na mesa de cabeceira. Ela demorou mais que o normal para acordar, pois estava em sono profundo. Geralmente seu sono era mais pesado quando as crianças não estavam em casa. Olhou para o relógio e torceu para que não fosse nada no apartamento de Blake. Talvez fosse um pesadelo de Sam, talvez ele quisesse voltar para casa. Ela atendeu automaticamente, antes de acordar de verdade e sem pensar.

— Dra. Williams — disse ela rapidamente a fim de mascarar o fato de que estava dormindo profundamente, embora isso fosse esperado às quatro da manhã.

— Maxine, desculpe ligar a essa hora.

Era Thelma Washington, a médica que estava cobrindo o plantão dela no feriado do Dia de Ação de Graças e no fim de semana.

— Estou no New York Hospital com os Andersons. Achei que você ia preferir que eu ligasse. Hilary teve uma overdose ontem à noite. Foi encontrada às duas da manhã. — Hilary era uma menina bipolar de 15 anos viciada em heroína. Havia tentado se suicidar quatro vezes nos últimos dois anos. Maxine acordou imediatamente. — Nós a buscamos o mais rápido possível. Os paramédicos injetaram naloxona, mas a coisa está feia.

— Merda. Já estou a caminho. — Maxine já estava de pé quando disse isso.

— Ela não voltou à consciência e o médico de plantão acha que isso não vai acontecer. Meio difícil definir — informou Thelma.

— A última recuperação dela foi um milagre. É uma menininha bem forte — comentou Maxine.

— Vai ter que ser mesmo. Parece que tomou um coquetel daqueles. Heroína, cocaína, *speed*, e o exame de sangue indicou veneno de rato também. Acho que eles misturam heroína com umas coisas sinistras nas ruas hoje em dia. Dois jovens morreram por causa disso aqui na semana passada. Maxine... não venha com muitas esperanças. Não quero soar negativa, mas, se ela conseguir sobreviver, não sei o quanto dela vai restar.

— É, eu sei. Obrigada por ligar. Vou me vestir e já chego. Onde ela está?

— CTI. Vou esperar por você aqui. Os pais dela estão arrasados.

— Imagino.

Os coitados passaram quatro vezes pelo hospital com uma criança que desde os 2 anos dava trabalho. Ela era uma boa menina, no entanto, em meio à bipolaridade e ao vício em heroína, desde os 12 parecia inevitável que ocorresse um desastre. Maxine estava com ela havia dois anos. Era filha única de pais extremamente dedicados e amáveis que faziam tudo o que podiam. Havia alguns jovens que, apesar de todos os esforços, simplesmente não tinham como ser ajudados.

Maxine a havia internado quatro vezes nos últimos dois anos, com pouco sucesso. Assim que Hilary saía do hospital, rapidamente se reencontrava com os mesmos amigos deploráveis. Ela falou para Maxine várias vezes que não conseguia se controlar. Simplesmente não conseguia ficar longe das drogas, dizia que nenhum dos medicamentos que Maxine prescrevia causavam o mesmo alívio que aquilo que ela comprava nas ruas. Maxine temia por um desastre havia dois anos.

Vestiu-se em menos de cinco minutos — mocassim, suéter grosso e jeans. Pegou um casaco pesado, a bolsa, e chamou o elevador. Encontrou um táxi rapidamente e chegou ao hospital quinze minutos depois da ligação de Thelma Washington, sua plantonista. Thelma estudou em

Harvard com ela, era afrodescendente e uma das melhores psiquiatras que conhecia. Depois da faculdade, e após anos cobrindo os plantões uma da outra, tornaram-se amigas. Na vida pessoal e profissional, ela sabia que sempre podia contar com Thelma. Eram parecidas em vários aspectos, e igualmente dedicadas ao trabalho. Maxine se sentia completamente tranquila em deixar seus pacientes nas mãos dela.

Maxine foi conversar com Thelma antes de falar com os Andersons, e rapidamente ficou a par de tudo. Hilary estava em coma profundo e até então nada que administraram a havia acordado. Ela fez tudo em casa sozinha enquanto os pais estavam fora. Não deixou bilhete, mas Maxine sabia que não precisava disso. Hilary disse a ela várias vezes que não fazia diferença estar viva ou morta. Para ela, e para outros pacientes com o mesmo distúrbio, ser bipolar era muito difícil.

Maxine ficou bastante chateada ao ler o prontuário. Thelma ficou ao seu lado.

— Meu Deus! Ela ingeriu tudo o que se possa imaginar — comentou Maxine com uma expressão obscura. Thelma concordou.

— A mãe disse que o namorado terminou com ela ontem à noite, no Dia de Ação de Graças. Isso com certeza não ajudou.

Maxine fez que sim e fechou o prontuário. Todos os procedimentos corretos foram feitos. Tudo o que podiam fazer agora era esperar e ver o que aconteceria. As duas sabiam muito bem, assim como os pais de Hilary, que, se ela não voltasse logo à consciência, haveria uma boa chance de ter sequelas permanentes. Maxine ficou surpresa por ela ter sobrevivido à quantidade de drogas que ingeriu.

— Você tem ideia de quando ela fez isso? — perguntou Maxine enquanto as duas atravessavam o corredor. Ela parecia cansada e preocupada. Thelma detestava casos como esse. Sua área de atuação era bem mais tranquila que a de Maxine, mas ela gostava de cobrir os plantões da amiga. Seus pacientes eram sempre desafiadores.

— Acho que poucas horas antes de a encontrarem, e esse é o problema. As substâncias tiveram tempo de agir no sistema. Foi por isso que a naloxona não ajudou, de acordo com os paramédicos que a trouxeram.

Naloxona é uma droga que reverte os efeitos de narcóticos poderosos, caso seja prontamente administrada. É o que faz a diferença entre a vida e a morte em casos de overdose, e salvou a vida de Hilary quatro vezes. Dessa vez, não fez diferença, o que para as duas médicas era mau sinal.

Maxine foi ver Hilary antes de encontrar seus pais. Respirava com a ajuda de aparelhos, e a equipe do CTI ainda estava cuidando dela. Estava sem roupas, um lençol fino a cobria. O aparelho respirava por ela, que estava imóvel e com o rosto em tom acinzentado. Maxine ficou olhando para Hilary por um bom tempo, falou com a equipe que a estava acompanhando desde que tinha sido internada e conversou com a médica de plantão. O coração de Hilary respondia, apesar de o monitor acusar arritmia várias vezes. Não havia sinal de vida na menina de 15 anos, que parecia uma criancinha. Os cabelos estavam pintados de preto e os dois braços eram cobertos de tatuagens. Hilary escolheu seu estilo de vida, embora os pais tenham se esforçado para convencê-la a agir de outra maneira.

Maxine fez um sinal positivo com a cabeça para Thelma e as duas foram ver os pais na sala de espera. Eles ficaram com Hilary até que a equipe pedisse que esperassem do lado de fora. Ver o que estava acontecendo era muito estressante para eles, e os médicos e enfermeiras precisavam de espaço para trabalhar.

Angela Anderson chorava e Phil a abraçava quando Maxine foi vê-los. Ele também havia chorado. Já tinham passado por aquilo, mas isso não fazia com que as coisas fossem mais fáceis, muito pelo contrário, e ambos estavam cientes de que talvez Hilary tivesse ido longe demais dessa vez.

— Como ela está? — perguntaram os dois ao mesmo tempo quando Maxine se sentou com eles. Thelma saiu da sala.

— Do mesmo jeito que chegou. Acabei de vê-la. Está lutando. Como sempre faz. — Maxine sorriu para eles com tristeza, seu coração doeu ao ver a agonia em seus olhos. Ela também estava triste. Hilary era uma ótima garota. Bastante perturbada, mas muito doce.

— Tinha veneno nas drogas que ela tomou — explicou Maxine. — Isso acontece nas ruas. No geral, acho que o nosso maior problema é que todas as substâncias tiveram tempo de agir no organismo de Hilary antes de ela ser encontrada. E o coração tem um limite. Ela tomou uma dose muito pesada de drogas muito fortes.

Não era novidade para eles, mas tinha de dar algum tipo de sinal de que isso talvez não tivesse um final feliz. Não havia mais nada que pudesse fazer. A equipe médica estava fazendo tudo o que podia.

Alguns minutos depois, Thelma trouxe café para todos e Maxine foi ver Hilary novamente. Thelma também saiu da sala, e Maxine pediu a ela que voltasse para casa. Não tinha motivo para as duas ficarem acordadas a noite inteira. Maxine ficaria no hospital. Agradeceu a Thelma e foi verificar como andava o coração de Hilary. Os batimentos estavam ficando mais irregulares, e os médicos falaram que a pressão sanguínea estava baixando, dois sinais não muito bons.

Maxine dividiu as horas seguintes entre os Andersons e Hilary. Às oito e meia, decidiu deixar que os pais a vissem, ciente de que talvez fosse a última vez que estariam com ela em vida. A mãe chorou ao tocar a filha. Angela se inclinou para beijá-la, e Phil permaneceu ao lado da esposa, sem conseguir olhar para Hilary. Os aparelhos ainda respiravam por ela, mas mal a mantinham viva.

Assim que retornaram para a sala de espera, o médico de plantão entrou e chamou Maxine, que voltou para o corredor com ele.

— A situação não está muito boa.

— É, eu sei — disse Maxine.

Ela acompanhou o médico ao CTI, e, assim que entraram, o alarme do monitor soou. O coração de Hilary havia parado. Os pais queriam que fizessem o que fosse possível, e o time de cardiologia fez de tudo para ressuscitá-la. Maxine, muito triste, acompanhou o procedimento. Fizeram massagem cardíaca, usaram o desfibrilador várias vezes, tudo sem resultado. Insistiram sobre o corpo sem vida de Hilary por meia hora, até que o médico por fim fez um sinal para o restante da equipe. Era o fim. Hilary tinha falecido. Todos ficaram de pé se entreolhando por um instante longo e doloroso, e então o médico se virou para Maxine enquanto tiravam o respirador de Hilary.

— Lamento — disse ele com calma. Não havia mais nada que pudesse ser feito.

— Eu também — disse ela, e saiu para encontrar os Andersons.

Assim que entrou na sala de espera, eles souberam o que tinha acontecido. A mãe de Hilary começou a berrar. Maxine ficou sentada com os dois por bastante tempo e a abraçou enquanto chorava. Também abraçou Phil. Eles pediram para ver a filha novamente, e Maxine os levou até ela. Colocaram-na em um quarto sozinha para que os pais a vissem antes que fosse levada para o necrotério. Maxine os deixou sozinhos com a filha por quase uma hora. E depois, finalmente, de coração partido e devastados, eles foram para casa.

Maxine assinou a certidão de óbito e todos os formulários necessários. Quando enfim foi embora, já passava das dez da manhã. Estava saindo do elevador quando uma enfermeira que conhecia a chamou. Maxine se virou com um olhar combalido.

— Que lástima... Acabei de saber... — comentou a enfermeira com doçura.

Ela estava de plantão na penúltima vez que Hilary tinha sido internada e havia ajudado a ressuscitá-la. A equipe também foi excelente dessa vez, mas as chances de sobrevivência eram bem menores. Enquanto conversavam, Maxine notou um homem alto de jaleco branco perto delas, observando-as. Não fazia ideia de quem era.

Ele esperou o fim da conversa de Maxine com a enfermeira, que tinha de subir para começar o plantão no CTI, e depois se aproximou.

— Dra. Williams? — perguntou ele com cuidado. Sabia que ela estava ocupada, parecia um tanto desgrenhada e cansada.

— Sim?

— Eu sou Charles West. O idiota que atrapalhou você no caso de Jason Wexler semanas atrás. Só queria dizer "oi".

Maxine não estava no clima de conversar com ninguém mas também não precisava ser grossa. Ele foi gentil o suficiente para ligar e pedir desculpas, então fez um pequeno esforço.

— Desculpe, foi uma longa noite. Acabei de perder uma paciente no CTI. Uma menina de 15 anos que morreu de overdose. Não tem como se acostumar a isso. Sempre é devastador.

Os dois pensaram no que poderia ter acontecido a Jason caso Maxine tivesse dado ouvidos ao Dr. West, e ambos estavam gratos por isso não ter acontecido.

— Lamento muito. Não é justo, não é? Estou aqui para ver uma paciente de 92 anos que fraturou o quadril e está com pneumonia, e ela está se recuperando. E você acabou de perder uma de 15 anos. Aceita um café?

Maxine nem hesitou.

— Talvez outra hora.

O Dr. West entendeu, ela agradeceu de novo e foi embora. Ele ficou observando enquanto Maxine atravessava o saguão do hospital. Por algum motivo, imaginava que fosse mais velha. Achou que fosse agressiva. Leu sobre ela na internet, mas nunca viu sua foto. Não havia nenhuma on-line. Parecia não ser importante para ela. Suas credenciais e currículo eram suficientes.

Ele entrou no elevador pensando nela e na noite que deve ter passado. Seus olhos diziam tudo. Tinha se assustado quando foi chamada pela enfermeira, e alguma coisa o havia feito esperar e falar com ela. Quando saiu do elevador, só conseguia pensar que queria que o destino fizesse com que seus caminhos se cruzassem de novo.

Charles West era a última coisa na cabeça de Maxine quando ela chamou um táxi e foi para casa. Pensava em Hilary e nos Andersons, na perda terrível, na agonia impensável de perder um filho. Maxine detestava esses momentos, e, como sempre acontecia em tragédias desse tipo, ela renovou sua determinação de salvar todos os outros pacientes.

Capítulo 6

Max não estava no clima de sair com Blake e as crianças na sexta à noite. Ele ligou para ela à tarde, e Max contou o que havia acontecido na noite anterior. Blake foi compreensivo e novamente a elogiou pelo trabalho. Maxine não achou que merecia elogios naquele momento. Ele disse que ia levar as crianças ao shopping à tarde e a convidou para acompanhá-los. Insistiu que seria divertido, mas Maxine resistiu; dava para perceber pela voz dela que estava mal. Na verdade, Blake planejava levar os filhos para fazerem compras de Natal para ela — Tiffany e Cartier estavam na lista —, mas não mencionou nada. Em vez disso, convidou-a para jantar com eles, mas Max também recusou. Lamentou que ela estivesse tão chateada com a morte de uma paciente. Quando passou o telefone aos filhos para que falassem com a mãe, sussurrou que deviam ser bem legais com ela.

Maxine falou com Sam, que estava feliz e bem. Quando implorou que a mãe fosse se encontrar com eles, ela prometeu que apareceria no jantar na noite seguinte. Estavam se divertindo com Blake. Ele levou os filhos ao restaurante 21 Club para um brunch, o que eles adoravam, e para um passeio de helicóptero de manhã, uma das atividades que mais gostavam de fazer com o pai. Ela prometeu encontrá-los no dia seguinte e, depois de desligar, sentiu-se um pouco melhor.

Ligou para Thelma Washington para contar o que tinha acontecido, e a amiga não ficou surpresa. Maxine agradeceu pela ajuda e depois ligou para os Andersons. Como era esperado, estavam mal, ainda em choque. Tinham de organizar o velório, ligar para amigos e parentes, todo o pesadelo de quando se perde um filho. Maxine disse novamente que estava muito triste e eles agradeceram por toda a ajuda. Mas, mesmo sabendo que havia feito tudo o que podia, Maxine ainda estava com um enorme sentimento de derrota e perda.

Blake ligou novamente quando ela estava se vestindo para dar uma volta. Queria verificar se estava bem. Não quis contar, mas ele e as crianças haviam acabado de comprar uma linda pulseira de safira para ela.

Maxine garantiu que estava bem e ficou emocionada com a ligação. Mesmo inconstante, Blake era sempre compassivo e atencioso, como naquele momento.

— Meu Deus, eu não sei como você consegue fazer isso. Eu estaria em um hospital psiquiátrico se fizesse o que você faz todos os dias.

Blake sabia que ela ficava aborrecida quando um dos pacientes morria, o que acontecia com certa frequência, considerando sua área de atuação.

— Fico afetada — confessou ela —, mas isso acontece às vezes. Sinto pena dos pais, ela era filha única. Acho que eu morreria se alguma coisa acontecesse com os nossos filhos.

Maxine estava familiarizada com esse tipo de dor, a dor de perder um filho. Era o que mais temia na vida, o que sempre pedia em suas orações que não acontecesse.

— Isso é terrível.

Blake se preocupava com ela. Apesar de Max lidar com tudo muito bem, ele sabia que a vida dela não era fácil, e em parte graças a ele. Queria ajudá-la de qualquer maneira, mas não havia muito que pudesse ser feito. E Hilary era paciente de Maxine, e não sua filha.

— Acho que preciso de um dia de folga — comentou ela com um suspiro. — Vou adorar ver você e as crianças amanhã. — Blake ia levar os filhos à estreia de uma peça naquela noite, e jantariam juntos na noite seguinte. — E também é bom você ter um tempo só com eles, sem que eu esteja por perto. — Ela sempre tinha cuidado com isso.

— Eu gosto quando você está por perto — disse ele sorrindo, apesar de também gostar muito de ficar sozinho com os filhos.

Ele sempre inventava coisas divertidas para fazerem. Estava planejando levá-los para patinar no gelo no dia seguinte, e Maxine disse que talvez os acompanhasse. Mas hoje, como as crianças estavam ocupadas e em boas mãos, queria ficar sozinha. Blake pediu a ela que ligasse caso mudasse de ideia, e Max prometeu que faria isso. Era bom que ele estivesse por perto para ela ter um dia de descanso, só para variar.

Maxine foi caminhar no parque e passou o restante da tarde em casa. Fez sopa no jantar.

Sam ligou antes de irem à peça. Estava animado para sair com o pai.

— Então se divirta com o papai hoje que amanhã eu vou patinar com vocês — prometeu Maxine.

Realmente estava animada e se sentia melhor, embora, sempre que pensava nos Andersons e na enorme perda deles, seu coração doesse. Estava pensando neles e tomando sopa quando Zelda apareceu.

— Está tudo bem? — Zelda lançou a ela um olhar de preocupação. Conhecia-a muito bem.

— Está, sim. Obrigada, Zellie.

— Você está com cara de enterro.

— Na verdade, uma paciente minha morreu ontem, então realmente vai ter um enterro. Tinha 15 anos. Foi muito triste.

— Odeio o seu trabalho — declarou Zelda impetuosamente. — Fico deprimida. Não sei como você consegue. Por que não faz uma coisa mais alegre, tipo partos?

Maxine sorriu.

— Gosto de ser psiquiatra, e consigo fazer com que continuem vivos às vezes.

— Isso é bom — disse Zelda, e se sentou com ela à mesa da cozinha.

Maxine parecia precisar de companhia, e Zelda não estava totalmente errada. Seu instinto sempre lhe dizia quando podia falar com ela e quando tinha de deixá-la em paz.

— Como estão as crianças com o pai?

— Estão bem. Ele foi passear de helicóptero com elas, passearam no shopping, foram almoçar e jantar, e vão à estreia de uma peça hoje à noite.

— Ele é mais Papai Noel que um pai de verdade — comentou Zelda. Tinha razão. Maxine assentiu e terminou a sopa.

— Tem de ser para compensar a ausência — acrescentou ela sem rodeios. Não era uma crítica, era um fato.

— Não tem como compensar isso com um passeio de helicóptero.

— É o melhor que ele pode fazer. Ficar com as pessoas não é natural para Blake, com ninguém. Ele sempre foi assim, antes mesmo de ganhar dinheiro. Só piorou depois que teve como sustentar esse estilo. Sempre houve homens que nem ele no mundo. Antigamente eles viravam marinheiros, aventureiros, exploradores. Cristóvão Colombo provavelmente deixou um bando de filhos em casa também. Tem homem que simplesmente não serve para ficar junto e ser marido e pai de verdade.

— Meu pai era meio assim — admitiu Zelda. — Deixou a minha mãe quando eu tinha 3 anos. Foi trabalhar na marinha mercante e sumiu. Anos depois, ela descobriu que ele tinha outra esposa e quatro filhos em São Francisco. Nunca nem se divorciou dela, nem escreveu nem nada. Simplesmente foi embora, abandonou minha mãe, meu irmão e eu.

— Você se encontrou com ele depois? — perguntou Maxine com interesse.

Zelda nunca havia compartilhado essa parte de sua história. Era bem discreta quanto à sua vida particular, e respeitava a deles.

— Não, ele morreu antes disso. Era para eu ter ido para a Califórnia me encontrar com ele. Meu irmão chegou a ir. Não ficou muito satisfeito. Nossa mãe morreu de coração partido. Fui morar com a minha tia e ela morreu quando eu tinha 18 anos. Trabalho como babá desde então.

Isso explicava por que ela gostava de trabalhar com famílias. Ofereciam a estabilidade e o amor que nunca teve na infância. Maxine sabia que o irmão dela tinha morrido em um acidente de moto havia anos. Zelda era essencialmente sozinha, exceto pela família com a qual trabalhava, e pelas outras babás que se tornaram suas amigas ao longo dos anos.

— Você chegou a conhecer seus meios-irmãos e irmãs? — perguntou Maxine gentilmente.

— Não, eu meio que concluí que mamãe morreu por causa deles. Nunca quis conhecer esse pessoal.

Maxine sabia que ela havia trabalhado com uma família antes da dela durante nove anos, até os filhos irem para a faculdade. Questionou-se se Zelda não se arrependia por não ter tido filhos, mas não quis perguntar.

Ficaram sentadas à mesa da cozinha e conversaram enquanto Maxine jantava, e depois cada uma voltou para o quarto. Zelda raramente saía à noite, nem mesmo nas folgas. E Maxine era um pouco caseira também. Foi dormir cedo naquela noite, ainda pensando na paciente que perdeu naquela manhã e na agonia que os pais deviam estar sentindo. Foi um alívio tentar esquecer isso e dormir.

Sentiu-se melhor ao acordar, apesar de ainda estar um tanto desanimada. Encontrou-se com Blake e as crianças no Rockefeller Center e patinou com eles. Tomaram chocolate quente no restaurante da pista de patinação e depois voltaram para o apartamento dele. As crianças foram direto para a sala de projeção para assistir a um filme antes do jantar, pareciam totalmente em casa com o pai. Sempre se reajustavam rapidamente quando Blake aparecia. Daphne convidou duas amigas para a casa do pai. Adorava se gabar da cobertura glamorosa e do pai gato.

Maxine e Blake conversaram por alguns minutos e depois foram assistir ao filme com as crianças. Ele ainda não tinha sido lançado. Blake conhecia gente do mundo inteiro e tinha alguns privilégios. Isso já era normal para ele. Falou para Maxine que ia para Londres depois de Nova York, ia ao show de uma banda de rock com amigos. Também conhecia os integrantes da banda. Às vezes, até mesmo para Maxine, ele parecia conhecer o mundo inteiro. Apresentou os filhos para atores e músicos famosos, e era convidado para os bastidores aonde quer que fosse.

Quando o filme terminou, Blake levou todo mundo para jantar. Tinha feito reservas em um restaurante que fora inaugurado havia poucas semanas, o novo lugar badalado e moderninho de Nova York. Maxine nunca tinha ouvido falar do estabelecimento, mas Daphne sabia tudo sobre ele. Receberam um tratamento VIP quando chegaram. Passaram pela área principal do restaurante e foram até uma sala privada. Foi um excelente jantar, eles se divertiram muito. Deixaram Maxine em casa e depois Blake e os filhos voltaram para a cobertura.

Ele deixaria as crianças com Maxine às cinco da tarde do dia seguinte. E, como sempre acontecia quando ela estava só, passou o dia trabalhando. Estava no computador escrevendo um artigo quando chegaram. Blake não subiu porque estava atrasado para ir ao aeroporto. As crianças transbordavam alegria quando entraram. Sam ficou especialmente feliz ao vê-la.

— Ele vai levar a gente para Aspen no Ano-Novo — anunciou Sam —, e disse que cada um podia levar um amigo. Posso levar você em vez de um amigo, mãe?

Maxine sorriu diante da oferta.

— Acho que não, meu amor. Papai pode querer levar uma namorada, seria meio estranho se eu fosse.

— Ele disse que não tem namorada agora — retrucou Sam de modo prático, decepcionado pela recusa da mãe.
— Mas pode ter no Ano-Novo.
Blake nunca demorava para encontrar alguém. As mulheres caíam no colo dele como frutas caem das árvores.
— E se não tiver? — insistiu Sam.
— A gente conversa sobre isso depois.
Maxine gostava de jantar com Blake quando ele estava na cidade, gostava de patinar com ele e as crianças. Mas passar as férias com o ex-marido era um pouco demais para os dois. Quando ele emprestava o iate para as férias de verão de Max e os filhos, o que acontecia anualmente, não os acompanhava. Além do mais, era o momento dele com os filhos. Mas Sam foi adorável em chamá-la.

Os filhos contaram a ela tudo que fizeram e viram nos últimos três dias, todos muito animados. Não estavam tão tristes quanto normalmente ficavam quando o pai ia embora porque, dessa vez, sabiam que o veriam um mês depois em Aspen. Maxine ficou feliz por Blake ter planejado isso e torceu para que não os decepcionasse, caso algo melhor aparecesse, ou caso ele se distraísse e fosse para outro lugar. As crianças amavam ir a Aspen com o pai, ou a qualquer outro lugar. Ele fazia com que todos os programas com os filhos fossem uma aventura divertida.

No jantar, Daphne contou que o pai a havia deixado usar o apartamento dele a qualquer momento, mesmo quando não estivesse na cidade, o que a surpreendeu. Ele nunca tinha dito isso antes, e Maxine se perguntou se Daphne não o teria compreendido errado.

— Ele falou que eu posso levar minhas amigas para ver filmes na sala de projeção — disse ela, orgulhosa.

— Talvez em uma festa de aniversário ou em outra ocasião especial — argumentou Maxine com cuidado —, mas não acho que você deva ficar lá o tempo todo.

Ela não gostava nada dessa ideia, um bando de meninas de 13 anos no apartamento de Blake. Não se sentia à vontade de ir lá quando ele não estava na cidade. Esse assunto nunca havia surgido antes. Daphne não pareceu muito satisfeita com a resposta da mãe.

— Ele é meu pai e disse que eu podia ir, e o apartamento é dele — retrucou Daphne olhando para a mãe com raiva.

— Verdade. Mas não acho que você deva ir lá quando ele não está na cidade.

Muita coisa podia acontecer naquele apartamento. E Maxine ficou preocupada por Blake agir de maneira tão leviana e descompromissada. De repente, deu-se conta de que ter filhos adolescentes com um pai como Blake poderia ser um grande desafio. Não estava muito animada com a ideia. E, pelo visto, Daphne estava pronta para brigar pelo privilégio que o pai ofereceu.

— Eu vou falar com ele sobre isso — avisou Maxine sem dar muita trela, e Daphne foi para o quarto.

Maxine estava pensando em dizer a Blake que ele não se deixasse manipular pelos filhos nem criasse condições para que um desastre acontecesse dando excesso de liberdade às crianças nesse período da adolescência. Torcia para que ele estivesse disposto a cooperar. Se não, os próximos anos seriam um pesadelo. Tudo começaria com Blake entregando as chaves do apartamento para Daphne. Só de pensar nisso, nas coisas que poderiam acontecer lá, sentiu calafrios. Maxine precisava dizer algo sobre isso para ele. E é claro que Daphne não iria gostar. Como sempre, Maxine tinha de ser a durona.

Maxine terminou o artigo naquela noite, e as crianças viram TV em seus quartos. Estavam cansadas depois de três dias de diversão sem parar com o pai. Passar o tempo com ele era como fazer *bungee jumping*. Sempre demoravam um pouco para se acalmar.

O café da manhã no dia seguinte foi um caos. Todo mundo acordou tarde. Jack derrubou cereal na mesa, Daphne não achava o celular e se recusou a ir para a escola se não o encontrasse, Sam começou a chorar quando descobriu que seus sapatos preferidos ficaram no apartamento do pai, e Zelda estava com dor de dente. Daphne conseguiu encontrar o telefone em cima da hora, e Maxine prometeu a Sam que compraria sapatos exatamente iguais na hora do almoço, rezando para conseguir encontrá-los, e foi para o consultório atender seus pacientes, enquanto Zelda ligava para um dentista. Foi uma manhã de arrancar os cabelos, um começo de dia muito difícil. Zelda levou Sam para a escola e depois foi ao dentista, e, enquanto Maxine caminhava para o trabalho, começou a chover. Estava encharcada quando chegou ao consultório, e o primeiro paciente já esperava por ela, coisa que quase nunca acontecia.

Ela conseguiu compensar o atraso, fazer todas as consultas da manhã e encontrar os sapatos de Sam na Niketown, o que a fez perder o horário de almoço. Zelda ligou para dizer que precisou fazer um tratamento de canal, e Maxine estava tentando retornar as ligações perdidas quando a secretária avisou que Charles West estava ao telefone. Maxine se perguntou por que estava ligando, se estaria encaminhando um paciente. Ela atendeu com um ar levemente incomodado e exasperado. Foi um dia daqueles, do começo ao fim.

— Dr. West.

— Oi, tudo bem?

Não era o tom de conversa que esperava dele, e não estava com paciência para bater papo ao telefone. Seu último paciente já havia chegado, e só tinha quinze minutos para retornar o restante das ligações.

— Oi. Em que posso ajudar? — perguntou sem rodeios, e se deu conta de que soou meio grossa.

— Eu só queria dizer que sinto muito mesmo pela paciente da sexta.

— Ah — disse ela, surpresa. — É muita gentileza sua. Foi muito ruim mesmo. Você faz tudo para evitar, mas às vezes perde o paciente mesmo assim. Eu me senti muito mal pelos pais dela. Como vai sua paciente de 92 anos com a fratura no quadril?

Charles West ficou impressionado por ela ter se lembrado. Ele mesmo provavelmente não se lembraria.

— Vai ter alta amanhã. Obrigado por perguntar. Ela é incrível. Tem um namorado de 93 anos.

— Está melhor que eu, então — comentou Maxine, rindo. Era a abertura que ele queria.

— É, melhor que eu também. Todo ano ela arruma um namorado novo. Eles somem do nada, e juro que ela encontra um novo em poucas semanas. Todo mundo devia ter a sorte de envelhecer assim. Fiquei meio preocupado quando ela apareceu com pneumonia, mas ela resistiu. Eu amo essa senhora. Queria que todos os meus pacientes fossem como ela.

Maxine sorriu com a descrição dela, mas ainda se perguntava por que ele tinha ligado.

— O senhor precisa da minha ajuda com alguma coisa, doutor? — perguntou ela. Soou um pouco seca e formal, mas estava ocupada.

— Na verdade — começou ele com um tom um pouco estranho —, eu queria saber se você almoçaria comigo um dia desses. Ainda sinto que devo desculpa por causa dos Wexlers. — Foi a única desculpa que lhe ocorreu.

— Que bobagem — disse ela, dando uma olhada no relógio. Ele tinha tantos outros dias para ligar. Maxine estava lutando contra o tempo desde a manhã. — Foi um erro justificável. Adolescentes suicidas não são a sua especialidade. Pode acreditar, eu não saberia o que fazer com uma senhora de 92 anos com uma fratura no quadril, pneumonia e um namorado.

— Você está sendo generosa. E o almoço? — persistiu ele.

— Você não precisa fazer isso.

— Eu sei, mas gostaria. O que vai fazer amanhã?

A mente de Maxine ficou vazia diante da pergunta. Como assim esse homem a estava convidando para almoçar? Por quê? Ela se sentiu boba. Nunca reservava momentos de sua agenda para almoçar com outros médicos.

— Não sei... Talvez... Talvez eu tenha um paciente — respondeu ela, procurando um motivo para dizer não.

— Que tal no dia seguinte, então? Você tem de almoçar em algum momento.

— Sim, claro, eu almoço... quando tenho tempo. — O que era raro. Maxine se sentiu ridícula ao dizer, meio sem pensar, que estava livre na quinta-feira. Deu uma olhada na agenda. — Mas o senhor realmente não precisa se desculpar mais.

— Vou me lembrar disso — falou, rindo dela.

Sugeriu um restaurante perto do consultório dela para que fosse conveniente. Era pequeno e agradável, Maxine almoçava lá com a mãe de vez em quando. Não almoçava com amigas havia muito tempo. Preferia receber pacientes, e à noite ficava em casa com as crianças. A maior parte das mulheres que conhecia era tão ocupada quanto ela. Não tinha vida social havia anos.

Marcaram de se encontrar ao meio-dia na quinta-feira. Maxine estava surpresa quando desligou. Não tinha certeza se era um programa a dois ou uma cortesia profissional, mas, de qualquer maneira, sentiu-se um pouco tola. Mal se lembrava de como ele era. Estava tão chateada com Hilary Anderson na sexta de manhã que só se lembrava de que o Dr. West era alto e que seus cabelos loiros estavam ficando grisalhos. O restante de sua aparência era um borrão — não que fizesse diferença. Anotou o almoço na agenda, retornou outras duas ligações o mais rápido que pôde e recebeu o último paciente.

Teve de fazer o jantar das crianças naquela noite, pois Zelda estava de cama sob efeito de analgésicos. O dia terminou da mesma forma que começou, confuso e estressante. E Maxine ainda fez o favor de queimar a comida, então pediram pizza.

Os dois dias seguintes foram igualmente estressantes, e ela só se lembrou do almoço com Charles West na manhã da quinta-feira. Ficou sentada à mesa olhando para a agenda um tanto perdida. Não conseguia entender como tinha sido capaz de marcar esse almoço. Ela nem o conhecia, e não queria conhecê-lo. A última coisa da qual precisava era um almoço com um estranho. Deu uma olhada no relógio e percebeu que já estava cinco minutos atrasada. Pegou o casaco e saiu do consultório às pressas. Não teve tempo de colocar batom nem de arrumar os cabelos — não que fizesse diferença.

Quando Maxine chegou ao restaurante, Charles West já esperava por ela à mesa. Levantou-se quando ela entrou, então o reconheceu. Era alto, como se lembrava, e boa-pinta, parecia ter quase 50 anos. Ele sorriu enquanto ela se aproximava.

— Desculpe pelo atraso — disse ela um tanto sem graça.

Charles notou a expressão cuidadosa no olhar de Maxine. Conhecia mulheres bem o suficiente para saber que, ao contrário de sua paciente de 92 anos, essa mulher não procurava um namorado. Maxine Williams parecia distante e reservada.

— A semana está uma loucura no consultório — acrescentou ela.

— A minha também — disse ele com gentileza. — Acho que o fim de ano deixa todo mundo louco. Todos os meus pacientes ficam com pneumonia entre o Dia de Ação de Graças e o Natal, e os seus com certeza ficam mal nessa mesma época.

Ele tinha um ar tranquilo e relaxado. O garçom perguntou se queriam pedir alguma bebida. Max disse que não, e Charles pediu uma taça de vinho.

— Meu pai é cirurgião ortopédico e costuma dizer que todo mundo fratura o quadril entre o Dia de Ação de Graças e o Ano-Novo.

Charles ficou intrigado com o comentário de Maxine, não sabia quem era o pai dela.

— Arthur Connors — completou, e Charles reconheceu o nome imediatamente.

— Eu o conheço. É um homem excelente. Já indiquei pacientes para ele. — Charles era o tipo de homem que seu pai aprovaria.

— Todo mundo em Nova York manda os casos mais difíceis para ele. Meu pai tem o maior número de pacientes da cidade.

— Então por que você escolheu psiquiatria em vez de trabalhar com ele? — Charles olhou para Maxine com interesse e tomou um gole de vinho.

— Sou fascinada por psiquiatria desde criança. O trabalho do meu pai sempre pareceu coisa de carpinteiro para mim. Desculpe, que comentário péssimo. Eu gosto mais do que faço, só isso. E adoro trabalhar com adolescentes. Acho que se tem mais chances de fazer a diferença na vida deles. Quando forem mais velhos, as coisas já vão estar melhores. Nunca me imaginei atendendo donas de casa entediadas e neuróticas da Park Avenue ou acionistas alcoólatras que traem a esposa. — Era o tipo de coisa que ela só poderia dizer a outro médico. — Desculpe. — Max ficou envergonhada, Charles gargalhou. — Sei que é uma coisa péssima de dizer, mas os jovens são tão mais honestos, e acho que vale muito mais a pena salvá-los.

— Concordo com você. Mas não sei se acionistas que traem a esposa vão a terapeutas.

— Você deve ter razão — admitiu ela —, mas as esposas vão. Esse tipo de paciente me deprime.

— Ah, e os suicidas, não? — Ele a desafiou. Maxine hesitou antes de responder.

— Eles me deixam triste, mas não deprimida. Na maior parte do tempo, eu me sinto útil. Não acho que faria diferença na vida de adultos que só querem que alguém os escute. Os adolescentes que atendo realmente precisam de ajuda.

— Bom argumento.

Charles perguntou sobre o trabalho dela com traumas. Havia comprado seu livro, o que a deixou impressionada. No meio do almoço, ele falou que era divorciado. Disse que foi casado por vinte e dois anos, e que foi trocado havia dois. Maxine ficou surpresa por ele falar disso de forma tão natural. Charles contou que não tinha sido uma surpresa tão grande, pois o casamento ia mal.

— Sinto muito — comentou Maxine, demonstrando simpatia. — Você tem filhos?

Ele balançou a cabeça e disse que a esposa nunca quis ter.

— Na verdade, é o único arrependimento que tenho. Ela teve uma infância difícil, e acabou decidindo que não queria ser mãe. E agora é um pouco tarde para mim. — Charles não pareceu chateado com isso, apenas lamentava ter perdido a oportunidade, como se fosse uma viagem interessante. — Você tem filhos? — perguntou ele, e a comida chegou.

— Três — respondeu com um sorriso. Não conseguia imaginar a vida sem eles.

— Isso deve tomar muito do seu tempo. Vocês têm guarda compartilhada?

Até onde sabia, era o que todos faziam. Maxine riu com a pergunta.

— Não. O pai deles viaja muito. Ele só se encontra com os filhos algumas vezes no ano. Eu fico com eles o tempo todo, e até prefiro que seja assim.

— Quantos anos eles têm? — perguntou Charles, interessado. Percebeu que o rosto dela se iluminou quando começou a falar dos filhos.

— A mais velha é a menina, que tem 13, e os meninos têm 12 e 6.

— Devem dar bastante trabalho — declarou ele com admiração.

— Vocês se divorciaram há quanto tempo?

— Cinco anos. A gente se dá muito bem. Ele é uma pessoa incrível, só não faz o tipo "marido e pai". É uma criança grande. Cansei de ser a única adulta. Ele é mais como um tio maluco e divertido para as crianças. Nunca cresceu, e acho que não vai crescer. — Maxine falou sorrindo, e Charles a observou, intrigado. Era inteligente e agradável, e ele estava impressionado por seu trabalho. Estava gostando de ler o livro.

— Onde ele mora?

— Em todo lugar. Londres, Nova York, Aspen, St. Bart's. Acabou de comprar uma casa em Marrakech. Tem uma vida que lembra um pouco um conto de fadas.

Charles fez que sim com a cabeça e se perguntou quem seria esse ex-marido, mas não queria perguntar. Estava interessado nela, não nele.

Conversaram com facilidade durante o almoço inteiro, e Max disse que tinha de voltar para atender mais pacientes. Charles também tinha de ir. Disse ter gostado muito da companhia dela e que gostaria de vê-la novamente. Maxine ainda não conseguia distinguir se havia sido um encontro, uma cortesia profissional ou apenas dois médicos se conhecendo. Charles sanou a dúvida chamando-a para jantar. Ela ficou surpresa com o convite.

— Eu... É... Hum... — disse Maxine, corada. — Achei que esse almoço fosse só... por causa dos Wexlers.

Charles sorriu para ela. Maxine pareceu tão surpresa que ele se perguntou se ela estava envolvida com alguém e achava que ele sabia.

— Você está saindo com alguém? — perguntou Charles.

Ela ficou ainda mais constrangida. Estava corada.

— Como um namorado?

— É, sim, como um namorado. — Ele estava gargalhando.

— Não.

Maxine não saía com ninguém havia um ano, e não passava uma noite com alguém havia dois. Pensando bem, era até um pouco deprimente. Ela tentava não pensar nisso. Saiu com algumas pessoas depois do divórcio e se cansou de se decepcionar. Era mais fácil simplesmente esquecer. Os encontros armados por amigos foram péssimos, e os outros, com pessoas que ela conhecia aleatoriamente, não foram muito melhores.

— Acho que não sou do tipo que namora — disse ela de forma estranha. — Pelo menos não há algum tempo. Não vejo muito por quê.

Maxine sabia de várias pessoas que se conheceram pela internet, mas não conseguia se imaginar fazendo isso, então simplesmente parou de tentar e desistiu de sair com pessoas com esse intuito. Não foi algo planejado, apenas aconteceu, e ela era muito ocupada.

— Você gostaria de sair para jantar? — perguntou ele gentilmente.

Era difícil acreditar que uma mulher bonita como ela, naquela idade, não tivesse um relacionamento. Ele se perguntou se Maxine não estaria traumatizada pelo casamento, ou talvez por algum relacionamento mais recente.

— Seria bom — respondeu ela como se Charles estivesse marcando uma reunião. Ele ficou olhando para Maxine sem acreditar, estupefato.

— Maxine, vamos deixar uma coisa bem clara aqui. Eu tenho a impressão de que você acha que estou convidando você para uma reunião interdisciplinar. Acho ótimo que nós dois sejamos médicos, mas, para ser bem sincero, eu não dou a mínima se você é stripper ou cabeleireira. Eu gosto de você. Acho você uma mulher linda. É divertido conversar com você, tem um ótimo senso de humor e não parece sentir aversão a homens, o que é raro hoje em dia. Seu currículo deixaria qualquer um envergonhado, homem ou mulher. Acho você atraente e sensual. Eu a convidei para almoçar porque queria conhecê-la um pouco melhor, como mulher. E estou convidando para jantar porque quero conhecê-la ainda melhor. É um encontro mesmo. A gente janta, conversa e se conhece melhor. Algo me diz que isso não está na sua agenda. Não entendo por quê. E, se tem alguma razão muita séria para isso, você devia me dizer. Mas, se não tiver, então estou chamando você para sair, para jantar. Está tudo bem para você?

Maxine sorria, ainda enrubescendo, enquanto ele explicava.

— Concordo. Tudo bem. Acho que perdi a prática.

— Não consigo nem imaginar como isso pode ter acontecido.

Charles a achava linda, e a maioria dos homens teria concordado. Ela simplesmente conseguiu, de alguma maneira, não se expor, escondia a própria luz.

— Então quando você quer jantar?

— Não sei. Tenho tempo livre. Tenho um jantar da Associação Nacional de Psiquiatria na quarta que vem, mas, fora isso, não tenho planos.

— Que tal na terça? Posso buscar você às sete para irmos a algum lugar bonito.

Charles gostava de bons restaurantes e vinhos finos. O tipo de noite que ela não tinha havia anos. Quando se encontrava com as amigas casadas, elas não iam a restaurantes, Maxine ia até a casa delas para jantar. E mesmo isso ela fazia com menos frequência. Deixou sua vida social perigar por falta de atenção e interesse. Sem querer, Charles a fez lembrar que estava sendo preguiçosa quanto a se socializar. Ainda estava surpresa pelo convite dele, mas concordou em encontrá-lo na terça-feira. Não anotou o jantar na agenda, sabia que se lembraria, e o agradeceu quando se levantaram para ir embora.

— A propósito, onde você mora?

Ela lhe deu o endereço e disse que ele conheceria seus filhos quando a buscasse. Charles falou que apreciaria muito isso. Acompanhou-a até o consultório, e Maxine gostou de ficar ao lado dele. Foi uma boa companhia. Agradeceu-o novamente pelo almoço e foi para o consultório se sentindo levemente atordoada. Tinha um jantar marcado. Um jantar de verdade com um médico atraente de 49 anos. Charles disse a idade no almoço. Ela nem sabia o que fazer direito, mas, sorrindo consigo mesma, compreendeu que pelo menos seu pai ficaria feliz. Ela teria de contar a ele quando se encontrassem novamente. Ou talvez depois do jantar.

E, então, todos os pensamentos voltados para Charles West se esvaíram. Josephine estava esperando no consultório. Maxine tirou o casaco e se apressou para iniciar a sessão.

Capítulo 7

O fim de semana de Maxine foi uma loucura. Jack tinha um jogo de futebol e coube a ela fornecer o lanche do time. Sam tinha duas festinhas de aniversário, e foi ela quem o levou a ambas, e Daphne convidou dez amigas para ficar em casa e comer pizza. Foi a primeira vez que recebeu amigas em casa desde a famigerada festa regada à cerveja, por isso Maxine ficou de olho nelas, mas nada indesejado aconteceu. Zelda estava de volta à ativa, mas tirou o fim de semana de folga. Ia a uma exposição e planejava visitar amigas.

Maxine trabalhou em outro artigo no tempo livre à noite, e dois de seus pacientes foram hospitalizados no fim de semana, um por causa de uma overdose, e outro posto em observação por risco de tentativa de suicídio.

Teve de visitar seis jovens em dois hospitais na segunda-feira, e recebeu uma fila de pacientes no consultório. E, ao voltar para casa, Zelda estava gripada e ardendo em febre. E piorou na terça-feira de manhã. Maxine pediu a ela que não se preocupasse e ficasse deitada. Daphne buscaria Sam na escola, porque Jack tinha treino de futebol e voltaria de carona. Eles iam conseguir. E teriam conseguido mesmo, se os deuses não tivessem conspirado contra Max.

Maxine teve consultas uma atrás da outra o dia inteiro. Terça-feira era dia de receber pacientes novos, e a primeira sessão com um adolescente era crucial, ela precisava estar concentrada. Ao meio-dia, a escola de Sam ligou. Ele tinha vomitado duas vezes na última meia hora, e Zelda não estava em condições de buscá-lo. Maxine teria de ir. Teve um intervalo de vinte minutos entre pacientes, pegou um táxi e buscou Sam na escola. Ele estava com uma carinha péssima e vomitou em cima dela no táxi. O motorista ficou furioso, e Maxine não tinha nada para usar para limpar o carro, então deu uma gorjeta de vinte dólares. Levou Sam para casa, colocou-o na cama e pediu a Zelda que ficasse de olho nele, mesmo com febre. Era como deixar um ferido cuidando de um aleijado, mas não tinha escolha. Tomou banho, trocou de roupa e pegou um táxi de volta ao trabalho. Atrasou-se dez minutos para a consulta, o que deixou uma impressão ruim, e a mãe da menina reclamou. Maxine explicou a ela que o filho estava doente e pediu mil desculpas.

Duas horas depois, Zelda ligou dizendo que Sam vomitou de novo e estava com febre alta. Maxine pediu a ela que desse Tylenol para ele e a lembrou de tomar o mesmo remédio. Às cinco começou a chover. A última paciente chegou atrasada e admitiu ter fumado maconha naquela tarde, então Maxine passou do horário para conversar sobre isso com ela. A menina tinha aderido ao programa de doze passos para parar de consumir maconha, então ter fumado naquele dia foi um grande deslize, ainda mais porque ela estava usando medicamentos.

A paciente de Maxine tinha acabado de ir embora quando Jack ligou em pânico. Tinha perdido a carona e estava sozinho em uma esquina de uma área não muito boa do Upper West Side. Max quis matar a mãe que o deixou sozinho. Seu carro estava no conserto no centro da cidade, e ela levou meia hora para conseguir um táxi. Já passava das seis quando finalmente buscou o filho, que estava em pé tremendo debaixo de chuva em um ponto de ônibus, e faltavam quinze para as sete quando entrou em casa depois de pegar um baita trânsito. Ambos estavam molhados e com frio, e Sam estava péssimo, chorando, quando Maxine entrou no quarto. Ela se sentiu dona de um hospital. Deu uma olhada em Sam e em Zelda e mandou Jack ir tomar um banho quente. Ele estava pingando e espirrando.

— Você está bem? Espero que não esteja doente — disse ela para Daphne quando passou pela filha a caminho do quarto de Sam.

— Eu estou bem, mas tenho um trabalho de ciências para amanhã. Você me ajuda?

Maxine sabia que a pergunta verdadeira era se poderia fazer o trabalho para ela.

— Por que a gente não fez isso no fim de semana? — perguntou Maxine, estressada.

— Eu esqueci que eu tinha que fazer.

— Como sempre — murmurou Maxine no exato momento em que o interfone tocou no hall.

Era o porteiro avisando que o Dr. Charles West estava lá embaixo. Maxine arregalou os olhos de pânico. Charles! Ela havia esquecido. Era terça-feira. Haviam marcado de jantar, ele chegaria às sete. Foi pontual, metade da casa dela estava doente e Daphne tinha um trabalho de ciências que precisava da ajuda de Maxine. Ela teria de cancelar o jantar, mas seria muito grosseiro fazer isso em cima da hora. Não conseguia se imaginar pronta para sair de casa, ainda nem tinha trocado de roupa. Zelda estava doente demais para que Maxine deixasse as crianças com ela. Que pesadelo. Estava péssima quando abriu a porta para Charles três minutos depois, e ele ficou surpreso ao vê-la de calça e suéter, cabelos molhados e sem maquiagem.

— Peço mil desculpas — disse ela assim que o viu. — Meu dia foi um inferno. Um dos meus filhos está doente, o outro perdeu a carona para voltar do jogo de futebol, minha filha tem um trabalho de ciências para amanhã e a nossa babá está com febre. Estou enlouquecendo. Pode entrar, por favor. — Ele obedeceu, e Sam veio andando pelo hall com o rostinho abatido. — Esse é meu filho Sam — explicou ela, e Sam vomitou de novo. Charles ficou olhando sem acreditar.

— Nossa — disse ele, e olhou para Maxine, alarmado.

— Desculpe. Por que você não vai para a sala e se senta? Eu já venho.

Ela levou Sam para o banheiro rapidamente, e ele vomitou de novo. Maxine voltou para o hall e limpou o chão com uma toalha. Botou Sam na cama, e Daphne entrou no quarto.

— Que horas a gente vai fazer o meu trabalho?

— Ai, meu Deus! — exclamou Maxine já pronta para chorar ou ter um ataque histérico. — Esqueça o seu trabalho. Tem um homem na sala. Vá lá conversar com ele. O nome dele é Dr. West.

— Quem é ele?

Daphne estava perplexa, e sua mãe parecia louca. Ela lavava as mãos e tentava pentear o cabelo ao mesmo tempo. Não estava dando certo.

— É um amigo. Não, é um estranho. Eu não sei quem ele é. Vou jantar com ele.

— *Agora*? — Daphne ficou horrorizada. — E o meu trabalho? É metade da minha nota final do semestre.

— Você devia ter pensado nisso antes. Não posso fazer o seu trabalho. Combinei de jantar com uma pessoa, seu irmão está passando mal, Zelda está morrendo e Jack provavelmente vai ter uma pneumonia por ter passado uma hora pegando chuva em um ponto de ônibus.

— Você vai *sair com alguém*? — Daphne encarou a mãe. — Quando isso aconteceu?

— Não aconteceu. E provavelmente nunca vai acontecer. Você pode, por favor, ir lá falar com ele?

Assim que Maxine parou de falar, Sam disse que ia vomitar de novo. Ela correu para o banheiro com ele, e Daphne foi para a sala conhecer Charles com uma expressão resignada no rosto. Ela ainda teve a coragem de dizer que, se não passasse de ano, não seria culpa dela, pois a mãe não a ajudou com o trabalho.

— Por que a culpa seria *minha*? — gritou Maxine de dentro do banheiro.

— Já estou melhor — anunciou Sam, mas sua aparência dizia o contrário.

Maxine o colocou na cama de novo com toalhas ao seu redor, lavou as mãos novamente e desistiu de arrumar o cabelo. Estava prestes a voltar para a sala para ver Charles quando Sam olhou para ela com muita tristeza.

— Como assim você vai sair com alguém?

— Ele me convidou para jantar.

— Ele é legal? — Sam parecia preocupado. Ele não se lembrava da última vez que a mãe saiu. Nem ela.

— Ainda não sei — respondeu ela honestamente. — Não é nada de mais, Sam. É só um jantar. — Ele pareceu compreender. — Já volto — garantiu ela. Não tinha como sair com Charles naquela noite.

Chegou à sala a tempo de ouvir Daphne contar a Charles sobre o iate do pai, o avião, a cobertura em Nova York e a casa de Aspen. Não era exatamente o que Maxine queria que ela falasse na primeira vez que via Charles, apesar de ter ficado grata pela filha não ter ido além disso. Lançou um olhar sério para Daphne e agradeceu por ter feito companhia a ele. Maxine se virou para Charles e se desculpou pela performance de Sam quando ele chegou. Na verdade, queria se desculpar por Daphne ter se gabado por causa do pai. Quando percebeu que a filha não ia embora, Maxine disse a ela que precisava começar o trabalho de ciências. Daphne estava relutante em sair dali, mas finalmente partiu. Maxine se sentia à beira de um ataque de nervos.

— Peço mil desculpas. Minha casa não costuma ser essa loucura. Não sei o que aconteceu. Hoje tudo ficou de pernas para o ar. E desculpe por Daphne.

— Mas por que você está pedindo desculpas? Ela só estava falando do pai. Ela sente muito orgulho dele. — Maxine achou que Daphne estivesse tentando deixar Charles desconfortável de propósito, mas não quis dizer isso. Foi uma atitude malcriada,

Maxine a conhecia muito bem. — Eu não sabia que você foi casada com Blake Williams — comentou ele com uma expressão um tanto atemorizada.

— Fui.

Queria poder recomeçar a noite, sem a cena de *O exorcista* na entrada. Seria bom também se ela tivesse se lembrado de que eles tinham um jantar marcado. Maxine não anotou na agenda, e acabou se esquecendo do encontro.

— Quer beber alguma coisa?

Assim que falou isso, percebeu que não tinha nada em casa, a não ser um vinho branco barato que Zelda usava para cozinhar. Maxine pensou em comprar um vinho decente no fim de semana, mas também se esqueceu de fazer isso.

— Nós vamos sair? — perguntou Charles diretamente. Tinha a impressão de que não, com um filho doente, a outra com trabalho para o dia seguinte e Maxine mais desesperada do que nunca.

— Você vai me odiar se a gente não sair? — indagou honestamente. — Não sei como isso aconteceu, mas eu esqueci. Tive um dia muito agitado, e por algum motivo não anotei o jantar na agenda.

Max estava prestes a chorar, e ele lamentou. Normalmente, teria ficado furioso, mas não tinha como. A pobre mulher estava sufocada.

— Talvez seja por isso que eu não tenho relacionamentos. Não sou muito boa nisso. — Para não dizer péssima.

— Talvez você não queira um relacionamento — sugeriu ele.

Ela já havia pensado nisso, e achava que talvez Charles estivesse certo. Era muito trabalho, muito difícil de lidar. Entre a profissão e os filhos, não sobrava muito espaço. Não tinha lugar para outras pessoas, nem tempo, nem a energia que um relacionamento exigia.

— Desculpe, Charles. Não sou sempre assim. É muita coisa para uma pessoa só.

— Não é culpa sua que seu filho e sua babá tenham ficado doentes. Quer tentar de novo? Sexta à noite?

Maxine não queria dizer que era a folga de Zelda. Pediria a ela que trabalhasse, se fosse preciso. Depois do canal na semana anterior e da doença naquela semana, Zelda estava em débito, e ela não tinha problemas com esse tipo de coisa.

— Seria ótimo. Você quer ficar? Eu vou ter de preparar o jantar para as crianças de qualquer maneira.

Charles tinha feito uma reserva para eles no La Grenouille, mas não queria que ela se sentisse mal, então não comentou nada. Estava decepcionado, mas disse a si mesmo que era um adulto e conseguia lidar com um furo desses.

— Vou ficar um pouco mais. Você já tem muita coisa para fazer, não precisa cozinhar para mim. Quer que eu dê uma olhada no seu filho e na sua babá? — ofereceu ele gentilmente.

Max sorriu com gratidão.

— Seria muita gentileza sua. É só uma gripe. Mas é mais especialidade sua do que minha. Se eles começarem a demonstrar tendências suicidas, eu entro em ação.

Charles gargalhou. Ele mesmo estava tendo pensamentos suicidas só de ver o caos na casa dela. Não estava acostumado a crianças e à confusão em torno delas. Tinha uma vida tranquila e organizada, e preferia assim.

Max levou Charles até o quarto, onde Sam estava deitado vendo TV. Ele parecia melhor do que durante a tarde inteira. Olhou para a mãe quando entrou no quarto. Ficou surpreso ao ver um homem com ela.

— Sam, esse é o Dr. West. Ele é médico e vai dar uma olhada em você.

Maxine sorria para o filho, e Charles percebeu o quanto era ela louca pelas crianças. Não tinha como não notar.

— É ele que vai sair com você? — perguntou Sam com suspeita.

— É — respondeu Maxine meio encabulada.

— Pode me chamar de Charles — corrigiu ele com um sorriso, e se aproximou da cama. — Oi, Sam. Pelo visto você passou mal hoje. Vomitou o dia todo?

— Seis vezes — anunciou Sam com orgulho. — Vomitei no táxi voltando da escola.

Charles olhou para Maxine e deu um sorriso de compaixão. Dava para imaginar a cena.

— Isso não deve ter sido muito legal. Posso mexer na sua barriga?

Sam fez que sim e levantou a camisa do pijama. Jack entrou no quarto.

— Você teve que chamar um médico para ele? — Jack ficou preocupado na hora.

— Ele vai sair com a mamãe — explicou Sam.

Jack ficou confuso.

— Quem vai sair com a mamãe? — perguntou Jack.

— O médico — explicou Sam para o irmão.

Maxine apresentou Jack a Charles, que se virou para sorrir para ele.

— Você deve ser o jogador de futebol. — Jack fez que sim, perguntando-se de onde o médico/namorado misterioso tinha vindo, e por que ele não sabia de nada. — Você joga em qual posição? Eu joguei futebol na faculdade. Era melhor em basquete, mas gostava mais de futebol.

— Eu também. Quero jogar lacrosse ano que vem — disse Jack.

Maxine ficou observando os dois.

— Lacrosse é difícil. É muito mais fácil se machucar jogando lacrosse que futebol — comentou Charles e se levantou depois de examinar Sam. Olhou para o menino e deu um sorriso. — Acho que vai ficar tudo bem, Sam. Amanhã você vai estar melhor.

— Será que eu vou vomitar de novo? — Sam estava preocupado.

— Espero que não. Fique bem quietinho hoje. Quer uma Coca?

Sam aceitou e ficou analisando Charles com interesse. Vendo a cena, Maxine percebeu como era estranho ter um homem entre eles, mas era bom. E Charles tinha um jeito doce de lidar com as crianças. Ela percebeu que Jack também o analisava. E, um minuto depois, Daphne entrou no quarto. Estavam todos em pé no quarto da mãe, que de repente ficou pequeno demais com tanta gente reunida.

— Onde escondeu a sua babá doente? — perguntou Charles a ela.

— Eu levo você lá — disse Maxine.

Eles saíram do quarto. Sam deu uma risadinha e começou a falar alguma coisa, mas Jack tapou a boca do irmão. Maxine e Charles escutaram as crianças rindo e sussurrando quando foram embora. Maxine se virou para Charles com um sorriso de desculpas.

— É novidade para eles.

— Percebi. Eles são ótimos — comentou Charles enquanto entravam na cozinha e passavam pelo corredor.

Maxine bateu à porta do quarto de Zelda, abriu-a devagar e sugeriu a Charles que desse uma olhada nela. Ficou perto da porta e apresentou um ao outro. Zelda ficou imediatamente confusa. Não fazia ideia de quem era o Dr. West nem de por que ele estava ali.

— Não estou tão mal assim — argumentou Zelda constrangida, achando que Maxine tinha chamado um médico só para ela. — É só uma gripe.

— Ele estava aqui em casa de qualquer forma, acabou de dar uma olhada em Sam.

Zelda ficou se perguntando se ele era um novo pediatra que ela não conhecia. Nem passou pela sua cabeça que Maxine tivesse um jantar marcado com ele. Charles falou para Zelda o mesmo que falou para Sam.

Alguns minutos depois, Maxine e Charles estavam na cozinha. Ela deu uma Coca para ele e pegou uma tigela de Doritos e um pouco de guacamole que encontrou na geladeira. Ele disse que não ia demorar para ir embora, que a deixaria cuidar dos filhos. Max já tinha problemas suficientes para resolver. Isso foi uma verdadeira prova de fogo, ele conheceu todo mundo de uma só vez. Sam vomitando quando Charles entrou no apartamento foi uma bela forma de apresentar os filhos. Claro que não a forma que ela teria escolhido. Na opinião de Maxine, ele passou no teste com louvor. Não sabia ao certo como Charles se sentia, mas com certeza teve espírito esportivo. Isso estava longe de ser um primeiro encontro tradicional. Bem longe.

— Uma pena que a noite foi essa bagunça — desculpou-se ela, novamente.

— Deu tudo certo — declarou ele com leveza, e pensou brevemente no jantar que teria acontecido no La Grenouille. — Vai ser bom na sexta à noite. Acho que, quando se tem filhos, é preciso ser flexível mesmo.

— Geralmente, mas não tanto quanto hoje. Eu sou organizada. Hoje foi simplesmente surreal. Ainda mais porque a Zellie está doente também. Conto muito com ela.

Charles pareceu entender. Era óbvio que Max tinha de contar com alguém, e o ex-marido não era presente. Depois do que Daphne lhe contou, dava para entender. Já havia lido sobre Blake Williams. Era um figurão, não parecia um homem de família. Maxine confirmou isso no almoço deles.

Charles foi se despedir das crianças, e falou para Sam que torcia para que ele se sentisse melhor no dia seguinte.

— Obrigado — disse Sam, e acenou. Maxine acompanhou Charles até a porta.

— Busco você às sete na sexta — prometeu Charles. Ela agradeceu novamente por ele ter sido tão gentil. — Imagina. Pelo menos conheci todos os seus filhos.

Ele acenou de dentro do elevador. Um segundo depois, ela se jogou na cama ao lado de Sam e suspirou. Os outros dois filhos entraram no quarto.

— Por que você não me contou que ia sair com alguém? — reclamou Jack.

— Eu esqueci.

— Quem é ele? — Daphne parecia desconfiada.

— É só um médico que eu conheci — respondeu Maxine, exausta. Não queria ter de se justificar para eles. A noite já havia sido ruim o suficiente. — E, por falar nisso — ela se dirigiu à filha —, você não devia ficar se gabando por causa do seu pai daquele jeito. Não é legal.

121

— Por que não? — Daphne rapidamente assumiu um tom desafiador.

— Porque ficar falando do iate e do avião dele não é legal. As pessoas podem se sentir constrangidas. — O que era exatamente o objetivo dela. Daphne deu de ombros e saiu do quarto.

— Ele é legal — proclamou Sam.

— É, parece — disse Jack.

Ele não estava convencido. Não entendia por que a mãe precisava de um homem. Estavam bem daquele jeito. Não ficavam chocados quando o pai saía com mulheres, mesmo que fossem muitas. Não estavam acostumados a ver um homem na vida da mãe, nenhum deles gostava dessa ideia. Era bom tê-la só para eles. E não havia motivos para que isso mudasse, pelo menos não na opinião deles. Maxine entendeu a mensagem claramente.

Já eram oito da noite e ninguém tinha jantado, então Maxine foi para a cozinha para ver o que podia inventar. Estava pegando uma salada, carnes e ovos quando Zelda apareceu vestindo roupão e com uma expressão de dúvida.

— Quem era aquele mascarado, Tonto? — perguntou ela para Maxine, que caiu na gargalhada.

— Acho que a resposta certa é o Cavaleiro Solitário. É um médico que conheci. Eu tinha combinado de jantar com ele e esqueci completamente. Sam vomitou na frente dele assim que entrou. Foi uma bela cena.

— A senhora acha que vai se encontrar com ele de novo? — quis saber Zelda, interessada. Achou o homem simpático. E bonito. Sabia que Maxine não tinha um relacionamento havia muito tempo, e aquele homem era uma boa chance. Parecia do tipo ideal, era bonitão, e ela achava que o fato de ambos serem médicos era um bom começo, já havia algo em comum.

— Pelo visto ele vai me levar para jantar na sexta — respondeu Maxine. — Se ele se recuperar da experiência da noite de hoje.

— Interessante — comentou Zelda. Ela colocou refrigerante em um copo e voltou para o quarto.

Maxine preparou macarrão, arrumou uns frios e ovos mexidos. Comeram brownies de sobremesa. Ela arrumou a cozinha e foi ajudar Daphne com o trabalho. Só acabaram à meia-noite. Foi um dia daqueles, e uma longa noite. E, quando por fim foi se deitar ao lado de Sam, teve um minuto para pensar em Charles. Não fazia ideia do que ia acontecer, ou se o veria novamente depois da sexta, mas até que aquela noite não foi tão ruim. Pelo menos ele não fugiu correndo e gritando. Já era um começo. E, por enquanto, era o suficiente.

Capítulo 8

Na sexta-feira à noite, quando Charles foi buscá-la, tudo funcionou perfeitamente. A casa estava vazia. Zelda estava de folga. Daphne foi passar a noite com amigas, assim como Sam, que já havia se recuperado da gripe. Jack estava em uma festa na casa de um coleguinha e teria um *bar mitzvah* na noite seguinte. Maxine comprou uísque, vodca, gim, champanhe e uma garrafa de Pouilly-Fuissé. Estava preparada para ele. Usava um vestido preto curto, o cabelo preso em um belo coque, brincos de diamante, colar de pérolas e o apartamento estava silencioso.

Quando abriu a porta para ele, às sete em ponto, Charles entrou como se estivesse pisando em campo minado. Olhou em volta, percebeu o silêncio ensurdecedor e ficou olhando para ela, surpreso.

— O que você fez com as crianças? — perguntou com nervosismo, e Maxine sorriu para ele.

— Dei tudo para adoção e demiti a babá. Fiquei triste, mas na vida a gente tem de ter prioridades. Não queria estragar mais uma noite. Foram adotados rapidinho.

Charles riu e a seguiu até a cozinha, onde Max serviu uísque com soda, a pedido dele, e pegou uma tigela prateada com castanhas para levar para a sala. O silêncio era quase irreal.

— Peço mil desculpas pela terça, Charles. — Foi uma cena digna do cinema. Ou da vida real. Real até demais.

— Foi como na época da faculdade.

Ser jogado no porta-malas de um carro em coma alcoólico poderia ter sido mais fácil e mais divertido, porém Charles estava disposto a dar mais uma chance. Ele gostava de muitas coisas em Maxine. Era uma mulher séria e inteligente, com uma carreira incrível na área médica, e ainda era linda. Uma combinação difícil de ser superada. A única coisa que o deixava um pouco apreensivo eram os filhos. Simplesmente não estava acostumado com aquilo, e não sentia a necessidade de ter crianças em sua vida. Mas eram parte do pacote que vinha com ela. E, pelo menos nessa ocasião, Maxine conseguiu garantir uma noite só para os dois, o que ele preferia.

O La Grenouille gentilmente proveu outra reserva a ele, às oito da noite, e não o condenou pelo cancelamento em cima da hora na terça-feira anterior. Ele frequentava o restaurante e era um bom cliente. Maxine e Charles deixaram o apartamento dela às sete e quarenta e cinco e chegaram ao restaurante precisamente na hora marcada. A mesa reservada era excelente. O jantar estava sendo perfeito até então, observou ele, e a noite era uma criança. Nada mais o assustaria agora, depois da maneira como tinha entrado na vida dela três dias antes. Naquela ocasião, quase saiu correndo. Mas agora estava feliz por ter ficado. Gostava bastante de Maxine, era ótimo conversar com ela.

Na primeira metade do jantar, degustando vieiras, caranguejos de carapaça macia, faisão e Chateaubriand, conversaram sobre o trabalho e questões médicas. Ele gostava das opiniões de Maxine e estava impressionado com suas conquistas. Estavam começando a comer o suflê quando ele mencionou Blake.

— Fico surpreso pelos seus filhos não serem mais críticos em relação a ele. Você disse que ele é tão ausente.

Charles percebeu que isso dizia muito sobre ela. Maxine podia ter colocado as crianças contra o pai sem dificuldade, como faria a maior parte das mulheres, considerando o pouco que ele ajudava.

— Ele é basicamente um homem bom — declarou ela com simplicidade. — Maravilhoso, na verdade. E eles veem isso. Só não é muito atencioso.

— Ele me parece uma pessoa muito egoísta e incrivelmente autocomplacente — observou Charles, e Maxine não disse que ele estava errado.

— Seria difícil não ser — explicou Maxine com calma —, considerando o sucesso que ele alcançou. Pouquíssimas pessoas resistiriam a isso e manteriam a cabeça boa. Ele tem muitos brinquedos e gosta de se divertir. O tempo todo, na verdade. Blake não faz nada que não seja divertido, ou que não seja de alto risco. É o jeito dele, sempre foi. Podia ter escolhido outro caminho e usado o dinheiro para filantropia. E Blake até faz isso, mas não se envolve com nenhuma forma de caridade que demande algum tipo de esforço. Basicamente, ele acha que a vida é curta demais, que teve sorte e quer se divertir. Blake é adotado, e acho que, de uma forma até curiosa, apesar de ter pais adotivos incríveis que o amavam, ele sempre foi meio inseguro com a vida e consigo mesmo. Ele quer agarrar tudo que pode antes que alguém leve embora, ou que ele perca. É uma patologia difícil de encarar. Blake tem um medo constante de abandono e perda, então ele agarra tudo com força e acaba perdendo no fim de qualquer maneira. Como uma profecia autorrealizável.

— Ele deve lamentar muito ter perdido você — comentou Charles com cuidado.

— Acho que não. Somos bons amigos. Eu sempre me encontro com ele e com as crianças quando Blake está aqui. Ainda faço parte da vida dele de uma forma diferente, como amiga e mãe de seus filhos. Ele sabe que pode contar comigo. Sempre pôde. E tem várias namoradas, bem mais jovens e divertidas que eu. Sempre fui séria demais para Blake.

Ele assentiu. Gostava disso em Maxine, combinava com ele. Achava o relacionamento dela com o ex-marido estranho. Charles quase nunca falava com a ex-esposa. Sem a conexão trazida por filhos, não sobrou nada depois do divórcio, nada além de muita agressividade entre os dois. No geral, não sobrou nada. Era como se nunca tivessem sido casados.

— Quando se tem filhos — disse Maxine suavemente —, meio que se fica preso à outra pessoa para sempre. E tenho de reconhecer que, se a gente não tivesse isso, eu sentiria falta dele. O que temos hoje funciona bem para todo mundo, principalmente para as crianças. Seria triste se eu e o pai delas nos detestássemos.

Talvez fosse triste, pensou Charles enquanto a escutava, mas talvez facilitasse a situação do próximo homem ou da próxima mulher na vida deles. Era difícil superar Blake, para qualquer um, e era difícil superá-la também, apesar de Maxine ser modesta.

Não havia nenhuma ponta de arrogância ou pompa em Maxine, apesar de ser muito bem-sucedida em sua carreira na psiquiatria. Ela era bastante discreta, e Charles apreciava isso. Ele não era como Maxine e sabia. Charles West se considerava muito bom e não era nada tímido em relação a suas conquistas. Ele não hesitou em tentar convencê-la a lidar com Jason Wexler à sua maneira, e só desistiu quando descobriu quem era Maxine e sua autoridade no campo. Só então admitiu que ela sabia mais que ele, principalmente após a terceira tentativa de suicídio de Jason, que deixou Charles nervoso e se sentindo idiota. Não gostava de admitir quando estava errado, mas não teve escolha naquela situação. Maxine era poderosa porém feminina e gentil. Não precisava ficar se gabando, raramente fazia isso, apenas quando a vida de um paciente estava em jogo, nunca para alimentar o ego. Para Charles, ela parecia a mulher perfeita em vários sentidos, nunca havia conhecido ninguém como Maxine.

— Como seus filhos se sentem em relação a você ter um relacionamento? — perguntou ele ao fim do jantar.

Não ousou perguntar o que disseram sobre ele, apesar de estar curioso. Maxine obviamente não tinha preparado os filhos, pois havia se esquecido do jantar. A presença dele na noite de terça deixou todos surpresos, inclusive Maxine. E, com tudo o que aconteceu, eles também o surpreenderam. Charles comentou sobre a noite com um amigo no dia seguinte, que gargalhou com a descrição do caos e disse que certamente seria bom para ele, para que se soltasse um pouco. "Tinha de ser com você", foi o comentário dele. Era uma regra: Charles preferia sair com mulheres que não tivessem filhos. Achava difícil ficar com alguém que dedicasse a vida aos filhos. Quando muito, elas tinham ex-maridos que ficavam com as crianças metade do tempo. Maxine não tinha ninguém para aliviá-la, a não ser a babá, que era um ser humano e tinha os próprios problemas. Max tinha muitas responsabilidades, e ficar com ela seria um desafio para Charles.

— As crianças ficaram bastante surpresas — comentou Maxine honestamente. — Não saio com ninguém há muito tempo. Elas estão acostumadas com as mulheres do pai, mas acho que nem imaginam que um dia talvez eu tenha alguém também.

E Maxine também ainda não havia se acostumado com a ideia. Ela considerava os homens com quem saiu por um tempo tão desinteressantes e tão pouco atraentes que desistiu de tudo.

Os médicos que conhecia sempre pareciam pomposos demais, ou então não tinham afinidade com ela, e eles achavam que a carga da vida profissional e pessoal dela era muito pesada. A maioria dos homens não queria ficar com uma mulher que poderia ter de ir a uma emergência de hospital às quatro da manhã. Blake também não gostava disso, mas a carreira médica sempre foi importante para Max, e os filhos mais ainda. O copo já estava cheio e, como pôde ver na terça, transbordava com facilidade. Não havia muito espaço, se é que havia, para outra pessoa. E ele suspeitava que isso satisfazia os filhos de Maxine. Estava claro na expressão das crianças quando as conheceu que queriam a mãe só para elas, que ele não era bem-vindo naquela família. Não precisavam dele. Nem ela, suspeitava Charles. Maxine não tinha aquele ar de desespero da maioria das mulheres da idade dela, mulheres que queriam conhecer um homem acima tudo. A impressão que Max dava, ao contrário, era a de que estava feliz, realizada e muito bem sozinha. E isso também o atraía. Não desejava ser o salvador de ninguém, apesar de querer, sim, fazer parte do turbilhão da vida de uma mulher. E com Maxine nunca seria esse salvador. Havia pontos positivos e negativos nisso.

— Acha que seus filhos se ajustariam se você se envolvesse com alguém? — perguntou ele de forma casual, verificando informações.

Maxine pensou na pergunta por um instante.

— É provável. Talvez. Dependeria da pessoa e de como ela se ajustaria a eles. Essas coisas são uma via de mão dupla, demanda esforço dos dois lados.

Charles concordou. Era uma resposta razoável.

— E você? Acha que se ajustaria a ter um homem na sua vida de novo, Maxine? Você parece ser bem autossuficiente.

— E sou — declarou ela com sinceridade.

Tomou um gole do chá de menta, que era ótimo depois de uma boa refeição. A comida estava deliciosa e os vinhos que ele escolheu foram incríveis.

— Mas, respondendo à sua pergunta, eu não sei a resposta. Só me ajustaria ao homem certo. Eu teria de acreditar mesmo que daria certo. Não quero cometer outro erro. Blake e eu éramos muito diferentes. Não se nota isso com tanta clareza quando se é jovem. Depois de certo ponto, com a maturidade, isso passa a ser muito importante. Não dá para se enganar nessa idade, se convencer de que uma coisa vai dar certo quando na verdade não vai dar. É bem mais difícil fazer o relacionamento dar certo quando se é mais velho porque há muita bagagem. É tudo muito divertido quando se é jovem. Depois, é outra história. E não é tão fácil achar um bom partido, há muito menos candidatos. Tem de valer a pena o esforço de se adaptar. E os meus filhos são uma desculpa para que eu nem tente. Eles me mantêm ocupada e feliz. O problema é que um dia eles vão crescer e eu vou acabar sozinha. Não tenho de encarar isso agora.

Maxine tinha razão, e ele assentiu. Os filhos camuflavam a solidão e eram uma desculpa para que não deixasse um homem entrar em sua vida. Charles começou a achar que Max tinha medo de tentar. Teve a impressão de que Blake levou grande parte dela consigo, e, mesmo que fossem "muito diferentes", como ela disse, sentiu que Maxine ainda o amava. Isso também podia ser um problema. E quem poderia competir com uma lenda que havia se tornado bilionário e transbordava charme? Era um senhor desafio, um desafio que poucos homens encarariam, o que claramente não aconteceu.

Então mudaram de assunto, e conversaram um pouco mais sobre trabalho, sobre a paixão dela pelos pacientes adolescentes suicidas, sua compaixão pelos pais dessas crianças, seu fascínio por traumas causados por eventos de grandes proporções. A prática dele era bem menos interessante. Lidava com resfriados comuns, um mundo de doenças e situações mais mundanas, a tristeza ocasional de um paciente com câncer que logo seria encaminhado para um especialista e nunca mais seria contatado por ele. A área de atuação de Charles não envolvia momentos de crise, como a de Maxine, embora de vez em quando também perdesse um paciente, mas era raro.

Charles a acompanhou até o apartamento de novo e tomou uma taça do conhaque que compunha seu bar recém-reabastecido. Agora, estava totalmente equipada para entreter o pretendente, mesmo que nunca mais o visse. O estoque já estaria completo para o próximo que viesse, dali a cinco ou dez anos. Zelda fez piada com isso. Max montou um bar completo por causa daquela noite, o que a deixou um pouco preocupada por causa das crianças. Planejou manter as bebidas em um local trancado para que ficasse longe do alcance dos filhos e dos amigos deles. Não queria que fossem uma tentação para eles. Daphne já havia feito o alarme soar.

Maxine o agradeceu pelo jantar maravilhoso e pela noite incrível. Tinha de admitir que era bom ser civilizada, usar uma roupa elegante e passar a noite conversando com um adulto. Bem mais interessante que ir ao KFC ou ao Burger King com um bando de crianças, o que era mais o seu estilo. Embora, olhando para ela, para aquela elegância cristalina, Charles tenha achado que Maxine merecia ir ao La Grenouille mais vezes, e torceu para que tivesse a oportunidade de levá-la de novo. Era o seu preferido, apesar de gostar do Le Cirque também. Tinha grande apreço pela culinária francesa e pelo clima que a acompanhava. Gostava muito mais que Max de pompa e cerimônias, e de noites entre adultos. Conversando com ela, ficou se perguntando se sair com seus filhos também seria divertido. Era possível, apesar de ainda não estar convencido, mesmo que fossem ótimas crianças. Preferia conversar com Maxine sem distrações, sem Sam vomitando aos seus pés. Os dois riram da cena enquanto ele se preparava para ir embora, e ficaram conversando um tempo no mesmo hall onde aconteceu.

— Eu gostaria de sair com você de novo, Maxine — declarou Charles, descontraído. Para ele, a noite foi um sucesso, assim como para ela, apesar do desastre da noite de terça. Essa noite foi o exato oposto. Foi perfeita.

— Eu também — disse ela sem rodeios.

— Eu ligo para você — avisou ele, e não fez o movimento de beijá-la.

Maxine teria ficado chocada e irritada se o tivesse feito. Não era o estilo dele. Agia lenta e deliberadamente quando gostava de uma mulher, preparando o terreno para o que poderia acontecer depois, caso os dois estivessem de acordo. Não tinha pressa e não gostava de pressionar. Tinha de ser uma decisão mútua, e ele sabia que Maxine estava longe disso. Não saía com ninguém havia muito tempo e nunca foi muito de fazer isso, na verdade. A ideia de ter um relacionamento não passava pela cabeça de Maxine. Teria de conduzi-la até lá com calma, caso percebesse que ela estava a fim. Ele também não tinha muitas certezas. Era divertido conversar e estar com Maxine, o restante era incerto. Os filhos ainda eram uma questão um pouco complicada para ele superar.

Max lhe agradeceu novamente e fechou a porta com gentileza. Jack já estava dormindo e Zelda permanecia no quarto dela. O apartamento estava silencioso. Maxine trocou a roupa, escovou os dentes e se deitou pensando em Charles. Foi ótimo, isso era inquestionável. Mas era estranho estar com outro homem. Era tão maduro, tão requintado. Assim como ele. Não conseguia imaginar um passeio com Charles em um domingo à tarde com os filhos por perto, como fazia com Blake quando ele estava na cidade. Mas, pensando bem, Blake era o pai das crianças, e a vida dele não era centrada no lar. Era apenas um turista que passava pela vida deles, um turista charmoso. Blake era um cometa lá no céu.

Charles era centrado e tinha muito em comum com ela. Era bem sério, o que encantava Maxine. Mas não era relaxado, brincalhão e divertido. Por um instante, sentiu falta disso em sua vida, então percebeu que não dava para ter tudo. Se algum dia fosse se envolver para valer com alguém de novo, sempre dizia que gostaria que fosse uma pessoa com quem pudesse contar. Charles com certeza era esse tipo de homem. Cuidado com o que deseja, pensou ela com um sorriso. Blake era louco e divertido. Charles era responsável e maduro. Uma pena que no mundo não havia um homem que pudesse ser as duas coisas — um Peter Pan adulto com bons valores. Era pedir demais, e provavelmente era por isso que ainda estava solteira, disse a si mesma, e talvez ficasse assim para sempre. Não tinha como viver com um homem como Blake, e talvez viver com um homem como Charles não fosse algo desejável. Talvez isso não tivesse importância, ninguém estava pedindo para que ela fizesse uma escolha. Foi só um jantar, afinal de contas, comida boa e vinhos finos com um homem inteligente. Não tinha nada a ver com casamento.

Capítulo 9

Blake estava em Londres em um encontro com conselheiros de investimentos sobre três empresas que pretendia comprar. Também tinha reuniões marcadas com dois arquitetos, um para fazer mudanças na casa de Londres, e o outro para remodelar e remobiliar completamente o palácio que tinha acabado de comprar no Marrocos. Havia um total de seis decoradores envolvidos nos dois projetos, o que o deixava muito animado. Estava se divertindo. Planejava passar um mês em Londres e levar os filhos para Aspen no Natal. Convidou Maxine para ir com eles, mas ela recusou, dizendo que ele precisava passar um tempo sozinho com as crianças, o que para Blake era besteira. Eles sempre se divertiam quando ela estava junto.

Na maior parte das vezes, Max passava apenas um dia ou dois no barco ou na casa que ele emprestava. Blake era excessivamente generoso e adorava saber que ela estava se divertindo com os filhos. Também emprestava suas casas para amigos. Não tinha como usá-las o tempo todo. E não conseguia entender por que Maxine fez tanto estardalhaço para deixar Daphne usar a cobertura de Nova York com as amigas. Ela já tinha idade para não bagunçar a casa, e havia gente para arrumar depois se ela fizesse isso. Ele achava que Max estava sendo paranoica por pensar que elas fariam alguma besteira se ficassem lá sozinhas. Sabia que a filha era uma boa menina, e que tipo de problema elas poderiam arrumar aos 13 anos? Depois de cinco ligações sobre isso, Blake finalmente cedeu aos argumentos de Maxine, mas lamentou por isso. A cobertura de Nova York ficava sempre vazia. Ele passava muito mais tempo em Londres, pois era mais perto dos lugares dos quais gostava. Estava planejando ir a Gstaad para alguns dias de esqui antes de voltar a Nova York, só para se preparar para Aspen. Não esquiava desde a viagem breve para a América do Sul em maio.

Nos primeiros dias de volta a Londres, depois do Dia de Ação de Graças com os filhos, Blake foi convidado para um show do Rolling Stones. Era uma de suas bandas preferidas, e Mick Jagger era um de seus grandes amigos. Ele apresentou Blake a vários outros músicos do mundo do rock e a várias mulheres memoráveis. O breve caso de Blake com uma das maiores estrelas da música gerou manchetes em todo canto, até que ela estragou tudo e se casou com outra pessoa. Não era algo que ele estava a fim, e foi honesto quanto a isso. Nunca fingiu querer se casar ou estar aberto à possibilidade. Tinha dinheiro demais agora. Era muito perigoso para Blake se casar, a não ser que fosse com alguma mulher tão rica quanto ele, mas ele nunca ia atrás desse tipo. Blake gostava das mulheres jovens, animadas e soltas. Só queria se divertir. Não machucava ninguém. E, quando acabava, elas iam embora com joias, peles, carros, presentes e as melhores lembranças que já tiveram. E então ele ia para a próxima e começava tudo de novo. Quando voltou a Londres, estava livre. Não tinha ninguém para levar ao show do Rolling Stones, então foi sozinho, tanto ao show quanto à festa extraordinária no Palácio de Kensington que aconteceu depois. Toda a realeza, modelos, atrizes, aristocratas e estrelas da música estavam lá. Era tudo o que Blake mais amava, era o seu mundo.

Conversou com algumas mulheres naquela noite, conheceu homens interessantes e já estava pensando em ir embora quando pediu uma última bebida no bar e viu uma linda ruiva sorrindo para ele. Tinha um diamante no nariz, usava um *bindi* vermelho entre os olhos e vestia um sári, tinha o cabelo espetado, os braços tatuados e encarava Blake descaradamente. Não parecia indiana, mas o *bindi* entre as sobrancelhas o confundiu, e o sári que usava era da cor do céu de verão, a mesma cor dos olhos dela. Nunca tinha visto uma indiana com tatuagens. Eram flores espalhadas pelos braços, e havia outra em sua barriga reta, que o sári deixava ver. Bebia champanhe e comia azeitonas de uma tigela de vidro no bar.

— Oi — saudou ele simplesmente.

Seus olhos azuis encontraram os dela, e lentamente ela abriu um sorriso. Era a mulher mais sensual que ele já tinha visto, e era impossível adivinhar sua idade. Podia ter entre 18 e 30, ele não estava nem aí. Ela era deslumbrante.

— De onde você é? — perguntou, esperando que ela fosse responder Bombaim ou Nova Déli, apesar de os cabelos ruivos estarem fora de contexto também.

Ela riu da pergunta, evidenciando dentes brancos perfeitos. Era a mulher mais impressionante que ele já tinha visto.

— Knightsbridge — respondeu, rindo dele. A risada era como sinos aos ouvidos dele, delicados e doces.

— E esse *bindi*?

— Gosto dele. Morei dois anos em Jaipur. Adorava os sáris e as joias.

Quem não adorava? Cinco minutos depois de se conhecerem, Blake já estava louco por ela.

— Você já foi à Índia? — perguntou ela.

— Várias vezes. Fiz um safári incrível lá no ano passado, tirei fotos dos tigres... Melhor que qualquer coisa que vi no Quênia.

Ela ergueu uma sobrancelha.

— Eu nasci no Quênia. Minha família morava na Rodésia antes disso. Depois a gente veio para cá. Acho aqui muito entediante. Volto para lá sempre que posso.

Ela era britânica e tinha o sotaque e a modulação da alta classe, o que fez com que Blake se perguntasse quem era e quem eram seus pais. Geralmente não se interessava por essas questões, mas tudo naquela mulher o intrigava, até as tatuagens.

— E quem é você? — indagou ela.

Devia ser a única mulher da festa que não sabia quem ele era. Blake gostou disso. Era uma novidade. E estava certo ao achar que os dois se sentiam atraídos um pelo outro. De forma poderosa.

— Blake Williams.

Ele não disse mais nada, ela assentiu com a cabeça e terminou a bebida. Blake bebia vodca com gelo. Era o que sempre escolhia em eventos como esse. Champanhe dava dor de cabeça no dia seguinte, vodca não.

— Americano — declarou ela de modo natural. — Casado? — perguntou, com interesse.

Blake achou estranho.

— Não, por quê?

— Não me aproximo de homens casados. Nem falo com eles. Uma vez saí com um francês péssimo que era casado e mentiu para mim. Errar é humano, persistir no erro é burrice. Os americanos são incrivelmente bons nisso. Os franceses, não. Sempre têm uma esposa e uma amante escondida em algum lugar, e traem as duas. Você trai? — perguntou ela como se estivesse falando de golfe ou de tênis.

Blake riu.

— Em geral, não. Na verdade, não; acho que nunca traí. Não tem por quê. Não sou casado e, se eu quero dormir com alguém, termino com a mulher atual. Acho muito mais simples. Não gosto de drama nem de complicações.

— Nem eu. É isso que estou falando dos americanos. São bem simples e diretos. Os europeus são bem mais complicados. Querem que tudo seja mais difícil. Meus pais estão tentando se divorciar há doze anos. Vivem voltando e se separando de novo. É muito confuso para a gente. Nunca me casei nem quero me casar. Acho uma grande confusão.

Ela falou com simplicidade, como se estivesse falando do tempo ou de uma viagem. Ele ficou intrigado. Era uma mulher muito divertida, muito bonita e, como diriam os britânicos, muito *fey*. Era como uma ninfa ou uma fada naquele sári, de *bindi* e com tatuagens. Blake notou então que ela usava uma pulseira enorme de esmeralda que ficava perdida no meio das tatuagens, e um enorme anel de rubi. Quem quer que fosse, tinha muitas joias.

— Concordo com você sobre a forma como as pessoas complicam as coisas. Eu na verdade sou muito amigo da minha ex-esposa. Gostamos um do outro muito mais do que quando éramos casados.

Para Blake, era verdade, e tinha certeza de que Maxine sentia o mesmo.

— Você tem filhos? — inquiriu ela, oferecendo algumas azeitonas. Ele colocou duas dentro da bebida.

— Tenho, sim, três. Uma menina e dois meninos. Eles têm 13, 12 e 6 anos.

— Que graça. Eu não quero filhos, mas acho que as pessoas são muito corajosas de ter. Acho assustador. A responsabilidade, eles ficam doentes, você tem de ver se estão indo bem na escola, se estão se comportando. É bem mais difícil do que treinar um cavalo ou um cachorro, e sou péssima nas duas coisas. Eu tive um cachorro uma vez que fazia as necessidades na minha casa inteira. Eu com certeza seria ainda pior com crianças.

Blake riu ao imaginar isso. Mick Jagger passou e a cumprimentou, assim como várias outras pessoas. Todo mundo parecia conhecê-la menos Blake. Ele não entendia como não a conhecia. Estava sempre na cena de Londres.

Blake contou a ela sobre a casa de Marrakech, estava visivelmente animado com isso, e ela concordou que o projeto parecia maravilhoso. Ela disse que quase estudou arquitetura, mas desistiu, não conseguia lidar com matemática. Confessou ter sido péssima aluna na escola.

Alguns amigos dele se aproximaram e o cumprimentaram, assim como alguns amigos dela, e, quando Blake se virou para falar com ela de novo, tinha ido embora. Ficou frustrado e decepcionado. Gostou de conversar com ela. Era excêntrica, inteligente, aberta, diferente e linda o suficiente para chamar sua atenção. Perguntou sobre ela para Mick Jagger mais tarde, e ele riu de Blake.

— Não conhece? — Ele parecia surpreso. — É Arabella. Ela é uma viscondessa. O pai dela é o homem mais rico da Câmara dos Lordes.

— O que ela faz?

Blake presumiu que ela não fazia nada, mas teve a impressão durante a conversa de que tinha algum tipo de trabalho ou carreira.

— É pintora. Faz retratos. Ela é muito boa. As pessoas pagam fortunas pelos quadros dela. E também pinta os cavalos e os cachorros das pessoas. É completamente louca, mas muito agradável. É uma típica excêntrica britânica. Acho que foi noiva de um francês rico, um marquês ou algo assim. Não sei o que aconteceu, mas ela não se casou com ele. Resolveu ir para a Índia, teve um caso com um indiano importante e depois voltou para casa com milhares de joias lindas. Não acredito que não a conheça. Talvez ela estivesse na Índia quando você começou a frequentar mais a Inglaterra. Arabella é muito divertida.

— É mesmo — concordou Blake, abismado pelo que Jagger tinha acabado de falar dela. Tudo se encaixava. — Sabe como faço para encontrá-la? Não peguei o telefone dela.

— Claro. Peça para a sua secretária ligar para a minha amanhã. Tenho o telefone dela. Arabella pinta todo mundo, metade da Inglaterra tem algum retrato feito por ela. Você pode usar essa desculpa.

Blake não achava que precisaria de uma desculpa, mas com certeza era uma possibilidade. Ele foi embora da festa. Uma pena ela ter ido antes, e a secretária dele pegou o número de Arabella na manhã seguinte. Não foi nada difícil.

Ficou olhando para o pedaço de papel por um tempo e depois ligou para ela. Uma mulher atendeu, e ele reconheceu a voz da noite anterior.

— Arabella? — perguntou, tentando soar confiante.

Sentia-se estranho pela primeira vez em anos. Ela era um verdadeiro furacão, muito mais sofisticada que as meninas com quem ele saía.

— Sou eu — respondeu ela com sotaque britânico. E deu uma gargalhada antes de saber quem era. Foi o mesmo som de sinos encantados que ele ouviu na noite anterior. Ela era mágica.

— Aqui é Blake Williams. Conheci você ontem à noite no Palácio de Kensington, no bar. Você foi embora, não consegui me despedir.

— Você pareceu entretido, então fui embora mesmo. Que gentil me ligar. — Ela parecia sincera e realmente feliz com a ligação.

— Na verdade eu queria mais cumprimentar que me despedir. Você vai estar livre hoje no almoço? — Blake foi direto ao ponto, ela riu de novo.

— Não, infelizmente não — respondeu ela, lamentando. — Vou fazer um retrato, e meu modelo só pode vir na hora do almoço. É o primeiro-ministro, agenda ocupada. Pode ser amanhã?

— Eu adoraria — disse Blake, sentindo-se como se tivesse 12 aninhos. Arabella tinha 29 anos, e ele se sentia uma criança com ela, mesmo tendo 46. — Que tal no Santa Lucia, à uma da tarde? — Era o restaurante favorito da princesa Diana para almoços e virou o favorito de todos desde então.

— Perfeito. Estarei lá — prometeu ela. — Até amanhã.

E, antes que ele pudesse dizer "tchau", Arabella havia desligado. Sem muita conversa, sem se estender. Apenas as tramitações necessárias para marcar um almoço. Blake se perguntou se ela apareceria com o *bindi* na testa e vestindo sári. A única coisa que sabia era que mal conseguia esperar para vê-la. Não se empolgava desse jeito com uma pessoa havia anos.

Blake chegou ao Santa Lucia na hora marcada e ficou em pé perto do bar esperando por ela. Arabella chegou vinte minutos atrasada, cabelos vermelhos e curtos espetados, minissaia, botas de camurça marrom com salto alto e um enorme casaco imitando pele lince. Parecia uma personagem de um filme, nenhum sinal do *bindi*. Estava mais no estilo Milão ou Paris, e os olhos tinham o mesmo tom brilhante de azul de que ele se lembrava. Arabella sorriu ao vê-lo e lhe deu um abraço.

— Você é muito gentil me convidando para almoçar — disse ela como se algo assim nunca tivesse acontecido, o que obviamente não era o caso.

Arabella era glamorosa e ao mesmo tempo modesta, algo que Blake adorava. Ele se sentiu como um cachorrinho aos seus pés, o que era raro para ele. O *maître* os conduziu à mesa e foi tão solícito com Arabella quanto com Blake.

A conversa fluiu com facilidade durante o almoço. Blake perguntou sobre trabalho e falou de sua experiência no ramo da alta tecnologia, o que Arabella achou fascinante. Conversaram sobre arte, arquitetura, velejar, cavalos, cães e crianças. Trocaram ideias sobre tudo o que se possa imaginar e deixaram o restaurante às quatro da tarde. Ele disse que adoraria ver seu trabalho, e ela o convidou a ir ao estúdio no dia seguinte, depois da sessão com Tony Blair. Arabella falou que, fora esse trabalho, a semana estava bem tranquila, e é claro que ia para o campo na sexta-feira. Todas as pessoas importantes da Inglaterra iam para o campo no fim de semana, para suas casas ou para a de amigos. Quando se despediram na rua, ele mal podia esperar para vê-la de novo. De repente estava obcecado por Arabella, então à noite mandou flores e escreveu um bilhete. Ela ligou assim que as flores chegaram. Blake enviou orquídeas e rosas, entremeadas com lírios-do-vale. Usou os serviços do melhor florista de Londres, e mandou tudo de mais exótico que pôde imaginar, o que parecia combinar com ela. Blake achava que Arabella era a mulher mais interessante que já havia conhecido, além de ser incrivelmente sensual.

Foi ao estúdio dela no fim da manhã seguinte, logo depois que Tony Blair foi embora, e ficou completamente abismado com a aparência de Arabella. Era uma mulher de muitas faces, exótica, glamorosa, infantil, moleque de rua, uma rainha em um segundo, uma elfa no outro. Ela abriu a porta do estúdio vestindo jeans justo manchado de tinta, tênis Converse vermelho de cano alto, camiseta branca, pulseira enorme de rubi, e tinha voltado a usar o *bindi*. Tudo nela era meio louco, porém absolutamente interessante para Blake. Arabella mostrou vários retratos em andamento e alguns mais antigos que havia feito para si mesma. Havia retratos lindos de cavalos, e ele achou o do primeiro-ministro muito bom. Ela era tão talentosa quanto Mick Jagger tinha dito.

— Fantástico — elogiou ele —, absolutamente incrível, Arabella.

Arabella abriu uma garrafa de champanhe para, segundo ela, comemorar a primeira visita dele ao estúdio, a primeira de várias, como esperava, e brindou com Blake. Ele tomou duas taças apesar de detestar champanhe. Teria bebido veneno por ela. Sugeriu que fossem para a casa dele. Também queria mostrar seus tesouros. Tinha obras de arte muito importantes e uma casa incrível da qual sentia muito orgulho. Conseguiram um táxi com facilidade e, meia hora depois, estavam passeando pela casa de Blake. Ela gritou de empolgação com as obras de arte que viu. Blake abriu uma garrafa de champanhe para ela, mas bebeu vodca dessa vez. Ligou o som, mostrou a sala de projeção que havia construído, mostrou tudo. Às nove da noite, estavam na enorme cama dele fazendo amor de forma louca e apaixonada. Ele nunca teve uma experiência como aquela, nem mesmo sob efeito de drogas, que experimentou, mas nunca gostou. Arabella era uma droga para ele. Sentiu como se tivesse ido à Lua e voltado quando ficaram deitados juntos na gigantesca banheira mais tarde, e Arabella ficou em cima dele e retomou os movimentos. Blake gemeu com uma agonia deliciosa quando a penetrou. Era a quarta vez da noite. Ouviu o som mágico da gargalhada dela enquanto a fada incrível que ele descobriu no Palácio de Kensington o levava a outro mundo e o trazia de volta à realidade. Ele não sabia se era amor ou loucura, mas, fosse o que fosse, queria que jamais acabasse.

Capítulo 10

Na sexta-feira seguinte, Charles e Maxine conseguiram jantar outra vez no La Grenouille. Comeram lagosta e um excelente risoto de trufas brancas que foi quase um afrodisíaco de tão bom. Dessa vez, Maxine apreciou ainda mais a refeição. Gostava de conversas inteligentes e maduras, e ele não parecia tão sério quanto antes. Tinha até algum senso de humor, apesar de se manter controlado. Não havia nada fora do controle em Charles. Ele disse que preferia tudo planejado e organizado, moderado, previsível. O tipo de vida que Maxine sempre quis, o que era impossível com Blake. Era uma vida pouco viável para ela, com três filhos e tudo de imprevisível que poderia acontecer na vida dele. E ainda tinha o trabalho, no qual o inesperado acontecia com regularidade. Mas a personalidade deles se encaixava bem. Charles tinha muito mais a ver com o tipo de homem que ela queria do que com Blake. Max se convenceu de que, se Charles era menos espontâneo, isso também tinha um lado positivo. Ela sabia o que esperar dele. E era uma boa pessoa, o que a atraía.

Eles estavam no táxi indo para casa depois do segundo encontro. Charles prometeu o Le Cirque na próxima vez, e talvez depois disso o Daniel ou o Café Boulud, seus restaurantes preferidos e que gostaria de compartilhar com ela. O celular de Maxine tocou; ela achou que fosse um dos filhos procurando por ela. Não era um deles. Ligaram em nome da Dra. Washington, que cobria seu plantão naquele fim de semana. Isso só podia significar que havia acontecido algo sério com um de seus pacientes. Era a única situação que fazia Thelma ligar no fim de semana. Caso contrário, ela lidava com tudo sozinha, a não ser que fosse uma situação da qual soubesse que Maxine preferiria tomar ciência e participar. A voz de Thelma surgiu na linha depois que a secretária passou a ligação para ela.

— Alô. O que houve? — perguntou Maxine rapidamente.

Charles achou que fosse um dos filhos dela e torceu para que não se tratasse de uma emergência. Tiveram uma noite tão agradável, ele não queria que nada estressante interferisse. Maxine escutava com cuidado, o rosto franzido, os olhos fechados. Não parecia coisa boa.

— Quantas bolsas de sangue vocês já deram para ela? — Silêncio de novo, ela estava escutando a resposta. — Dá para chamar o cardio logo? Tenta o Jones... Merda... OK... Já estou indo. — Ela se virou para Charles com uma expressão preocupada. — Desculpe. Detesto fazer isso com você. Uma paciente acaba de ser internada inconsciente. Posso roubar o táxi para ir ao Presbyterian da Columbia? Não tenho tempo para passar em casa e trocar de roupa. Posso deixar você no caminho.

Sua mente estava ocupada com as coisas que Thelma havia acabado de dizer. Era uma menina de 15 anos que se consultava com ela havia poucos meses. Tentou se suicidar e estava prestes a morrer. Maxine queria estar com ela para tomar as decisões que tivesse de tomar. Charles ficou sóbrio imediatamente, e disse que era óbvio que ela podia pegar o táxi.

— Posso ir com você? Fico por perto e dou apoio moral.

Charles imaginava que esses casos fossem difíceis, e a carreira de Maxine era feita deles. Mal conseguia imaginar ter de lidar com isso todo dia, ele a admirava por isso. E, para um médico, a prática dela era muito mais interessante que a sua, muito mais estressante e muito mais importante, de certa maneira.

— Talvez eu fique lá a noite toda. É o que espero, pelo menos.

Só não ficaria se a paciente morresse, o que era uma grande possibilidade nesse momento.

— Tudo bem. Se eu me cansar de ficar esperando, vou para casa. Sou médico também, certo? Não é novidade para mim.

Maxine sorriu. Gostava de ter isso em comum com ele. Compartilhar de uma carreira médica era um laço forte. Deram o endereço do hospital ao motorista, e Maxine explicou o caso para Charles enquanto seguiam para o norte. A menina tinha se ferido com uma faca de cozinha, cortado os pulsos e apunhalado o peito. Foi um trabalho terrível. Por um milagre, a mãe a encontrou rápido o bastante para fazer alguma diferença. A ambulância chegou em poucos minutos. Já tinham lhe aplicado duas bolsas de sangue. O coração havia parado duas vezes a caminho do hospital, mas conseguiram reanimá-la. Estava à beira da morte, mas ainda com vida. Era sua segunda tentativa.

— Meu Deus, eles não brincam quando tentam se matar, não é? Sempre achei que fizessem isso para chamar a atenção, acreditava que não fossem tentativas reais.

Esse caso era bem real. Os dois conversaram sobre isso no caminho, e Maxine entrou em ação assim que chegou ao hospital. Usava vestido preto e sapatos de salto alto. Ela tirou o casaco preto, colocou o jaleco, encontrou Thelma e foi conversar com a equipe de emergência. Examinou a paciente, entrou em contato com o cirurgião e conversou com os médicos de plantão e com o médico-chefe. Os pulsos da paciente já haviam sido suturados, e o cirurgião chegou em quinze minutos. Levou a menina em coma para o procedimento, e Maxine foi confortar os pais. Enquanto fazia tudo isso, Charles e Thelma conversavam discretamente no corredor.

— Ela é incrível, não é? — comentou Charles, admirado.

Ela virou pura eficiência assim que começou o trabalho. Voltou para falar com eles no corredor meia hora depois. Thelma concordou plenamente com Charles, e gostou de ele estar tão impressionado e de respeitar tanto o trabalho de Maxine.

— Como ela está? — perguntou Thelma a Maxine.

Ela ficou no hospital mais para fazer companhia a Charles do que por qualquer outro motivo. Maxine estava no comando agora.

— Está indo. Essa chegou bem perto — respondeu Maxine, rezando para não a perder.

Eloise, a paciente, passou por quatro horas de cirurgia. Foram quase cinco horas até que Maxine tivesse algum parecer. Para sua grande surpresa, Charles ainda estava lá. Thelma já havia voltado para casa horas antes.

O cirurgião entrou na sala dos médicos com um ar de vitória e sorriu para Charles e Maxine.

— Juro por Deus, às vezes acontecem alguns milagres que ninguém consegue explicar. Ela perfurou vários pontos críticos, e não se matou por milímetros. Ainda tem muita coisa que pode dar errado nos próximos dias, mas acho que vai conseguir sair dessa.

Maxine deu um gritinho de comemoração e jogou os braços em volta do pescoço de Charles. Ele a abraçou e sorriu. Estava exausto, mas foi uma das noites mais interessantes no sentido médico de sua vida; foi bom ver as dificuldades que tiveram e o que estavam fazendo para resolvê-las. Maxine comandou tudo.

Max foi conversar com os pais de Eloise, e, pouco depois das seis da manhã, ela e Charles deixaram o hospital. Maxine voltaria em algumas horas. Os próximos dias seriam delicados, mas o pior já havia passado. Eloise recebeu inúmeras transfusões de sangue e deram um jeito em seu coração. Os pais dela ficaram mais que aliviados, assim como Maxine. Ela ainda controlava o otimismo, mas sentia que iam vencer a batalha. Resgatou a vítima das garras da morte.

— Eu nem sei explicar o quanto fiquei impressionado com o seu trabalho — comentou Charles com calma.

Um de seus braços envolvia os ombros dela. Maxine se encostou nele no caminho de volta. Ela ainda estava muito feliz com o sucesso da noite, mas estava cansada. Os dois sabiam que levaria horas para se acalmar, e, quando se acalmasse, teria de voltar ao hospital, provavelmente sem ter dormido. Estava acostumada.

— Obrigada — disse ela sorrindo para Charles. — Obrigada por ficar comigo. Foi bom saber que você estava lá. Eu geralmente fico sozinha em noites como essa. Tomara que a gente vença essa batalha. Sinto que vamos conseguir.

— Eu também. Seu cirurgião é incrível. — E achava que ela também era.

— É mesmo — concordou Maxine.

O táxi parou em frente ao prédio dela. Ao sair do veículo, Maxine se deu conta do quanto estava cansada. As pernas estavam pesadas, os saltos a estavam matando. Ainda usava o jaleco por cima do vestido e segurava o casaco preto. Charles trajava um belo terno, escuro e de corte clássico, camisa branca e gravata azul-marinho. Maxine gostava do estilo dele. E ainda parecia impecável depois daquela longa noite.

— Sinto como se tivesse encarado um vendaval — comentou ela, rindo.

— Você está ótima. E foi absolutamente fantástica essa noite.

— Obrigada. É a equipe, não é só uma pessoa, e é uma questão de sorte também. Nunca dá para saber o que vai acontecer. Você faz o melhor que pode e reza para que tudo dê certo. Eu sempre rezo.

Charles olhou para ela com olhos cheios de respeito e admiração. Eram seis e meia da manhã, e ele de repente teve vontade de ir para a cama com Maxine. Adoraria dormir abraçando-a depois da noite que compartilharam. Em vez disso, ele se inclinou na direção dela, enquanto ainda estavam diante do prédio, e roçou seus lábios nos de Maxine. O beijo aconteceu mais cedo do que ambos planejavam, mas várias coisas mudaram naquela noite. De alguma forma, eles se conectaram. Charles a beijou de novo, com mais intensidade dessa vez, e Max correspondeu. Ele a abraçou e a trouxe para mais perto.

— Ligo mais tarde — sussurrou ele.

Maxine assentiu e entrou no prédio.

Ela ficou sentada na cozinha por um bom tempo pensando em tudo — na paciente, na noite interminável e no beijo de Charles. Era difícil dizer o que havia mexido mais com ela. A tentativa de suicídio, sem dúvida, porém Max sentiu como se tivesse sido atingida por um raio quando Charles a beijou. Mas ao mesmo tempo foi bom. Adorou tê-lo por perto. Charles pelo visto era tudo o que ela queria em vários sentidos. E, agora que ele estava ali, ao seu alcance, ela sentia medo do que isso poderia se tornar, de como faria isso acontecer. Não sabia ao certo se Charles cabia na vida dela e dos filhos. Estava preocupada.

Já eram quase nove da manhã quando, por fim, foi para a cama. Os filhos ainda dormiam, ela queria dormir um pouco também antes de ter de dar atenção a eles. Não estava pronta para o ataque de Daphne quando, depois de duas horas de sono, finalmente acordou e estava na cozinha tomando um café, lá pelas onze. Daphne a encarou com fúria no olhar. Maxine não fazia ideia do que estava acontecendo, mas com certeza estava prestes a descobrir.

— Onde você se meteu ontem? — perguntou Daphne. Ela estava lívida.

— No hospital. Por quê? — Maxine não soube o que pensar. O que estava acontecendo com ela?

— Não estava *nada*. Você estava com *ele*! — Ela falou como se fosse uma amante enfurecida. Nem no inferno havia tamanha fúria quanto a de uma filha diante do namorado da mãe, ou da suspeita de um namoro.

— Eu estava com "ele" durante o jantar — respondeu a mãe com calma. — Ligaram para mim quando eu estava voltando, uma das minhas pacientes quase morreu e eu tive de ir. Acho que conseguimos salvar a menina, se nada der errado hoje. — Ela geralmente contava aos filhos das emergências que faziam com que ficasse fora à noite. — Então qual é o seu problema?

— Não acredito em você. Eu acho que você ficou no apartamento dele a noite toda.

Daphne cuspiu as palavras com tanta raiva que Maxine ficou olhando sem acreditar. Não havia necessidade nenhuma disso, mas a cena fez com que Maxine percebesse o tipo de resistência que teria de enfrentar por Charles. Pelo menos vinda de Daphne.

— Isso pode até acontecer algum dia, com ele ou com alguma outra pessoa. E, se alguma coisa ficar séria a esse ponto na minha vida, eu aviso. Mas posso garantir, Daphne, que eu estava trabalhando ontem à noite. E acho que você está passando completamente dos limites.

Daphne virou o rosto com raiva. Pareceu amolecida, mas se virou para a mãe de novo.

— Por que eu acreditaria em você?

Sam entrou na cozinha olhando para a irmã com preocupação. Ele achou que Daphne estava sendo má com a mãe deles, o que era exatamente o que estava acontecendo.

— Porque eu nunca menti para você — retrucou Maxine bem séria —, e não pretendo começar agora. E não gostei das suas acusações. São grosseiras, equivocadas e desnecessárias. Agora pare com isso e se comporte. — E, com essas palavras, Maxine saiu com passos rápidos da cozinha sem falar mais nada para nenhum dos dois.

— Agora olha só o que você fez. — Sam ralhou com a irmã. — Você deixou a mamãe zangada. E ela deve estar cansada porque passou a noite toda acordada, e agora vai ficar triste o dia inteiro. Muito obrigado!

— Você não sabe de *nada*! — exclamou Daphne e também saiu com passos rápidos da cozinha.

Sam balançou a cabeça e pegou a caixa de cereal. Esse dia com certeza não ia ser fácil.

Maxine voltou para o hospital ao meio-dia e ficou muito feliz ao ver que Eloise estava bem. Havia retomado a consciência, e Maxine conseguiu conversar com ela, apesar de a menina não dizer por que tentou se matar. Max recomendou uma longa internação para ela, e os pais concordaram. Fariam o que fosse necessário para impedir que isso acontecesse de novo.

Maxine voltou para ficar com os filhos às duas da tarde. Daphne saiu com duas amigas, a princípio para fazer compras de Natal, mas Max sabia que a filha estava evitando a mãe, o que para ela não tinha problema. Ainda estava furiosa por causa da acusação de Daphne. E, como sempre, Sam foi adorável e compensou tudo. Foram ver o jogo de Jack juntos. Para a alegria deles, o time de Jack ganhou. Quando voltaram para casa, às cinco, estavam com um humor melhor. Daphne já havia voltado e parecia bem mansa.

Quando Charles ligou para ela, às seis, ele tinha acabado de acordar. Ficou estarrecido quando ela contou que havia passado o dia todo indo de um lado para o outro.

— Estou acostumada com isso. — Maxine riu. — É impossível parar. Principalmente quando se tem filhos.

— Não sei como você consegue. Sinto como se tivesse sido atropelado por um caminhão. Como está a sua paciente?

— Muito bem. Graças a Deus esses pacientes são jovens. A gente tem muita chance de conseguir salvá-los, mas nem sempre.

— Ainda bem que essa deu certo. — Charles estava interessado no caso e em algo mais. — Você vai fazer o que hoje à noite?

— Nós vamos ao cinema às oito, deve ter pizza ou comida chinesa antes disso.

E então Maxine teve uma ideia. Presumiu que ele estaria muito cansado naquela noite, e ela estava ficando exausta também, mas sempre havia um jantar em família nas noites de domingo, mais alegres que os jantares do restante da semana.

— Por que você não vem jantar com a gente amanhã?

— Com você e os seus filhos? — Sua voz mostrava dúvida e um pouco menos de animação do que ela esperava. Era uma ideia nova para ele.

— Isso, essa é a ideia. Podemos pedir comida chinesa, ou alguma outra coisa, se você preferir.

— Adoro comida chinesa. Só não quero me intrometer na sua família.

— Acho que vai dar tudo certo. E você?

Maxine sorria, e Charles não conseguiu pensar em uma boa desculpa.

— Tudo bem — aceitou ele, como se tivesse acabado de concordar em fazer *bungee jumping* do Empire State, e, para seus padrões, foi quase isso mesmo.

Ela gostou de ver que Charles estava disposto a se esforçar. Era óbvio que isso o assustava muito.

— Vejo você amanhã às seis — disse ela.

Daphne estava parada em pé encarando a mãe.

— Você acabou de fazer um convite para o jantar de amanhã? — perguntou Daphne quando a mãe desligou.

— Isso. — E ela não ia pedir permissão à filha.

As crianças recebiam amigos em casa o tempo todo, amigos que Maxine acolhia de braços abertos. Ela também tinha o direito de convidar amigos, apesar de raramente, quase nunca, exercer esse direito.

— Então não vou jantar com vocês amanhã — retrucou Daphne.

— Vai, sim — declarou Maxine com calma e lembrou a filha de que seus amigos também deviam ser bem recebidos na casa deles. — Não sei por que você está fazendo um drama tão grande, Daphne. Ele é uma pessoa muito legal. Não estou fugindo com ele. E você lida com as namoradas do seu pai o tempo todo.

— Ele é seu namorado? — Daphne estava horrorizada.

Maxine meneou a cabeça.

— Não é, não, mas não seria um absurdo se ele se tornasse. O estranho é eu não ter um namorado há tantos anos. Você não precisa fazer esse drama todo. — Talvez precisasse. Estava óbvio que ela se sentia ameaçada por Charles e pela ideia de ter um homem perto da mãe. Jack também não gostava. — Não vai acontecer nada aqui, Daphne, mas, pelo amor de Deus, calma. Vamos encarar as coisas como elas são. É um amigo vindo jantar. Se algum dia virar algo mais, eu vou contar para você. Por enquanto, é só um jantar, está bem?

Ao falar isso, pensou no beijo daquela manhã. Então Daphne não estava completamente errada. Era mais que apenas um jantar. A filha não falou nada, apenas foi embora em silêncio.

Quando Charles apareceu no dia seguinte, Daphne ficou no quarto, e Maxine teve de coagi-la, implorar e ameaçá-la para que finalmente fosse para o jantar. Daphne apareceu na cozinha, mas deixou bem claro com sua linguagem corporal e com suas atitudes que estava protestando. Ignorou Charles completamente e olhou para a mãe com raiva. E, quando começaram a servir a comida, que chegou às sete horas, Daphne se recusou a comer. Sam e Jack comeram a parte dela com prazer. Charles deu parabéns a Jack por ter ganhado o jogo no dia anterior e perguntou detalhes da partida.

Depois disso, Sam e Charles conversaram animados. Daphne olhou para os irmãos como se fossem traidores e voltou para o quarto depois de vinte minutos. Charles falou sobre isso com Maxine enquanto ela arrumava a cozinha e jogava os restos de comida fora. O jantar foi bom e Charles se saiu muito bem. Era evidente que precisava se esforçar para conversar com as crianças, mas estava tentando. Era tudo muito incomum para ele.

— Daphne me odeia — comentou ele, chateado, comendo o biscoito da sorte que sobrou na mesa.

— Não é que odeie, ela não conhece você. Só está assustada. Eu nunca tive um relacionamento de verdade e nunca trouxe ninguém para jantar. Ela está com medo do que isso possa representar.

— Ela falou isso? — Charles estava intrigado.

Maxine riu.

— Não, mas eu sou mãe e psiquiatra de adolescentes. Ela está se sentindo ameaçada.

— Eu falei alguma coisa que a deixou chateada? — Ele estava preocupado.

151

— Não, você foi ótimo. — Maxine sorriu para ele. — É que ela resolveu ter uma posição. Eu sinceramente odeio meninas na adolescência — declarou Maxine com um tom leve. Foi ele quem riu dessa vez, considerando a profissão dela. — Na verdade, acho que quando completam 15 anos é pior. Mas começa aos 13. Hormônios e essas coisas todas. Elas deviam ficar enjauladas até uns 16, 17 anos.

— Uma bela coisa de se dizer para uma mulher que tem uma carreira atendendo adolescentes.

— Nada disso. Eu sei do que estou falando. Elas torturam as mães nessa idade. O pai é sempre o herói.

— Eu percebi isso — disse ele, cabisbaixo. Daphne havia falado do pai no primeiro encontro deles. — E como me saí com os meninos?

— Você foi ótimo — respondeu ela, e olhou-o nos olhos com um sorriso gentil. — Obrigada por ter feito tudo isso. Sei que não faz o seu estilo.

— Não, mas faz o seu. Estou fazendo isso por você.

— Eu sei — comentou Maxine, e de repente eles estavam se beijando na cozinha.

Sam entrou.

— Olha isso! — exclamou ele assim que os viu. Max e Charles deram um pulo e ficaram com uma expressão de culpa. Maxine abriu a geladeira e fingiu estar ocupada. — A Daff vai matar você se pegar vocês se beijando — avisou ele.

Maxine e Charles começaram a rir.

— Isso não vai acontecer de novo. Eu prometo. Desculpe, Sam — disse Maxine. Sam deu de ombros, pegou dois biscoitos e voltou para o quarto.

— Eu gosto muito dele — comentou Charles com carinho.

— Sua presença é boa para todos eles, até mesmo para Daphne — disse ela com calma. — Meus filhos não podem achar que sou só deles o tempo todo, a vida não é assim.

— Eu não sabia que estava em uma missão de treinamento — resmungou Charles.

Maxine riu.

Eles se sentaram na sala e ficaram conversando. Charles foi embora às dez. Apesar da hostilidade de Daphne, o jantar foi muito bom. Ele parecia ter sobrevivido a uma queda das cataratas do Niágara dentro de um barril, e Maxine estava feliz quando entrou no quarto e se deparou com Sam quase dormindo.

— Você vai se casar com ele, mamãe? — sussurrou Sam.

Ele mal conseguiu abrir os olhos quando ela o beijou.

— Não vou, não. Ele é só um amigo.

— Então por que você deu um beijo nele?

— Porque sim, porque eu gosto dele. Mas isso não quer dizer que a gente vá se casar.

— Que nem o papai e as meninas que saem com ele?

— É, mais ou menos. Não é nada sério.

— Ele sempre fala isso também.

Sam pareceu aliviado e caiu no sono. Maxine ficou olhando para ele. A chegada de Charles com certeza abalou todo mundo, mas ela ainda achava que era uma coisa boa. E era divertido ter um homem para sair. Não era um crime, disse Maxine a si mesma. Eles apenas teriam de se acostumar. Afinal de contas, Blake também namorava. Por que ela não podia fazer o mesmo?

Capítulo 11

O tempo que Blake passou com Arabella em Londres antes do Natal foi absolutamente mágico. Ele nunca esteve tão feliz ou tão inebriado com uma pessoa. Ela fez até uma pequena pintura de Blake nu. Ele amou cada segundo que passaram juntos. Levou-a para St. Moritz no fim de semana e esquiou com ela. Passaram três dias fazendo compras de Natal em Paris, e se hospedaram no Ritz. Chegaram a ir a Veneza e se hospedaram no *palazzo* dele. Esses foram os momentos mais românticos que ele já passou com uma mulher. E é claro que a convidou para ir a Aspen depois do Natal com ele e os filhos. Blake e Arabella passariam a véspera de Natal juntos em Londres. Ela queria que ele conhecesse sua família, mas Blake queria ficar a sós com ela e saborear cada instante. Não era muito bom em conhecer famílias. As coisas geralmente não corriam bem quando fazia isso, e criavam-se expectativas infundadas. No caso de Arabella, ele a queria só para si, e ela estava totalmente de acordo. Ficou hospedada na casa de Blake em Londres desde que se conheceram. E foram vistos nos tabloides inúmeras vezes.

Daphne os viu na *People*. Mostrou para a mãe com um ar de reprovação.

— Pelo visto o papai está apaixonado de novo.

— Dá um tempo, Daff. Ele nunca tem um relacionamento sério. Está só se divertindo.

Daphne estava sendo severa tanto com Blake quanto com Maxine.

— Ele disse que viria sozinho dessa vez.

Era isso que Daphne realmente queria, ficar sozinha com o pai, ser a mulher de sua vida. Conhecendo Blake, Maxine sabia que isso não iria acontecer. E achou que a nova mulher na vida dele era bem bonita. Estava feliz com Charles, não se importava com essas coisas. Nunca se importou.

— Tomara que ele não traga a namorada — reiterou Daphne.

Maxine comentou que achava que era bem provável que ele fizesse isso, sim. Era melhor prepará-la e fazer com que se acostumasse à ideia.

Arabella já tinha aceitado o convite para ir a Aspen. Nunca havia estado lá, e adorou a ideia de passar o fim de ano com os adoráveis filhos de Blake. Ela viu fotos de todos, e ele contou tudo sobre as crianças. Arabella o ajudou a comprar presentes para Daphne, escolheram uma pulseira cravejada de diamantes na Graff's que Arabella disse que com certeza ficaria perfeito na menina. Disse que era feito para princesas. Ele voltou à loja e escolheu um presente à altura de uma viscondessa, uma pulseira de safira espetacular. E, quando entregou o presente, Arabella adorou. Eles celebraram na noite de Natal e voaram para Nova York no dia seguinte no avião de Blake. Chegaram ao apartamento dele no fim da tarde de Natal. Ele ligou para Maxine assim que chegou. Max e os filhos tinham acabado de voltar do almoço com os pais dela, e as crianças estavam prontas para viajar no dia seguinte. Ela já estava preparando as malas dos filhos havia dois dias.

— Pelo que tenho visto, você anda bem ocupado — brincou ela.

— Daffy e eu lemos umas coisas sobre você na *People*. — Maxine não contou que Daphne estava chateada.

— Espere só até você conhecê-la. Ela é incrível.

— Ah, mal posso esperar.

Maxine riu. As mulheres da vida de Blake não duravam tempo suficiente para que as conhecesse. E o caso atual ainda estava nas primeiras semanas. Ela o conhecia bem e não acreditou quando ele disse que agora era diferente. Blake sempre dizia isso. Não conseguia imaginá-lo levando ninguém a sério, apesar de essa mulher ser mais velha, fugindo do padrão dele — mas, mesmo assim, tinha 29 anos, uma criança para Maxine. Então ela contou suas novidades.

— Também tenho saído com uma pessoa — declarou ela distraidamente.

— Nossa, que novidade. Quem é o sortudo?

— Um médico que conheci por causa de um paciente.

— Perfeito. Ele é uma boa pessoa?

— Acho que sim.

Maxine não rasgou muita seda, o que Blake sabia que era uma característica dela. Reservada com tudo.

— O que as crianças acham? — Ele estava curioso.

— Ah... — Ela suspirou. — Isso é outra história. Daphne o odeia com todas as forças, Jack não está lá muito contente e não sei se Sam liga muito para essas coisas.

— Por que Daff o odeia?

— Ele é um homem. Todos eles acham que são o suficiente para mim, e são mesmo. Mas estou gostando da novidade. Pelo menos é um adulto com quem conversar, em meio aos pacientes e aos amiguinhos das crianças que pegam carona comigo.

— Acho uma boa.

E então Maxine achou que devia prepará-lo para a filha.

— Ela está em pé de guerra com você também.

— Está? — Blake ficou surpreso. — Por quê? — Não captou a mensagem. Era muito ingênuo.

— Por causa do seu novo romance. Acho que ela está sendo possessiva comigo e com você. Disse que você prometeu ir para Aspen sozinho dessa vez. Você está sozinho?

Blake hesitou.

— Hum... Não... O pior é que não. Arabella está comigo.

— Foi o que achei. Falei para Daffy que talvez isso fosse acontecer. Talvez você tenha de encarar alguma turbulência. Esteja preparado.

— Que ótimo. Melhor avisar para Arabella. Ela está ansiosa para conhecer as crianças.

— Os meninos, tudo bem. Estão acostumados às suas namoradas. Só fale para Arabella não levar a atitude de Daphne para o lado pessoal. Ela tem 13 anos, é uma idade difícil.

— Pelo visto, é mesmo — concordou ele, mas estava confiante que Arabella podia conquistar qualquer pessoa, até mesmo Daphne. Não achou que fosse grande coisa. — Vou buscar as crianças amanhã às oito e meia.

— Eu deixo todo mundo arrumado esperando você — prometeu ela. — Espero que dê tudo certo.

Daphne ainda não tinha dado o braço a torcer com Charles, mas só o viu uma vez e ele se manteve distante durante o feriado. Não gostava de Natal, não tinha mais família, então foi para sua casa em Vermont. Maxine ia se encontrar com ele na casa assim que as crianças fossem embora com Blake. Ia dirigir no dia seguinte e estava um pouco nervosa. Seria como uma lua de mel, e ela não fazia nada assim havia muito tempo, mas já estavam juntos havia seis semanas. Não tinha como adiar isso para sempre. Dormir com ele parecia um enorme passo.

Blake pegou as crianças na manhã seguinte, como combinado, e Maxine não desceu para vê-lo. Pediu às crianças que o cumprimentassem por ela. Não achou que seria justo interferir na relação dele com Arabella. Sam agarrou a mãe, e ela disse que ele podia ligar a qualquer momento. Max pediu aos mais velhos que ficassem de olho no caçula e que dormissem com ele. Daphne já estava de cara fechada porque Maxine avisou que Blake estava com Arabella.

— Mas ele prometeu... — gemeu ela, chorando na noite anterior.

Maxine garantiu à filha que isso não significava que o pai não a amava, ou que não queria ficar com ela. Ele simplesmente gostava de ter uma mulher por perto também. E as duas sabiam que, independentemente de quem fosse a tal Arabella, ela não ficaria com ele por muito tempo. Nenhuma mulher ficava. Por que essa seria exceção? Daphne abraçou a mãe e correu para o elevador, onde Jack e Sam a esperavam.

O apartamento ficou em um silêncio profundo quando as crianças saíram. Maxine e Zelda arrumaram tudo. Zelda trocou os lençóis de todas as camas antes de ir ao cinema. Maxine ligou para Charles em Vermont. Ele estava ansioso pela chegada dela. Max estava ansiosa para vê-lo, mas nervosa em relação aos planos para o feriado. Sentiu-se virgem de novo ao pensar em dormir com ele. E Charles já havia se desculpado por causa do "chalé nas montanhas", como ele mesmo disse, sabendo que Maxine tinha vivido no luxo com Blake. Ele explicou que a casa de Vermont era comum e bem simples. Ficava perto de uma estação de esqui, e ele queria esquiar com ela, mas falou que não seria como em St. Moritz ou Aspen, ou nenhum outro lugar ao qual ela estava acostumada.

— Pare de se preocupar, Charles. Se isso fosse importante para mim, eu ainda estaria casada com Blake. Não se esqueça de que fui eu que pedi o divórcio. Só quero ficar com você, não me importo se o chalé for simples. Estou indo por você, não pela casa. — E era verdade.

Ele estava bastante aliviado por conseguir ficar sozinho com ela, só para variar. Ainda era estressante ter por perto os filhos. Charles deu CDs de presente de Natal para eles, bandas que a mãe sugeriu, e alguns DVDs para Sam. Não fazia ideia do que gostavam, e escolher os presentes o deixou nervoso. Comprou uma echarpe bem elegante da Chanel para Maxine. Ele achou que era bonita, e Max adorou. Entregou o presente no último jantar deles, antes que fosse para Vermont, a quatro dias do Natal. Preferiu sair da cidade antes que a comoção do feriado começasse. Ele simplesmente não gostava da festa, o que ela achou uma pena. Mas, para Maxine, assim ficava mais fácil lidar com os filhos. Daphne teria surtado se Charles tivesse participado do Natal, e então, no fim das contas, foi melhor.

Maxine deu para Charles uma gravata Hermès e um lenço de bolso que combinava com a gravata. Ele usou os presentes no jantar naquela noite. Era um relacionamento confortável para os dois, não muito rígido; havia bastante espaço para que prosseguissem com suas carreiras e vidas. Maxine não sabia o que mudaria se dormisse com ele. Não conseguia imaginá-lo ficando em casa com os filhos dela, e Charles já tinha dito que nunca faria isso. E, além disso, ele não achava respeitoso dormir com ela quando os filhos estivessem por perto, e Maxine concordou.

Ela deixou a cidade ao meio-dia e planejava ficar fora até o Ano-Novo. Chegaria a Vermont às seis da tarde. Charles ligou para Maxine duas vezes enquanto ela dirigia, só para ter certeza de que estava tudo bem. Nevava ao norte de Boston, mas as estradas estavam livres. A neve caía mais forte quando ela chegou a New Hampshire. Já havia recebido notícias dos filhos. Daphne ligou assim que aterrissou em Aspen, estava histérica.

— Eu *odeio* a namorada do meu pai, mãe! — sussurrou Daphne. Maxine ficou escutando e revirou os olhos. — Ela é *péssima*!

— Péssima como?

Maxine tentou manter a mente aberta, apesar de ter de admitir que algumas mulheres de Blake eram meio estranhas. Com o passar dos anos, Maxine se acostumou. Elas nunca duravam muito mesmo, então não valia a pena se estressar, a não ser que fizessem algo perigoso com as crianças. Mas os filhos já eram bem crescidos agora, não eram bebês.

— Os braços dela são cobertos de tatuagens!

Maxine sorriu ao imaginar a mulher.

— Os da última também eram, e as pernas, e isso não incomodou você. Ela é legal?

Talvez ela estivesse sendo grossa com as crianças. Maxine torceu para que não fosse o caso, mas não achava que Blake deixaria isso acontecer. Ele amava os filhos, mesmo que gostasse das namoradas.

— Eu não sei. Não vou falar com ela — declarou Daphne com orgulho.

— Não seja mal-educada, Daff. Não é legal e só vai irritar o seu pai. Ela está sendo boa com os meninos?

— Ela fez um monte de quadros idiotas com o Sam. Acho que ela é pintora ou algo assim. E tem uma coisa idiota no meio dos olhos dela.

— Que tipo de coisa?

Maxine imaginou uma flecha de brinquedo presa na testa dela.

— Aquela coisa que as mulheres indianas usam. A atitude dela é muito forçada.

— Ah, um *bindi*? Vamos lá, Daff, não seja tão cruel com a moça. Ela é só um pouco estranha. Dê uma chance a ela.

— Eu odeio ela.

Maxine sabia que Daphne também odiava Charles. Estava odiando muitas pessoas ultimamente, até os pais. Era coisa da idade.

— Você provavelmente não vai nem ver essa mulher depois dessa viagem, então não se estresse com ela. Você sabe como é.

— Essa é diferente — disse Daphne, um tanto deprimida. — Acho que o papai ama essa mulher.

— Duvido muito. Ele só a conhece há algumas semanas.

— Mas você sabe como ele é. Fica louco por elas no começo.

— Isso, mas depois elas evaporam e ele se esquece delas. Relaxe.

Porém, depois de desligar, Maxine se perguntou se Daphne não estava certa e aquela mulher era mesmo uma exceção. Tudo era possível. Não conseguia imaginar Blake se casando ou tendo um relacionamento duradouro com mulher nenhuma, mas... vai saber. Talvez um dia isso acontecesse. Maxine não sabia como reagiria a isso. Talvez não ficasse muito contente. Assim como os filhos, ela gostava das coisas como eram. Mudanças nunca são fáceis, mas talvez algum dia Maxine teria de lidar com elas. Na vida de Blake e na sua própria vida. Charles representava isso. Mudança. Ela também sentia medo.

A viagem demorou mais que o planejado por causa da neve. Ela chegou à casa de Charles às oito da noite. Era uma casa pequena e arrumada ao estilo da Nova Inglaterra, com telhado pontudo e uma cerca rústica. Parecia um cartão-postal. Charles saiu para recebê-la assim que ela apareceu de carro e levou suas malas para dentro. Havia uma varanda na frente da casa, com uma cadeira de balanço para duas pessoas, e lá dentro havia um grande quarto, uma sala com lareira, tapeçaria na parede e uma cozinha bastante aconchegante em estilo campestre. Max ficou decepcionada ao notar que não teria onde acomodar as crianças, se as coisas chegassem a esse ponto. Não havia nem um quarto de hóspedes onde pudesse acomodar todos os filhos. Era uma casa para um homem solteiro, no máximo um casal, e nada mais — que era como ele vivia. E Charles gostava disso. Tinha deixado bem claro.

A casa era aconchegante e calorosa. Ele colocou as malas no quarto e mostrou o closet onde poderia colocar suas roupas. Foi estranho estar sozinha ali com Charles. Parecia um pouco prematuro, pois ainda não tinha dormido com ele, e agora dividiriam uma cama. E se ela decidisse que não queria dormir com ele? Foi o que se perguntou. Tarde demais, já estava no chalé. Maxine se sentiu repentinamente corajosa por ter ido até lá, e tímida enquanto Charles mostrava onde ficavam as coisas. Toalhas, lençóis, máquina de lavar, o banheiro, que era o único que havia. E tudo na cozinha dele era limpo e arrumado. Ele preparou um frango e uma sopa para ela, mas, depois da longa viagem, Max estava cansada demais para comer. Sentia-se feliz sentada com Charles à lareira com uma xícara de chá.

— Correu tudo bem na viagem das crianças? — perguntou educadamente.

— Elas estão bem. Daphne ligou assim que chegaram a Aspen. Está um pouco chateada porque o pai levou uma namorada. Ele prometeu que não ia levar ninguém dessa vez, mas conheceu uma mulher e ela está lá também. Blake fica meio empolgado no começo.

— Ele não descansa — comentou Charles com um tom de reprovação. Sempre ficava desconfortável quando ela mencionava Blake.

— As crianças vão se acostumar. Sempre se acostumam.

— Não sei se Daphne vai se acostumar a mim.

Charles ainda estava preocupado com isso, e não tinha costume de lidar com a fúria demoníaca das adolescentes. Maxine estava bem menos impressionada.

— Vai dar tudo certo. Ela só precisa de tempo.

Eles ficaram sentados conversando perto do fogo por bastante tempo, a vista lá fora era linda. Foram para a varanda e apreciaram a neve que se estendia ao redor da casa. Foi mágico, e Charles a abraçou e a beijou. Assim que ele fez isso, o celular de Maxine tocou. Era Sam ligando para mandar um beijinho de boa-noite. Ela mandou outro beijo, despediu-se e se virou para Charles de novo. Percebeu que ele estava irritado.

— Eles encontram você em todo lugar, até aqui — comentou em tom seco. — Você nunca tem folga?

— Não quero ter folga — respondeu ela com carinho. — São meus filhos. Eu sou tudo o que eles têm. E eles são a minha vida.

Era exatamente disso que Charles tinha medo, e exatamente por isso as crianças o assustavam. Não havia como afastá-las da mãe.

— Você precisa de mais coisas na vida, não só deles — comentou Charles, devagar.

Pelo visto ele estava se candidatando a ocupar essa posição, e Max ficou lisonjeada. Ele a beijou novamente, e dessa vez o telefone não tocou, ninguém os perturbou. Eles entraram em casa, e cada um usou o banheiro separadamente para se preparar para a cama. Era um pouco constrangedor e meio engraçado, e Maxine riu quando se deitou. Vestia uma camisola comprida de caxemira e um penhoar que combinava, além de meias. Nada romântico, mas não conseguiu pensar em mais nada para vestir. Ele estava com um pijama listrado. Maxine se sentiu como se fossem seus próprios pais se deitando lado a lado para dormir.

— Estou achando isso meio estranho — confessou ela sussurrando.

Charles a beijou, e de repente não havia mais nada estranho. Ele colocou as mãos embaixo da camisola dela, e aos poucos foram tirando as roupas um do outro e jogando-as no chão.

Fazia tanto tempo que ela não dormia com alguém que teve medo de que fosse ser meio assustador ou esquisito. Em vez disso, ele foi um amante gentil e atencioso, tudo correu da forma mais natural do mundo. Eles se abraçaram com força quando terminaram, e Charles disse que ela era linda e que a amava. Maxine ficou chocada ao ouvir essas palavras. Será que ele se sentiu obrigado a dizer isso só porque haviam feito amor? Ele disse que tinha começado a se apaixonar por ela desde que se conheceram. E ela falou para ele, da maneira mais gentil que pôde, que precisava de mais tempo antes de ter certeza do que sentia. Gostava de muitas coisas em Charles e queria sentir outras coisas enquanto o conhecia melhor. Sentia-se segura com ele, o que era importante para ela. Confiava nele. E, enquanto sussurravam na noite, acabaram fazendo amor de novo. Depois, feliz, confortável, saciada e totalmente em paz, ela caiu no sono em seus braços.

Capítulo 12

Na manhã seguinte, Maxine e Charles se agasalharam e foram dar uma caminhada na neve. Ele fez café da manhã para ela — panquecas e xarope de bordo de Vermont com fatias crocantes de bacon. Max olhou para ele com carinho, Charles deu um beijo nela. Ele sonhava com isso desde que se conheceram. Era difícil um momento como esse acontecer na vida dela. Os filhos já haviam ligado duas vezes antes do café da manhã. Daphne declarou guerra total contra o novo amor do pai. Escutando as respostas de Maxine ao telefone, Charles franziu o cenho. E ela ficou chocada com o que ele disse quando desligou.

— Eu sei que pode parecer loucura, Maxine, mas não acha que eles estão velhos demais para morar com você?

— Você acha que talvez seja melhor eles irem para a Marinha, ou talvez entrarem logo na faculdade? — Afinal de contas, Jack e Daphne tinham 12 e 13 anos respectivamente.

— Eu estudei em um internato quando tinha a idade deles. Foi a melhor experiência que já tive. Eu adorei, me preparou para a vida.

Maxine ficou horrorizada só de ouvir isso.

— Jamais — declarou ela com firmeza. — Eu nunca faria isso com os meus filhos. Eles já perderam Blake, de um jeito ou de outro. Não vou abandoná-los também. E para quê? Para que eu tenha uma vida social melhor? Quem liga para isso? São nesses anos que os filhos necessitam dos pais, precisam aprender valores, a resolver problemas e a lidar com questões tipo sexo e drogas. Não quero uma professora em um internato ensinando essas coisas aos meus filhos. Quero que aprendam comigo.

Maxine estava estarrecida.

— Mas e você? Está disposta a protelar a vida até que eles estejam na idade de ir para a faculdade? É isso que vai acontecer se ficar com eles o tempo todo.

— Foi isso que assumi quando tive filhos — argumentou ela com calma. — É para isso que os pais existem. Vejo o resultado de pais ausentes todo dia no meu consultório. E, mesmo que estejam por perto, muita coisa pode dar errado. Se você desiste e joga os filhos em um internato nessa idade, acho que está pedindo para ter problemas.

— Eu não tive — retrucou ele, na defensiva.

— Sim, mas você optou por não ter filhos — declarou diretamente. — Isso já é alguma coisa. Talvez no fim das contas você tenha perdido alguma coisa na infância. Olhe os britânicos. Eles mandam os filhos para internatos quando as crianças têm 6 ou 8 anos, e algumas ficam mal e só vão falar disso quando são adultas. Não tem como mandar uma criança embora nessa idade e não causar algum dano. As pessoas têm dificuldade de se relacionar depois disso. E eu não confiaria em adolescentes em uma escola integral. Quero estar perto para ver o que estão aprontando, quero passar meus valores para eles.

— Para mim, parece um sacrifício grande demais — disse ele, inflexível.

— Não é, não — retrucou ela.

Será que o conhecia direito? Com certeza havia uma parte de Charles faltando, e ela tinha pena disso. Talvez fosse a parte que ainda a fazia hesitar. Ela queria amá-lo, mas precisava saber que ele era capaz de amar seus filhos também, e certamente fazer campanha para mandá-los para um internato não era a melhor maneira. Só de pensar nisso Max se sentia estremecer. Ele notou isso e parou de insistir imediatamente. Não queria chateá-la, apesar de achar que seria ótimo se Maxine topasse a ideia. Não era o caso. Isso ficou claro.

Foram ao Sugarbush naquela tarde. Esquiar com ele foi fácil e divertido. Ela nunca foi tão proficiente quanto Blake, mas era boa esquiadora. Ela e Charles tinham o mesmo nível de habilidade e gostavam dos mesmos tipos de caminhos. Os dois terminaram relaxados e felizes, e ela esqueceu a pequena discussão da manhã. Ele tinha o direito de ter uma opinião, era só não forçar a barra com ela. Os filhos não ligaram naquela noite, e Charles ficou aliviado. Não ser interrompido enquanto estava com Maxine era ótimo. Ele a levou para jantar e, quando voltaram, fizeram amor diante da lareira. Ela ficou surpresa por se sentir tão confortável e tranquila ao lado dele. Era como se dormissem um com o outro desde sempre. Naquela noite, dormiram juntinhos na cama. Nevava lá fora; Maxine teve a impressão de que o tempo havia parado e de que eles estavam sozinhos em um mundo mágico.

Na casa de Blake, em Aspen, as coisas estavam menos tranquilas que em Vermont. O som ligado nas alturas, Jack e Sam estavam jogando Nintendo, alguns amigos apareceram, e Daphne parecia determinada a fazer da vida de Arabella um inferno. Fazia comentários grosseiros e diretos, e dava opiniões negativas sobre as roupas dela. E, sempre que ela cozinhava, Daphne se recusava a comer. Perguntou a ela se havia feito teste de HIV depois das tatuagens. Arabella não tinha ideia de como lidar com a garota, mas disse a Blake que estava determinada a se manter firme. Ele insistiu que eram boas crianças.

Ele queria que a interação com os filhos desse certo. Daphne fazia tudo o que podia para que isso não acontecesse. E estava tentando colocar os meninos contra Arabella, mas ainda não tinha conseguido. Eles a achavam legal, apesar das tatuagens e do cabelo meio estranho.

Jack simplesmente não prestava atenção em Arabella, e Sam era educado. Ele perguntou sobre o *bindi*, e o pai explicou que ela passou a usá-lo depois de morar na Índia e falou que achava bem bonito. Sam confessou que também achava. Daphne deu de ombros e disse para Arabella que eles viam tantas mulheres entrarem e saírem da vida do pai que nem se importavam em conhecê-las. Garantiu a Arabella que ele se livraria dela em semanas. Foi o único comentário que ela fez que realmente atingiu Arabella. Blake a encontrou chorando no banheiro.

— Amor... Bella, minha linda... O que houve?

Ela chorava como se seu coração fosse se partir, e a única coisa que Blake detestava era mulheres chorando, principalmente as que amava.

— Qual é o problema?

Arabella quis responder que o problema era a porra da filha dele, mas se conteve, por puro amor. Estava genuinamente apaixonada por Blake, que também estava louco por ela.

Arabella por fim repetiu o comentário de Daphne que a fez chorar.

— Fiquei assustada, comecei a me perguntar de repente se você vai mesmo me abandonar quando a gente voltar para Londres.

Ela olhou para Blake com os olhos enormes e voltou a chorar. Ele a abraçou.

— Ninguém vai abandonar ninguém — garantiu Blake. — Eu sou louco por você. Não vou fugir, e, até onde eu sei, você também não. Pelo menos por muito, muito tempo. Odeio admitir isso, mas a minha filha está com ciúmes de você.

Ele conversou com Daphne sobre isso depois, naquela mesma tarde, e perguntou por que estava sendo tão má com Arabella. Não era justo, e ela nunca tinha feito isso com outras namoradas.

— O que está acontecendo, Daff? Eu já tive várias namoradas e, falando sério, algumas delas eram simplesmente idiotas.

Daphne gargalhou diante da honestidade do pai. Realmente, houve algumas namoradas bem burras. Lindas, porém burras, e Daphne nunca nem implicou nem curtiu com a cara delas.

— Arabella é diferente — declarou Daphne, relutante.

— É, sim. É mais inteligente e mais legal que as outras, e tem uma idade mais razoável. Então qual é o problema?

— Mas é isso, pai — respondeu Daphne. — Ela é melhor que as outras... então eu a odeio...

— Me explique isso. — Blake estava completamente surpreso.

Daphne explicou com a voz calma, parecia uma criança de novo.

— Estou com medo de que ela fique com você.

— E daí? Qual é o problema, se ela for boa com você?

— E se vocês se casarem?

Daphne pareceu enjoada só de pensar nisso, e seu pai ficou abismado.

— Casar com ela? Por que eu faria isso?

— Sei lá. As pessoas se casam.

— Eu não. Já me casei uma vez. Fui casado com a sua mãe. Tenho três filhos maravilhosos. Não preciso me casar de novo. Eu e Arabella estamos apenas nos divertindo. Só isso. Não é nada de mais. Se eu e ela estamos só nos divertindo, por que você tem de levar a sério?

— Ela disse que te ama, pai. — Daphne estava com os olhos arregalados. — E eu ouvi você dizendo a mesma coisa para ela. As pessoas que se amam se casam, e eu não quero que você se case com ninguém, só com a mamãe.

— Bem, isso não vai acontecer — declarou ele, sendo bastante direto. — Sua mãe e eu não queremos nos casar, mas a gente se ama ainda assim. E tem bastante espaço para eu ter uma mulher na minha vida, alguém com quem não vou querer me casar, e tem espaço para vocês também. Não precisa se preocupar. Eu prometo, Daff. Você não vai me ver casando de novo. Com ninguém. Está melhor assim?

— É... Talvez. — Ela não estava segura. — E se você mudar de ideia?

Daphne tinha de reconhecer que Arabella era bem bonita, inteligente e engraçada. Parecia a mulher perfeita para ele em vários sentidos, o que a aterrorizou.

— Se eu mudar de ideia, vou conversar com você antes. E dou permissão para você tentar o que quiser para me convencer a não me casar. Temos um trato? Só não precisa ser má com Arabella agora. Não é justo. Ela é nossa convidada e não está se divertindo.

— Eu sei — disse Daphne com um sorriso vitorioso. Ela se esforçou muito para isso.

— Pode parar. E seja legal com ela. Ela é uma boa moça. Assim como você.

— Eu tenho que ser legal mesmo, pai?

— Tem, sim — disse ele com firmeza.

Blake começou a se perguntar se Daphne ia fazer isso com todas as mulheres a partir de agora. Ela fez vários comentários desagradáveis sobre o amigo da mãe também, Charles. Pelo visto, Daphne queria que os pais ficassem solteiros, o que não era uma perspectiva realista. Blake estava feliz por Maxine finalmente ter encontrado alguém. Ela merecia um pouco de conforto e companhia na vida. Não sentia inveja dela, mas Daphne com certeza sentia e faria de tudo para interferir. Ele não gostou de vê-la se comportando dessa forma. A filha se transformou em uma chata da noite para o dia, e ele se perguntou se Maxine estava certa sobre ser algo da idade. Blake não queria ter de lidar com isso. Seria mais difícil levá-la nas viagens, considerando que estava sempre acompanhado nem pensava em ficar sozinho.

— Quero que você se esforce com ela. Por mim — advertiu ele.

Daphne concordou, contrariada.

O resultado da conversa não foi perceptível na primeira noite, mas dois dias depois Daphne melhorou um pouco. Respondeu quando Arabella falou com ela e parou de fazer comentários sobre as tatuagens e o cabelo. Já era um começo. Arabella não chorou mais. A viagem acabou sendo estressante para Blake, o que nunca havia acontecido quando os filhos eram mais novos. Quase se arrependeu de ter levado Arabella — por ela, não pelas crianças.

Ele tirou uma tarde para esquiar em paz com Arabella. Teve de admitir que foi bom passar um tempo longe dos filhos. Os dois pararam várias vezes para recuperar o fôlego depois dos trechos mais intensos da descida. Blake sempre se aproximava e a beijava nesses momentos. E voltaram para casa para fazer amor. Arabella confessou que mal podia esperar para voltar para Londres, apesar de ter gostado de conhecer os filhos de Blake. No entanto, já havia passado tempo o suficiente com eles, e tinha a sensação de que estava constantemente organizando coisas para as crianças fazerem. E também era óbvio que ela e Daphne jamais seriam amigas. O melhor que podia esperar era uma trégua constrangedora, e foi exatamente o que houve. Mesmo assim, ainda era uma grande melhoria no comportamento da menina. Blake não queria estar no lugar de Maxine, se ela tinha de lidar com isso sempre que o namorado aparecia. Estava surpreso pelo tal namorado aguentar essa situação. Ele achava que Arabella não aguentaria muito tempo se Daphne não tivesse se contido no fim das contas.

Pela primeira vez, Blake ficou aliviado ao devolver as crianças a Maxine em Nova York. Ela voltou de carro de Vermont no mesmo dia. Havia acabado de entrar em casa quando Blake as deixou no apartamento. Arabella esperava por ele na cobertura, e eles voltariam para Londres na mesma noite.

Sam imediatamente abraçou a mãe e deu um grito de alegria, quase derrubando-a. Jack e Daphne pareciam felizes por estar em casa também.

— Como foi lá? — perguntou ela para Blake com um ar relaxado.

Viu nos olhos dele que não correu tudo bem; ele esperou Daphne sair da sala para responder.

— Não foi tão fácil quanto costumava ser — respondeu com um sorriso desanimado. — Cuidado com a Daff, Max, ou você vai ficar sozinha para sempre.

Maxine riu. Era a última de suas preocupações. Ela se divertiu muito com Charles em Vermont. Voltou relaxada e feliz, e estava mais próxima de Charles do que de qualquer outra pessoa nos últimos anos. Eles eram muito parecidos em diversos aspectos, formavam um casal perfeito. A carreira médica dos dois se encaixava perfeitamente, ambos eram meticulosos, asseados e organizados. Sem ninguém por perto, era perfeito. O desafio seria quando todos voltassem para casa.

— Ela não pegou leve em nenhum momento? — quis saber Maxine.

Blake meneou a cabeça.

— Nada. Ela parou com os comentários absurdos que estava fazendo no começo da viagem, mas conseguiu arruinar a vida de Arabella de muitas formas mais sutis. Fiquei surpreso por ela não ter ido embora.

— Ela não deve ter filhos, não é? Isso sempre ajuda — comentou Maxine.

Ele fez que não.

— Arabella provavelmente vai querer ligar as tubas depois disso. Eu entenderia. E até que seria bom para mim também — disse ele, rindo, e Maxine demonstrou simpatia.

— Pobrezinha. Não sei o que a gente pode fazer. Meninas de 13 anos são conhecidas por esse tipo de comportamento. Vai piorar antes de melhorar.

— Então você me liga quando ela se formar na faculdade — brincou Blake já se arrumando para partir.

Ele foi ao quarto dos filhos, deu um beijo em cada um e ficou mais um tempinho com Maxine.

— Se cuide, Max. Espero que esse cara seja bom para você. Se não for, avise que ele vai se ver comigo.

— Pode falar a mesma coisa para Arabella — disse ela, e deu um abraço em Blake, lamentando que Daphne tenha dado tanto trabalho em um feriado. — Aonde vocês vão agora?

— A gente vai passar algumas semanas em Londres, depois Marrakech. Quero começar o trabalho na casa. Não é uma casa exatamente, é mais um palácio. Você precisa ver depois. — Ela não sabia quando isso aconteceria. — Provavelmente vou estar em St. Bart's no fim de janeiro. Vou pegar o barco lá e dar uma velejada.

Maxine já conhecia essa história. Os filhos não o veriam por muito tempo, provavelmente até o verão. Estavam acostumados, mas ela ainda ficava triste por eles. Precisavam ver o pai com mais frequência.

— A gente vai se falando. — Às vezes isso acontecia, às vezes não, mas ela sabia onde encontrá-lo se precisasse.

— Se cuide. — Ela lhe deu um abraço no elevador.

— Você também — disse ele em meio ao abraço e saiu.

Sempre se sentia estranha ao se despedir de Blake. Ficava pensando na vida que teriam se ainda fossem casados. Ele não iria parar em casa, como agora. Ter um marido só no papel não era o suficiente para Maxine. Ela precisava de um homem como o que, por fim, encontrou, um homem como Charles, um homem que iria ficar. Ele, sim, era maduro.

Capítulo 13

Quando Blake e Arabella voltaram para Londres, ambos tinham muitas coisas para fazer. Ele tinha reuniões e duas casas para supervisionar, e ela tinha um retrato encomendado. Foram duas semanas cheias antes da viagem. Quando saíram da cidade, Blake ficou aliviado. Fazia muito frio em Londres, e estava cansado do inverno. Também fazia frio em Aspen e em Nova York, mas ao menos pôde esquiar em Aspen. Estava ansioso para chegar ao Marrocos. Arabella nunca tinha visitado o país, e ele mal podia esperar para ir na companhia dela. Ficariam hospedados no La Mamounia, e Blake estava levando o arquiteto junto. Já estava com a planta da casa, que lhe pareceu maravilhosa. O projeto levaria pelo menos um ano, o que era um bom prazo para Blake. Para ele, a melhor parte era planejar e ver o projeto tomar forma. E, com o senso artístico de Arabella, seria muito divertido compartilhar a experiência com ela. Conversaram alegremente sobre isso durante todo o voo. Ao aterrissarem, ela ficou fascinada pela beleza do lugar. Chegaram ao anoitecer, com um brilho suave sobre a cordilheira do Atlas enquanto a sobrevoavam.

Um carro os esperava para levá-los ao hotel. Arabella ficou estupefata quando atravessaram a cidade. A impressionante Mesquita Koutoubia foi o primeiro marco de Marrakech que lhe chamou a atenção. Seguiram pela praça central, Jemaa el Fna, ao crepúsculo. Parecia um cenário de filme. Nem em suas andanças pela Índia viu coisas tão exóticas. Havia encantadores de serpentes, dançarinos, acrobatas, vendedores de bebidas, mulas sendo puxadas pelo cabresto, homens com longas túnicas por todo lado. Era uma cena tirada direto de *As mil e uma noites*. Blake dizia que queria levá-la aos *souks*, em particular ao *souk* de Zarbia, a Medina, a cidade murada, e aos Jardins da Menara, que ele considerava o lugar mais romântico do mundo. Havia uma atmosfera inebriante, e, quando ela baixou as janelas de vidro fumê para ver melhor, o aroma de temperos, flores, pessoas e animais se misturou, dando a impressão de ter uma aura própria. O trânsito era insano. Havia vespas e motocicletas serpenteando por entre os carros, era tudo louco e desorganizado, buzinas berravam, pessoas gritavam e os músicos de rua contribuíam para a cacofonia. Arabella se virou para Blake com um sorriso largo e feliz, e seus olhos iam de um lado para o outro. Foi até mesmo melhor que a Índia, porque agora compartilhava isso tudo com ele.

— Eu *amo* esse lugar! — exclamou ela, animada.

Blake sorria ao olhar para Arabella. Mal podia esperar para lhe mostrar o palácio. Considerava Marrakech o lugar mais romântico que já visitou, e ela concordou. Apesar da estadia na Índia, Arabella gostou muito mais do Marrocos. Ela se enchia de vida em lugares exóticos de um modo que Blake nunca tinha visto.

Passaram pelas palmeiras gigantes nas margens da estrada e se aproximaram do estuque cor de pêssego do hotel La Mamounia. Arabella havia ouvido falar do hotel várias vezes e sempre quis visitá-lo. Fazê-lo com Blake era perfeito. Homens com roupas marroquinas brancas e faixas vermelhas os receberam, enquanto Arabella apreciava as madeiras entalhadas e os desenhos dos mosaicos. O gerente do hotel apareceu. Blake já havia se hospedado ali inúmeras vezes desde que tinha comprado o palácio. Reservou um dos três palacetes particulares do hotel até que a reforma e a decoração de seu próprio palácio ficassem prontas.

Só para dar uma amostra a Arabella, eles foram para o lobby principal, de chão de mármore branco, com decoração de mármore preto e um lustre enorme e elaborado no teto. Para chegar lá, passaram por portas com vitrais coloridos, vermelho, amarelo e azul, enquanto um grupo de homens vestindo pijamas brancos, coletes cinza e chapéus azuis se aproximaram e cumprimentaram Blake e Arabella. Havia cinco restaurantes de luxo e cinco bares para deleite dos hóspedes, banheiras turcas e todo tipo possível de comodidade. E, quando o gerente os levou ao palacete privado de Blake, uma equipe de serventes já os esperava. O palacete tinha três banheiros, uma sala, uma área para jantares, uma pequena cozinha só para eles e uma cozinha maior separada para que o chef preparasse suas refeições, caso ele não quisesse comer na cidade nem nos restaurantes do hotel. Tinham uma entrada própria, além de um jardim e uma banheira de hidromassagem. Portanto, se não quisessem ver ninguém durante a estadia, era possível. Mas Arabella estava ansiosa para ver a cidade com ele. Blake pediu ao motorista que esperasse por eles, queria sair para explorar a cidade com Arabella depois de uma refeição silenciosa no jardim. Só de estar ali já era mágico.

Os dois tomaram banho e se trocaram, comeram uma refeição leve à mesa do jardim e depois saíram de mãos dadas. Passaram pela praça central, ficaram distantes dos encantadores de serpentes e depois pegaram a carruagem para o passeio pelas muralhas da cidade. Foi tudo o que Arabella esperava. Depois de usarem a Jacuzzi no jardim privado e de sentirem o aroma inebriante das flores, foram para o quarto e passaram horas fazendo amor. Já estava amanhecendo quando caíram no sono, um nos braços do outro.

Na manhã seguinte, a equipe do palacete preparou um café da manhã enorme para eles. Blake mostrou a Arabella os planos para o palácio que estava reconstruindo, e, depois do café da manhã, foram visitá-lo. Era mais fabuloso do que ela imaginava. Havia torreões e arcos, um pátio interno gigante com mosaicos antigos e lindos nas paredes, e os quartos da casa eram bem grandes. Era realmente um palácio, os olhos de Blake iam de um lado para o outro enquanto ele caminhava pelo imóvel com o arquiteto e Arabella. Ela deu sugestões excelentes quanto às cores e à decoração. E, de repente, no meio do passeio, Blake teve a certeza de que queria compartilhar o palacete com ela. Abraçou-a na varanda que dava para a cordilheira do Atlas e a beijou com a paixão que permeou o relacionamento deles desde sempre.

— Quero que o nosso ninho de amor seja neste lugar. Vai ser perfeito para nós. Você pode pintar aqui.

Blake conseguia se imaginar passando meses no palacete depois de reformado. Era uma cidadezinha perfeita, com restaurantes, bazares com mercadorias exóticas e a beleza natural ao longe. E a vida social também era animada. Arabella tinha vários amigos franceses que se mudaram para Marrakech, e ela e Blake jantaram com eles antes de partir. Foi uma viagem incrível.

Deixaram o arquiteto em Londres e depois foram para os Açores. De lá, seguiram para St. Bart's. Arabella adorou a casa, e, uma semana depois, pegaram o barco. Era o maior veleiro que ela já tinha visto. Foram para São Vicente e Granadinas, ao norte da Venezuela. Arabella precisou remarcar todas as sessões de pintura para que pudesse viajar com ele, mas valeu a pena. Deitou-se nua ao sol no deque com Blake, e deslizaram calmamente pelas águas verdes e tranquilas. Era fevereiro. Os dois concordaram que isso era uma vida perfeita. Nevava em quase toda parte, mas para eles era um verão eterno. Melhor: era o verão do amor que os unia.

Maxine caminhava para o consultório debaixo de chuva. Estava ocupada como sempre. Tinha vários novos casos, e uma onda de tiroteios em escolas fez com que tivesse de ir a várias cidades para prestar consultoria a grupos de psiquiatras e autoridades locais acerca das formas de lidar com as crianças envolvidas.

Na vida pessoal, as coisas iam bem com Charles. O inverno estava passando rápido. E até mesmo Daphne estava mais calma. Ela e Charles talvez nunca se tornassem melhores amigos, mas ela parou de fazer comentários rudes sobre ele, e de vez em quando até baixava a guarda com Charles por perto e os dois riam juntos.

Com Jack e Sam era mais fácil. Ele levou os dois a vários jogos de basquete. Daphne estava ocupada demais com sua vida social para acompanhá-los, mas sempre era convidada.

Maxine tomou bastante cuidado para que eles não soubessem que ela e Charles dormiam juntos. Ele nunca ficava no apartamento, a não ser quando seus filhos dormiam na casa de amigos. Max tentava ficar no apartamento dele uma ou duas vezes por semana, mas sempre voltava antes de os filhos acordarem para a escola. Isso encurtava a noite dos dois, e ela dormia mal, mas achava que era importante fazer isso. De vez em quando, viajavam no fim de semana. Era o melhor que podiam fazer.

No Valentine's Day, já estavam juntos havia dois meses e meio. Charles fez uma reserva no La Grenouille. Era o restaurante favorito deles para um jantar. Charles dizia que era a cantina deles, e a levava lá pelo menos uma vez por semana. Já era convidado regular nos jantares de domingo da família, e até cozinhava de vez em quando.

Max ficou emocionada ao receber um buquê de rosas vermelhas no escritório por causa do Valentine's Day. O bilhete dizia simplesmente "Amo você. C." Era um homem muito doce. A secretária levou as flores para ela com um grande sorriso. Ela também gostava de Charles. Maxine usou um vestido vermelho novo naquela noite para o jantar. Ele disse que estava linda quando foi buscá-la. Sam fechou a cara ao vê-lo dando um beijo na mãe, mas ele e os irmãos já estavam acostumados.

Foi uma noite perfeita, e Charles subiu quando chegaram à casa dela. Maxine serviu conhaque para ele. Ficaram sentados na sala, como sempre faziam, conversando sobre a vida. Ele era fascinado pelo trabalho dela, e, depois de mais um tiroteio em uma escola, Max foi convidada para fazer uma palestra em outro congresso. Dessa vez, iria acompanhá-la. Disse que estava orgulhoso dela e pegou sua mão. As crianças já dormiam profundamente.

— Eu te amo, Maxine — declarou ele com carinho.

Ela sorriu. Finalmente havia ultrapassado essa barreira, ainda mais porque sentia que Charles estava de fato se esforçando com as crianças.

— Eu também te amo, Charles. Obrigada por esse dia tão lindo.

Ela não tinha um Valentine's Day como esse havia anos. O relacionamento dos dois estava perfeito para ela. Não era de mais, não era de menos, ele não a monopolizava e ela sabia que o veria algumas vezes por semana. E ainda tinha bastante tempo para trabalhar e para os filhos. Era exatamente o que ela queria.

— Os últimos dois meses foram perfeitos — comentou ele, com tranquilidade. — Acho que foram os melhores da minha vida.

Charles tinha muito mais a ver com ela do que com a mulher com quem passou vinte e um anos casado. Já tinha percebido havia muito tempo que Maxine era a mulher pela qual ele esperou a vida inteira. Ele já havia tomado uma decisão duas semanas antes e ia compartilhar seus pensamentos com Maxine naquela noite.

— Também foram ótimos para mim — disse ela, e lhe deu um beijo.

Eles haviam apagado as luzes da sala, o ambiente estava relaxante e romântico, ela sentiu o gosto do conhaque nos lábios dele.

— Quero estar mais com você, Maxine. Nós dois precisamos dormir melhor — brincou ele. — Não tem como você continuar acordando às quatro da manhã quando a gente passa a noite junto.

Eles decidiram não fazer isso naquela noite porque os dois precisavam atender um paciente cedo no dia seguinte. Max o escutou e temeu que ele fosse sugerir se mudar para o apartamento dela. E ela sabia muito bem que isso traumatizaria as crianças. Seus filhos por fim se acostumaram ao seu namoro. Morar juntos seria demais, e não era o estilo dela. Maxine gostava de ter o seu apartamento, e ele, o dele.

— Eu acho que do jeito que está é bom para mim — retrucou ela com calma, ele balançou a cabeça.

— Para mim, não. Não a longo prazo. Eu não acho que somos o tipo de pessoa que só namora, Maxine. Acho que já somos velhos o suficiente para sabermos o que queremos e qual é o momento certo. — Ela arregalou os olhos. Não sabia o que dizer, nem sabia do que ele estava falando. — Sempre tive certeza com você. Nós somos muito parecidos... muito... somos médicos. Temos os mesmos pontos de vista sobre as coisas. Eu adoro a sua companhia. Estou me acostumando aos seus filhos... Maxine... você quer se casar comigo?

Maxine engasgou diante da proposta e ficou em silêncio por um bom tempo. Charles esperou, olhando para ela, que estava iluminada pelas luzes da rua que invadiam a sala. Ele percebeu que os olhos de Maxine estavam cheios de medo.

— Vai dar tudo certo. Eu prometo. Eu sei que isso é o certo a fazer.

Ela não tinha tanta certeza. Casamento era algo para sempre. Ela também achou que seria com Blake, mas não foi. Como poderia ter certeza com Charles?

— Agora? É cedo demais, Charles... Estamos juntos há apenas dois meses.

— Dois e meio — corrigiu ele. — Acho que nós dois sabemos que é o melhor.

Max concordava, mas mesmo assim era cedo demais para os filhos. Disso ela tinha certeza. Não havia como falar para eles que ia se casar com Charles. Ainda não. Eles enlouqueceriam.

— Acho que as crianças precisam de mais tempo — argumentou ela com gentileza —, e nós também. A eternidade é bastante tempo, e a gente não quer cometer esse erro. Já fizemos isso antes.

— Mas também não queremos esperar para sempre. Quero morar com você como seu marido — declarou ele com doçura.

Era o que muitas mulheres queriam: um homem que propusesse casamento em poucos meses, e de maneira sincera. Maxine sabia que Charles estava sendo sincero, mas ela também tinha de querer, e não estava pronta.

— Você quer fazer o quê?

Ela pensou rápido. Ficou surpresa ao perceber que não queria dizer não, mas também não estava pronta para se casar com ele. Tinha de ter certeza.

— Quero esperar até junho para contar às crianças. Seis meses de namoro. Isso é mais aceitável. Já vão estar de férias e, se quiserem surtar, que seja no verão. Agora é cedo demais.

Charles ficou um tanto decepcionado, mas percebeu que ela não disse não, e isso o deixou muito, muito feliz. Estava nervoso com o pedido.

— E nos casamos quando? — Ele prendeu a respiração esperando uma resposta.

— Agosto? Meus filhos teriam dois meses para se acostumar à ideia. Tempo suficiente para se ajustar, mas não tanto para pensar demais no assunto. E é um bom tempo para nós dois também, antes da volta às aulas.

— Tudo na sua vida gira em torno dos seus filhos, Maxine? Não tem nada relacionado só a você, ou a nós dois?

— Acho que não — respondeu ela como se se desculpasse. — Mas é importante que eles se sintam confortáveis com a ideia, ou vai ser mais difícil para nós.

Principalmente para ele, caso as crianças fossem contra. Max temeu que mesmo em junho elas ainda ficassem contra. Ela sabia que os filhos não ficariam animadíssimos. Mal o tinham aceitado, nem passava pela cabeça deles que a mãe pudesse se casar de novo. Pararam de se preocupar com isso no começo, quando ela garantiu que não se casaria mais, e era nisso que Maxine acreditava. Ela ia virar tudo de cabeça para baixo com essa notícia.

— Também quero que meus filhos sejam felizes.

— Eles vão ser felizes com o tempo, assim que se acostumarem à ideia — declarou ele com firmeza. — Acho que consigo aceitar um casamento em agosto e contar para eles em junho. Queria contar para todo mundo logo. — Sorriu para ela. — Isso é muito bom. Mas posso esperar!

Charles a puxou para mais perto e sentiu o coração dela batendo forte. Maxine estava nervosa e com medo e animada, tudo ao mesmo tempo. Ela o amava, no entanto era muito diferente do que teve com Blake. Mas, enfim, ela e Charles eram mais velhos, e isso fazia muito mais sentido agora. Charles era o tipo de homem firme e confiável que ela sempre quis, não um louco como Blake, que, mesmo sendo charmoso, nunca foi confiável. Charles não era um cafajeste, era um homem. Fazia sentido, mesmo que fosse surpreendente. Max ficou chocada quando ele fez o pedido.

Tudo parecia meio cedo demais para Maxine, mas ela aceitou. Na idade deles, sabiam como a coisa funcionava e o que queriam. Por que perder mais tempo?

— Eu te amo — sussurrou ela.

Charles a beijou.

— Eu também te amo — disse ele depois. — Onde você quer se casar?

— Que tal na minha casa de Southampton? É grande o suficiente para ficarmos lá, e podemos colocar tendas no jardim.

Os dois conheciam bastante gente.

— Acho perfeito. — Já tinham passado dois fins de semana lá. Charles ficou preocupado de repente.

— Temos de levar as crianças na lua de mel com a gente? — perguntou ele.

Maxine gargalhou e meneou a cabeça.

— Não temos, não. — Ela teve uma ideia. — Talvez Blake possa emprestar o barco para a gente. Seria uma lua de mel perfeita.

Charles franziu o cenho quando ela falou isso.

— Não quero passar a minha lua de mel no barco do seu ex-marido — retrucou sem hesitar —, não importa se é um barco enorme. Você é minha esposa agora, não dele.

Charles sempre sentiu ciúmes de Blake, e Maxine recuou imediatamente.

— Desculpe. Tolice minha.

— Talvez em Veneza — sugeriu, sonhando.

Ele sempre adorou a cidade. Ela não sugeriu que pegassem o *palazzo* de Blake emprestado. Charles claramente esqueceu que ele tinha um.

— Ou Paris. Pode ser bem romântico.

Era uma das poucas cidades onde Blake não tinha casa.

— Depois a gente decide. Temos até junho para fazer planos.

Charles também queria comprar um anel de noivado para ela, e queria que Maxine o ajudasse a escolher. Contudo, ela não o usaria até junho, visto que não contaria aos filhos até lá. Ele lamentou. Mas agosto chegaria rápido, pensou. Em seis meses, ela seria a Sra. Charles West. Ele adorou a ideia. E ela também. Maxine West. Soava bem.

Eles ficaram sentados cochichando e fazendo planos. Charles concordou em vender o apartamento e morar com ela. Considerando que o apartamento dele era pequeno e que a família de Maxine era grande, era a única solução possível. Depois de conversarem, Max quis fazer amor com ele, mas não podiam. Sam estava na cama dela dormindo profundamente. Ela concordou em ir ao apartamento dele na noite seguinte para "firmar os planos", como Charles disse. Mal podiam esperar para passar a noite toda juntos e acordar sob o mesmo teto. Ela teria todo mundo que ama em um só lugar. Também achou que era um ótimo plano.

Eles se beijaram por bastante tempo antes de Charles partir. Ele era gentil, amoroso e carinhoso. Quando entrou no elevador, sussurrou:

— Boa noite, Sra. West.

Ela ficou reluzente e sussurrou:

— Eu te amo.

Ao trancar a porta e ir para o quarto, ela analisou toda a situação. Não era nada do que tinha esperado, mas, agora que tinha tomado uma decisão, o plano lhe parecia maravilhoso. Torceu para que os filhos aceitassem a notícia. Ainda bem que Charles concordou em esperar. Estava adorando a novidade. Era o tipo de homem com o qual devia ter se casado antes. Embora, se a vida tivesse sido diferente, não teria os filhos maravilhosos que tinha, então no fim deu tudo certo. E agora, tinha Charles. Era o que importava.

Capítulo 14

Apesar de Charles e Maxine não terem contado logo os planos para as crianças, apesar de terem mantido tudo em segredo por certo tempo, as coisas mudaram sutilmente de qualquer maneira. Charles de repente assumiu um ar de propriedade quando estava com Maxine e os filhos, e Daphne logo percebeu.

— Quem ele pensa que é? — reclamou ela certo dia, quando ele pediu a Jack que tirasse as chuteiras e trocasse de camisa antes de eles saírem para jantar.

Maxine também notou, mas estava feliz por Charles tentar se encaixar e assumir uma posição, mesmo que de forma estranha. Sabia que as intenções dele eram boas. Ser padrasto de três crianças era um passo enorme para ele.

— Ele não faz por mal — disse Maxine. Ela o perdoava com muito mais facilidade que a filha.

— Faz, sim. Ele fica mandando na gente. O papai nunca diria isso. Ele nem liga para o que o Jack usa no jantar. Não está nem aí se ele dormir de chuteira.

— Mas talvez isso não seja uma coisa muito boa — sugeriu Maxine. — Talvez a gente precise de um pouco mais de ordem por aqui.

Charles era muito correto e gostava de tudo arrumado e sob controle. Era uma das coisas que tinham em comum. Blake era o extremo oposto.

— O que é isso? O acampamento do Hitler? — retrucou Daphne, e saiu andando.

Maxine ficou feliz por eles esperarem para anunciar o noivado e o casamento no verão seguinte. As crianças ainda não estavam prontas para ouvir a notícia. Ela torceu para que nos meses seguintes elas aceitassem melhor a realidade.

Março foi um mês atribulado para Maxine. Ela participou de duas conferências em lados opostos do país. Uma foi em San Diego, sobre os efeitos de eventos traumáticos de escala nacional em crianças com menos de 12 anos, e ela foi a palestrante principal. A outra foi sobre índices de suicídio em adolescentes, em Washington. Maxine participou do painel que abriu a conferência e fez uma palestra sozinha no segundo dia de evento. Teve de voltar correndo para casa para passar o recesso de primavera com os filhos. Tentou convencer Blake a ver os filhos na mesma época, mas ele disse que estava no Marrocos acompanhando a reforma da casa, enfurnado em construções e plantas, ocupado demais para fazer uma pausa. Foi decepcionante para as crianças e estressante para ela, que teve de passar uma semana inteira com os filhos. Thelma cuidou de seus pacientes nesse período.

Maxine levou os filhos para esquiar em New Hampshire na semana de recesso. Infelizmente, Charles não conseguiu folga. Estava ocupadíssimo no trabalho, então Max viajou com os filhos. Cada um levou um amigo, e eles se divertiram bastante. Quando ela contou para Charles seus planos, ele confessou que estava muito aliviado por não poder acompanhá-los. Seis crianças eram demais para ele. Três já eram muito. Seis eram loucura. Maxine adorava, e ligava para ele para dar notícias várias vezes ao dia. Um dia depois de voltar de viagem, Maxine foi para a conferência em Washington. Charles foi visitá-la por uma noite, e finalmente se encontraram na cama dela à meia-noite. Foi uma semana daquelas.

Ele se chateava um pouco quando ela ficava ocupada demais, mas, teoricamente, compreendia. Era uma mulher com uma carreira exigente e três filhos dos quais cuidava sozinha, sem ajuda nem opiniões de Blake. Geralmente, ela sequer conseguia falar com ele, então parava de tentar e tomava decisões por si só.

Blake estava absorto em sua última aventura imobiliária e sua vida de "diversão" enquanto ela trabalhava muito e cuidava das crianças. A única pessoa que a ajudava era Zelda, não havia mais ninguém. Maxine se sentia eternamente grata e em dívida. Nem Charles nem Blake faziam ideia do esforço que tinha de fazer para manter a vida seguindo tranquilamente e os filhos cuidados e saudáveis. A sugestão de Charles de que Maxine tirasse um mês de férias para planejar o casamento só a fez gargalhar. O quê? Como? Quando? De jeito nenhum. Ela estava atolada, e Blake estava sendo novamente o homem invisível com os filhos. Ele foi ótimo em Aspen, mas não planejava vê-los antes de julho ou agosto. As crianças ainda esperariam por muito tempo, e com tudo o que Maxine tinha de lidar até lá.

Quando a primavera e os dias mais amenos chegaram, ela recebeu cada vez mais jovens em crise. Os pacientes mais doentes sempre respondiam de maneira negativa à primavera e ao outono, especialmente em março, abril, maio, junho e setembro. Na primavera, todos que sofriam com o inverno se sentiam melhores. O clima era mais quente, o sol aparecia, as flores desabrochavam, havia alegria no ar, porém os mais doentes se sentiam mais perdidos que nunca. Eram como pedras deixadas na praia após o recuo da maré, ficavam presos na escuridão, na infelicidade e no desespero. Era uma época perigosa para jovens suicidas.

Para a tristeza de Maxine, e apesar de seus esforços, dois pacientes cometeram suicídio em março, e um terceiro em abril. Era uma época terrível para ela. Thelma também perdeu um paciente, um garoto de 18 anos com o qual trabalhou durante quatro, e ficou bastante triste pela família. Ela mesma sentia saudades do menino. Setembro também era um mês perigoso, o mês preferido dos garotos suicidas, segundo estatísticas.

Thelma e Maxine estavam almoçando juntas e compartilhando a dor por causa dos pacientes perdidos. Maxine contou o segredo do noivado. As duas ficaram bem animadas. Era um sinal de esperança no mundo.

— Nossa! Que bela notícia! — exclamou Thelma, feliz pela amiga. Era um assunto bem mais feliz que o motivo que as levou a almoçar juntas. — Como os seus filhos vão reagir?

Maxine explicou que eles só iam anunciar às crianças em junho, e que o casamento estava planejado para agosto.

— Espero que estejam prontos em junho. Faltam só dois meses, mas acho que estão se ajustando a Charles devagarzinho. Basicamente, meus filhos gostavam das coisas como eram antes, eu era toda deles, sem ninguém com quem eu precisasse dividir minha atenção ou que pudesse interferir em nossa relação.

Maxine pareceu preocupada ao falar isso. Thelma sorriu.

— Isso faz delas crianças boas, ajustadas e normais. É um bom negócio para elas ter você com exclusividade, sem nenhum homem competindo pela sua atenção.

— Acho que Charles vai ser uma boa aquisição para nossa família. É o tipo de homem que sempre precisamos — declarou Maxine com um tom de esperança.

— Isso vai fazer com que as coisas sejam ainda mais difíceis para eles — comentou Thelma com sabedoria. — Se ele fosse um babaca, as crianças poderiam abrir mão dele, assim como você. Mas é um candidato razoável e um cidadão estável. Ele vai virar o inimigo número um das crianças, pelo menos por um tempo. Se prepare, Max, algo me diz que você vai ter trabalho quando contar a eles. Mas vão superar. Estou muito feliz por você — disse Thelma com um sorriso largo.

— Obrigada, eu também estou — falou Maxine, sorrindo, ainda um pouco nervosa por causa dos filhos. — E acho que você tem razão quanto à reação deles. Não estou muito animada com isso, então resolvemos adiar o máximo possível.

Mas junho já estava perto, faltavam apenas dois meses. E Maxine estava ficando ansiosa com o grande anúncio. Por enquanto, isso fazia com que os planos do casamento ficassem um pouco tensos e um tanto amargos. Tudo era meio irreal, até que contassem às crianças.

Maxine e Charles foram à Cartier e escolheram uma aliança em abril. Tiraram as medidas corretas, e ele lhe deu a aliança formalmente durante um jantar, mas os dois sabiam que ela ainda não poderia usá-la. Maxine a colocou em uma gaveta trancada em sua casa. Toda noite, pegava a aliança, ficava olhando para ela e a experimentava. Maxine amava aquela aliança. Era linda, e a pedra tinha um brilho inacreditável. Mal podia esperar para usá-la. Comprar a aliança fez com que os planos deles se tornassem mais reais. E ela já havia feito a reserva do bufê em Southampton para agosto. Faltavam apenas quatro meses para o casamento. Ela queria escolher um vestido. Também queria contar para Blake e para os pais, mas não antes de contar para os filhos. Sentia que devia isso a eles.

Ela, Charles e os filhos passaram o fim de semana da Páscoa em Southampton. Foi bem agradável. Maxine e Charles cochichavam seus planos de casamento à noite, dando risadinhas, como se fossem duas crianças, e faziam caminhadas românticas na praia de mãos dadas enquanto Daphne revirava os olhos.

Em maio, Maxine teve uma conversa inesperadamente séria com Zellie. Ela teve um dia péssimo, uma de suas amigas morreu em um acidente de carro. Pela primeira vez na vida, Zelda falou com tristeza de seu arrependimento por não ter filhos. Maxine sentiu pena dela e achou que fosse passar logo. Foi apenas um dia ruim.

— Não é tarde demais — disse Maxine, tentando animá-la. — Você ainda pode encontrar uma pessoa e ter um filho. — Estava ficando tarde, mas ainda havia tempo. — As mulheres estão engravidando bem mais tarde que no passado, com uma ajudinha.

Maxine e Charles também conversaram sobre isso. Ela teria gostado, mas Charles sentia que seus três filhos já eram suficientes.

Sentia-se velho demais para ter filhos, o que Maxine achava ruim. Ela adoraria ter outro bebê, caso ele estivesse disposto. Mas não estava.

— Acho que prefiro adotar uma criança — declarou Zelda com praticidade. — Cuido dos filhos dos outros a vida inteira. Não tenho problemas com isso. Amo todos como se fossem meus. — Ela sorriu, e Maxine a abraçou. Sabia que era verdade. — Talvez eu devesse dar uma olhada nas adoções em algum momento — continuou Zelda distraidamente, e Maxine assentiu.

É uma daquelas coisas que as pessoas falam para se sentir melhor, mas não necessariamente querem fazer. Maxine tinha certeza de que era isso.

Zelda não sabia dos planos de casamento. Eles planejavam contar aos filhos em três semanas, quando as aulas terminariam. Maxine estava apreensiva, porém animada. Chegou o momento de compartilhar a grande novidade com eles. Zelda não falou mais nada sobre adoção, então Maxine se esqueceu disso. Presumiu que Zelda também tinha esquecido.

No último dia de aula, em junho, Maxine recebeu uma ligação da escola. Estava certa de que era um contato rotineiro. As crianças estariam em casa em uma hora. Ela estava atendendo pacientes no consultório. A ligação era sobre Sam. Foi atropelado por um carro enquanto atravessava a rua para pegar carona. Foi levado para o Hospital Nova York em uma ambulância. Uma das professoras o acompanhou.

— Ai, meu Deus! Ele está bem?

Não tinha como estar bem se o levaram para um hospital de ambulância. Maxine entrou em pânico.

— Acreditam que a perna dele esteja quebrada, Dra. Williams... Sinto muito mesmo, esse último dia foi um caos. Ele bateu a cabeça também, mas estava consciente quando o levaram. É um menininho muito corajoso.

Corajoso? Fodam-se todos eles. Como deixaram isso acontecer com o filho dela? Max tremia quando desligou. Ela voltou para a sala de atendimento. Estava com um menino de 17 anos, paciente havia dois, e atendeu à ligação na mesa da secretária. Ela explicou ao paciente o que havia acontecido, e ele lamentou muito. Maxine pediu desculpas por finalizar a sessão e pediu à secretária que cancelasse todos os compromissos daquela tarde. Pegou a bolsa e se lembrou de ligar para Blake, mesmo que ele não pudesse fazer nada. Mas Sam também era seu filho. Ela ligou para a casa de Londres, e o mordomo disse que ele estava no Marrocos, talvez no palacete em La Mamounia. Quando ela ligou para Marrakech, anotaram o recado, mas se recusaram a confirmar se ele estava lá. O celular de Blake caía na caixa postal. Maxine estava desesperada, então ligou para Charles. Ele disse que se encontraria com ela na emergência. Depois disso, ela saiu do consultório o mais rápido possível.

Foi fácil encontrar Sam na emergência. Ele quebrou um braço, uma perna, duas costelas e teve uma concussão. Estava em estado de choque. Nem estava chorando. Charles foi maravilhoso com ele. Entrou na sala de operação, onde cuidaram da perna e do braço. Não tinham nada a fazer quanto às costelas, a não ser imobilizá-las, e a concussão felizmente foi leve. Maxine estava fora de controle na sala de espera. Permitiram que ela o levasse para casa naquela mesma tarde. Charles ainda estava com eles. Sam segurou a mão dos dois. Max ficou de coração partido ao vê-lo naquele estado. Eles o colocaram na cama e deram analgésicos, o que deixou o menino meio grogue. Daphne e Jack ficaram loucos ao verem o irmão. Mas ele estava bem, vivo e iria se recuperar. A mãe que daria carona a ele ligou e pediu mil desculpas, ninguém viu o carro vindo. O motorista também ficou devastado, mas não tanto quanto Maxine. Ela deu graças a Deus por não ter sido pior.

Charles ficou com eles e dormiu no sofá. Revezou com Maxine para ficar de olho em Sam. Os dois cancelaram os pacientes do dia seguinte. Zelda também checava Sam o tempo inteiro. Maxine foi à cozinha tomar chá à meia-noite. Era a sua hora de ficar com Sam. No caminho, esbarrou com Daphne, que olhou para ela com raiva.

— Por que ele está dormindo aqui? — exigiu saber ela, referindo-se a Charles.

— Porque ele se preocupa com a gente. — Maxine se sentia cansada e não estava disposta a ouvir os comentários de Daphne. — Ele foi ótimo com Sam no hospital. Charles o acompanhou na sala de operação.

— Você ligou para o papai? — perguntou Daphne, direto ao ponto, e para Maxine foi a gota d'água.

— Liguei. Para falar a verdade, liguei, sim. Ele está na porra do Marrocos e ninguém consegue encontrá-lo. Ele não me ligou de volta. Mas isso não é novidade, não é? Isso responde à sua pergunta?

Daphne pareceu magoada com a resposta e voltou rapidamente para o quarto. Ela ainda queria que o pai fosse algo que jamais seria. Todos queriam. Jack desejava que o pai fosse um herói, mas nunca seria. Era apenas um homem. E todos, incluindo Maxine, queriam que ele fosse responsável e que ficasse em algum lugar onde pudesse ser encontrado. Nunca ficava. Não foi diferente dessa vez. Foi exatamente por isso que se divorciaram.

Maxine levou cinco dias para localizá-lo no Marrocos. Blake explicou que houve um terremoto sério lá. Maxine se lembrou vagamente de ter ouvido alguma coisa a respeito, mas só conseguia pensar em Sam naquela semana. Ele estava mal por causa das costelas e sentiu dor de cabeça durante vários dias por causa da concussão. O braço e a perna estavam melhorando por causa da imobilização. Blake ficou chateado quando ela contou tudo.

— Seria bom se você pudesse ficar em algum lugar onde pudesse ser localizado, só para variar um pouco. Isso é ridículo, Blake. Se alguma coisa acontece, eu nunca consigo achar você. — Ela não estava contente, estava com muita raiva dele.

— Peço mil desculpas, Max. Todas as linhas telefônicas pararam de funcionar. Meu celular e e-mail só voltaram a funcionar hoje. Foi um terremoto terrível, muitas pessoas morreram nas cidadezinhas perto daqui. Estou tentando ajudar, mandei jatos com doações.

— Desde quando você virou o Bom Samaritano? — Ela estava realmente chateada. Charles dera apoio. Blake, como sempre, não.

— Eles precisam de ajuda. Há gente perambulando nas ruas, sem comida, e cadáveres em tudo que é canto. Olha, você quer que eu pegue um voo e vá ver o Sam?

— Não precisa. Ele está bem — respondeu ela, acalmando-se —, mas todo mundo ficou assustado. Principalmente Sam. Ele está dormindo agora, mas você devia ligar para ele daqui a algumas horas.

— Desculpe, Max — disse ele com sinceridade. — Você já tem coisa demais para lidar, e agora mais essa.

— Eu estou bem. Charles está aqui.

— Que bom — disse Blake em voz baixa.

Maxine percebeu que ele também estava cansado. Talvez realmente estivesse fazendo alguma coisa útil no Marrocos, embora fosse difícil de acreditar.

— Vou ligar para Sam mais tarde. Dê um beijo nele por mim.

— Vou dar.

E ele realmente ligou para Sam algumas horas depois. O menino ficou animado por falar com o pai e contou o que havia acontecido. Ele disse que Charles ficou na sala de cirurgia com ele e segurou sua mão. Também falou para Blake que a mãe ficou chateada porque os médicos não a deixaram entrar, o que era verdade. Ela quase desmaiou de preocupação. Charles foi o herói do dia. Blake prometeu não demorar a visitá-lo. A essa altura, Maxine tinha lido reportagens sobre o terremoto no Marrocos. Foi forte mesmo. Dois vilarejos inteiros foram destruídos, e todos os moradores morreram. Várias cidades foram bastante danificadas. Blake falou a verdade, mas ainda assim ela estava chateada por não ter conseguido falar com ele sobre o filho. Era o comportamento típico de Blake. Ele não mudaria nunca. Seria um cafajeste para todo o sempre. Ou pelo menos relapso. Graças a Deus ela tinha Charles.

Ele dormiu no sofá até o fim de semana, e esteve presente para ajudá-los todas as noites depois do trabalho. Charles foi muito bondoso com Sam. Os dois concordaram que era um bom momento para dar a notícia para as crianças. Tinha chegado a hora. Era junho, e elas estavam de férias.

Maxine reuniu todo mundo na cozinha no sábado de manhã. Charles também estava lá, o que ela não considerava uma boa ideia, mas ele queria estar presente quando a notícia fosse anunciada. Max sentiu que devia isso a ele. Charles se superou com Sam, não tinha como excluí-lo agora. E os filhos poderiam abrir o coração com a mãe mais tarde, caso tivessem algo a dizer.

Ela foi um pouco vaga no começo, falando de como Charles estava sendo gentil com todos eles nos últimos meses. Olhou para cada um dos filhos enquanto falava, tentando convencê-los ao mesmo tempo que fazia com que se lembrassem disso. Maxine ainda estava com medo da reação das crianças. E, no fim, só restava ser direta.

— Então Charles e eu decidimos que vamos nos casar.

A cozinha ficou em completo silêncio e não houve absolutamente nenhuma reação. Eles ficaram olhando para a mãe. Pareciam estátuas.

— Eu amo a mãe de vocês e amo vocês — acrescentou Charles com um tom um pouco mais severo do que queria. Mas ele nunca havia feito nada parecido com isso, e aquele grupo era assustador. Zelda estava atrás de todo mundo.

— Vocês estão falando sério? — Daphne foi a primeira a reagir.

Maxine respondeu com seriedade.

— Sim. Estamos falando sério.

— Você mal o conhece — disse ela para a mãe, ignorando Charles.

— Estamos namorando há quase sete meses, e na nossa idade a gente sabe quando vai dar certo.

Ela usou o argumento de Charles. Daphne se levantou e foi para o quarto sem falar mais nada. Ouviram a porta bater pouco depois.

— O papai sabe? — perguntou Jack.

— Ainda não — respondeu a mãe. — A gente quis contar para vocês primeiro. Agora posso contar para o seu pai e para os seus avós. Mas eu queria que vocês soubessem primeiro.

— Hum — disse Jack, e foi embora também.

Ele não bateu a porta, apenas a fechou, e o coração de Maxine ficou pesado. Foi mais difícil do que ela achou que seria.

— Eu acho que vai ser legal — comentou Sam em voz baixa olhando para os dois. — Você foi muito legal comigo no hospital, Charles. Obrigado.

Ele estava sendo educado, parecia menos chateado que os outros, mas também não estava empolgado. Logo percebeu que não ia mais dormir com a mãe. Charles tomaria seu lugar. Todos os filhos ficaram chateados, e para eles a vida estava muito bem sem Charles.

— Posso ir ver TV no seu quarto agora? — perguntou Sam.

Ninguém pediu detalhes do casamento nem quis saber quando seria. Eles não se interessavam em saber. Sam foi embora com suas muletas, que ele estava manejando muito bem. Charles e Maxine ficaram sozinhos na cozinha, e Zelda falou encostada à porta.

— Parabéns — desejou ela com voz suave. — Eles vão se acostumar à ideia. Estão em choque. Eu já achava que vocês dois estavam pensando nisso.

Zelda sorriu mas também pareceu um pouco triste. Era uma grande mudança para todos. Estavam acostumados à vida como era, gostavam dela assim.

— Nada muda para você, Zellie — garantiu Maxine. — Vamos continuar precisando de você. Talvez até mais. — Maxine sorriu.

— Obrigada. Eu não saberia o que fazer se vocês não precisassem de mim.

Charles olhou para ela e sorriu. Zelda parecia uma mulher agradável, embora ele não gostasse da ideia de esbarrar com ela à noite depois que se mudasse. Estava se jogando em uma vida completamente nova: esposa, três filhos e babá morando na mesma casa. Sua privacidade era coisa do passado, mas ele ainda achava que era o certo.

— As crianças vão se ajustar — garantiu Zelda de novo. — Só precisam de um tempo.

Maxine concordou.

— Podia ter sido pior — comentou Maxine, positiva.

— Não muito pior — retrucou Charles, desanimado. — Eu estava na esperança de que alguns dos seus filhos ficassem animados. Talvez não Daphne, mas pelo menos os meninos.

— Ninguém gosta de mudanças — lembrou Maxine —, e essa mudança é grande para eles. E para nós.

Ela se aproximou e o beijou. Charles sorriu para Maxine meio cabisbaixo, e Zelda voltou para o quarto para deixá-los a sós.

— Eu te amo — declarou ele. — É uma pena que seus filhos estejam chateados.

— Eles vão superar. Um dia, todos nós vamos rir dessa situação, como rimos do nosso primeiro encontro.

— Talvez aquela noite tenha sido um presságio — comentou ele, preocupado.

— Não... vai ser ótimo. Você vai ver — declarou Maxine, e o beijou de novo.

Em silêncio, Charles torceu para que ela estivesse certa ao envolvê-la com seus braços. Ficou triste pelos filhos de Maxine não estarem felizes por eles.

Capítulo 15

Depois do choque da notícia dada por Maxine, as crianças passaram horas no quarto. Charles decidiu ir para casa. Não dormia lá havia dias e achou que seria melhor deixar Max sozinha com os filhos. Ele foi embora ainda chateado. Maxine garantiu novamente que eles se adaptariam, mas Charles não tinha tanta certeza. Não ia desistir, mas estava temeroso. As crianças também.

Maxine se jogou numa cadeira da cozinha depois que ele foi embora. Fez uma xícara de chá e ficou feliz ao ver Zelda saindo do quarto.

— Pelo menos alguém aqui ainda fala comigo — disse ela para Zelda, que também se serviu de chá.

— A casa está muito silenciosa — comentou Zelda, e se sentou do outro lado da mesa. — Vai demorar um pouco para a poeira baixar.

— Eu sei. Detesto deixar meus filhos chateados, mas acho que vai ser bom.

Ele novamente se mostrou uma boa pessoa no acidente de Sam. Charles foi tudo o que ela queria que ele fosse, o tipo de homem do qual necessitava havia anos.

— Eles vão se acostumar — garantiu Zelda. — Também não é fácil para Charles. Dá para ver que ele não está acostumado a crianças.

Ela concordou. Nem tudo era perfeito. Se ele tivesse filhos, eles talvez também não fossem gostar. Era mais simples assim.

Maxine fez o jantar para os filhos naquela noite, e todo mundo ficou mexendo na comida sem ânimo. Ninguém conseguia comer, inclusive Maxine. Ela estava odiando as carinhas deles. Pela expressão de Daphne, parecia que alguém tinha morrido.

— Como você pode fazer isso, mãe? Ele é bizarro.

Foi maldade falar isso de Charles, Sam interferiu.

— Não é, não. Ele é legal comigo. E ele seria legal com você se não fosse tão má com ele. — Era verdade. Maxine não falou nada, mas concordou. — Ele só não está acostumado com crianças.

Todos sabiam que isso era verdade.

— Quando ele me levou ao jogo de basquete, ele tentou dizer que eu devia ir para um internato — comentou Jack, preocupado. — Você vai mandar a gente embora, mãe?

— É claro que não. Charles estudou em um internato e adorou, então ele acha que todo mundo devia fazer a mesma coisa. Eu nunca mandaria vocês embora.

— É o que você diz agora — interveio Daphne. — Espera só se casar para ver se ele não vai forçar você a fazer isso.

— Ele não vai me "forçar" a mandar vocês embora. Vocês são meus filhos, não dele.

— Ele age como se fosse nosso pai. Charles acha que o mundo é todo dele — declarou Daphne, olhando para a mãe com raiva.

— Não acha, não. — Maxine o defendeu, mas estava feliz de ver os filhos desabafarem. Pelo menos, estavam esclarecendo as coisas. — Ele está acostumado a levar a vida sozinho, mas não vai tomar conta da vida de vocês. Charles não quer isso, e eu não deixaria que isso acontecesse.

— Ele odeia o papai — declarou Jack diretamente.

— Também não acho que seja verdade. Ele pode ter ciúmes dele, mas não acho que o odeie.

— O que você acha que o papai vai falar? — perguntou Daphne, interessada. — Aposto que vai ficar triste se você se casar, mãe.

— Eu acho que não. Ele tem dez milhões de namoradas. Ele ainda está com Arabella? — Maxine não ouviu mais falar dela.

— Está — respondeu Daphne, triste. — Espero que ele não se case com ela. Era só o que faltava.

A julgar pelo tom geral, parecia que algo terrível tinha acontecido. A notícia com certeza não foi bem recebida. Apenas Sam parecia achar que estava tudo bem, mas ele gostava mais de Charles que os outros.

Charles ligou depois do jantar para saber como estavam. Já sentia saudades dela, mas foi um alívio voltar para casa. A semana foi difícil para todo mundo. Primeiro, o acidente de Sam, e agora isso. Maxine se sentia presa no meio de tudo.

— Eles estão bem. Só precisam de tempo para se acostumar — disse ela com cautela.

— Quanto tempo? Vinte anos? — Charles estava muito irritado.

— Não, eles são crianças. Dê algumas semanas. Eles vão dançar no nosso casamento, que nem todo mundo.

— Você contou para Blake?

— Não, vou ligar mais tarde. Queria falar com as crianças primeiro. E vou ligar para meus pais amanhã. Eles vão adorar a notícia!

Charles os conheceu e gostou muito deles. Adorava a ideia de fazer parte de uma família de médicos.

As crianças passaram o resto da noite amuadas. Ficaram em seus quartos vendo DVDs. Sam voltou a dormir no próprio quarto. Deitada na cama, Maxine achou engraçado que em dois meses Charles estaria morando ali. Era difícil imaginar a vida com outra pessoa depois de tantos anos. E Sam tinha razão, ele não poderia mais dormir com a mãe. Max sentiria falta disso. Apesar de amar Charles, a boa notícia tinha um lado ruim até para ela. Mas era a vida. Ganha-se umas e perde-se outras. Era difícil fazer os filhos entenderem isso. Às vezes, mesmo ela não entendia.

Ligou para Blake pouco depois da meia-noite, que já era de manhã para ele. Blake parecia ocupado e distraído. Ela ouviu máquinas e gritos ao fundo. Era difícil falar com ele.

— Onde você está? O que está fazendo? — perguntou ela em voz alta.

— Estou na rua tentando ajudar a tirarem os escombros. A gente trouxe de avião umas escavadeiras para ajudar. Ainda estão tirando pessoas. Max, tem criança aqui andando pela rua sem ter para onde ir. Famílias inteiras morreram e os filhos ainda estão procurando os pais. Tem gente ferida em todo canto porque os hospitais estão lotados. Você não imagina a cena.

— Imagino, sim — disse ela com tristeza. — Eu já trabalhei em locais de desastres. Não tem nada pior.

— Talvez você devesse vir aqui para ajudar. Eles precisam de gente para orientar sobre o que fazer com as crianças e como lidar com isso depois. Na verdade, você é exatamente do que eles precisam. Tem alguma chance de você vir? — indagou ele, parecendo refletir sobre isso.

A casa de Blake ainda estava de pé. Ele podia ter ido embora, mas gostava tanto do país e das pessoas que queria fazer tudo o que pudesse para ajudar.

— Eu iria se me contratassem. Não tem como eu simplesmente ir para aí e começar a dar ordens.

— Eu posso contratar você. — Blake faria o que fosse possível.

— Pare com isso. Eu faria de graça para você. Mas preciso saber que tipo de conselho eles querem de mim. O que faço é muito específico. Eu trabalho com trauma infantil, imediato e a longo prazo. Me fala depois se tem alguma coisa que eu possa fazer.

— Eu aviso. E Sam, como está?

— Bem. Ele está se virando muito bem com as muletas.

Só então Maxine se lembrou do motivo da ligação. Ele a distraiu com as histórias do terremoto e com o horror das crianças órfãs perambulando pelas ruas.

— Eu tenho uma coisa para contar.

— Sobre o acidente de Sam? — Blake ficou preocupado.

Max nunca tinha escutado esse tom na voz dele. Pela primeira vez, Blake estava pensando em outra pessoa e não apenas em si.

— Não, sobre mim. Eu vou me casar. Com Charles West. Vai ser em agosto.

Ele ficou em silêncio por algum tempo.

— As crianças ficaram chateadas? — Era a reação que ele achava que teriam.

— Ficaram. — Maxine foi honesta com ele. — Elas gostam das coisas como estão. Não querem que nada mude.

— É compreensível. Elas também não ficariam felizes se eu me casasse. Espero que ele seja bom para você, Max — desejou Blake com a voz mais séria de todos os tempos.

— É, sim.

— Então parabéns. — Ele riu e voltou ao tom de voz normal. — Acho que eu não esperava que fosse acontecer tão rápido. Mas vai ser bom para vocês e para as crianças. É que elas ainda não sabem disso. Olha, eu ligo para você assim que puder. Tenho que ir agora. Tem muita coisa acontecendo aqui, não dá para falar muito. Se cuide e dê um beijo nas crianças... e, Max, parabéns de novo...

Antes que pudesse agradecer, Blake desligou. Maxine foi dormir. Pensou em Blake no meio da devastação depois do terremoto no Marrocos e em tudo que estava fazendo para ajudar os órfãos e feridos, para remover os escombros, para levar medicamentos e comida. Pela primeira vez, estava fazendo mais do que simplesmente aplicando bem o dinheiro, estava arregaçando as mangas e metendo a mão na massa. Não era o Blake que conhecia. Maxine se perguntou se ele finalmente estava crescendo. Se fosse isso, até que enfim.

Maxine ligou para os pais de manhã e finalmente alguém ficou animado com a notícia. Seu pai disse que estava muito feliz e que gostava dele, que Charles era o tipo de homem que ele torcia para que ela encontrasse e com quem se casasse. E também estava feliz por ele ser médico. Ele pediu a ela que parabenizasse Charles e desejou tudo de bom para a filha. Depois, a mãe foi falar com ela e perguntou todos os detalhes do casamento.

— As crianças estão animadas? — perguntou ela.

Maxine sorriu e balançou a cabeça. Elas não entendiam.

— Não muito, mãe. É uma mudança muito grande para elas.

— Ele é um homem ótimo, tenho certeza de que mais tarde elas vão agradecer por você ter se casado com ele.

— Espero que sim — concordou ela com menos assertividade que a mãe.

— Vocês dois têm de vir jantar aqui um dia desses.

— Seria ótimo — disse Maxine. Ela queria que Charles conhecesse melhor os seus pais, ainda mais porque ele mesmo não tinha família.

Era bom para todos que os pais dela tenham ficado tão felizes e aprovado o casamento. Isso era muito importante para Maxine, e ela torceu para que fosse importante para Charles também, o que ajudaria a contrapor a falta de entusiasmo das crianças.

Charles jantou com Maxine e os filhos naquela noite. Foi uma refeição bem silenciosa. Não houve ataques desagradáveis, ninguém falou nada grosseiro, mas também não estavam felizes. Simplesmente comeram e foram para o quarto. Não foi assim que Charles achou que seria.

Maxine contou para ele sobre a ligação com os pais. Charles ficou feliz.

— Finalmente alguém gosta de mim aqui — disse ele, aliviado.

— Talvez fosse bom levá-los ao La Grenouille.

— Eles querem que a gente vá lá antes, e acho que isso é uma boa ideia. — Max queria que ele se acostumasse às tradições, queria inseri-lo na família.

E então, depois do jantar, ela teve uma ideia. Abriu a gaveta que ficava trancada e pegou o anel que estava esperando para ser usado havia meses. Pediu a Charles que o colocasse em seu dedo, e ele ficou emocionado. Enfim, o que eles estavam falando passava a ser real. Estavam noivos independentemente da infelicidade aparente dos filhos. Era maravilhoso, e Charles a beijou quando olharam para a aliança. Brilhava com a mesma intensidade das esperanças dela para o casamento, a mesma força do amor entre eles, que não esmaeceu naqueles dias difíceis. Nada havia mudado. Era apenas um daqueles caminhos árduos que os dois sabiam que teriam de trilhar. Maxine previu isso melhor que ele. Charles estava muito feliz ao ver que ela ainda amava o anel e ele próprio. Iriam se casar dali a nove semanas.

— Agora temos de dar um gás nesse casamento — declarou ela, sentindo-se animada e jovem de novo. Era bom não ter mais de manter segredo.

— Ai, meu Deus — disse ele em tom de brincadeira. — Vai ser um casamento grande?

Maxine já havia encomendado os convites. Seriam enviados dali a três semanas, e eles ainda tinham de fazer as últimas listas. Ela falou algo sobre a lista de casamento da Tiffany.

— As pessoas fazem isso no segundo casamento? — perguntou ele, surpreso. — Não estamos meio velhos para isso?

— Claro que não — respondeu ela, confusa. — E eu ainda tenho de achar um vestido.

E tinha de encontrar um para Daphne também. Maxine estava um pouco nervosa com a possibilidade de a filha se recusar a ir ao casamento, então não iria forçar nada.

Eles fizeram suas listas naquela noite e concordaram em convidar duzentas pessoas para o casamento, o que provavelmente significaria cento e cinquenta comparecendo, um número satisfatório para ambos. Maxine disse que tinha de convidar Blake. Charles não gostou da ideia.

— Você não pode convidar o seu ex-marido para o nosso casamento. E se eu convidar a minha ex-mulher?

— Isso é com você, e por mim tudo bem se quiser fazer isso. Para mim, Blake é parte da família, e as crianças vão ficar muito chateadas se ele não for.

Charles resmungou enquanto ouvia.

— Não é isso que eu chamo de família estendida.

Ele já sabia que estava no meio de um grupo inusitado de pessoas. Não havia comum ou "normal" neles, e mais estranho ainda era perceber que estava se casando com a ex-esposa de Blake Williams. Isso já era algo não muito comum.

— Faça o que você quiser — disse ele, por fim — Já vi que vamos ter algumas inovações nesse casamento. Quem sou eu para dizer o que você tem de fazer? Sou apenas o noivo.

Havia um toque de seriedade no tom de brincadeira de Charles. Ainda assim, era incrível que sua futura esposa estivesse dizendo para ele que o ex-marido ficaria magoado se não fosse convidado para o casamento dela. Se não quisesse entrar em uma batalha, e se não quisesse que os enteados o odiassem ainda mais, ele sentiu que só podia ceder.

— Ele não vai entrar na igreja com você não, não é? — perguntou Charles muito preocupado.

— Claro que não, seu bobo. Meu pai vai fazer isso.

Charles ficou aliviado. Ela sabia, mesmo que Charles não admitisse, que ele tinha um problema com Blake. Comparar-se com ele era difícil para qualquer homem. Se o dinheiro era o parâmetro de sucesso usado pela maioria das pessoas, então Blake estava no topo da montanha. Contudo, isso não mudava o fato de que ele era irresponsável, sempre foi, e que nunca estava presente para os filhos. Blake era divertido, e ela sempre o amaria. No entanto, Charles era o homem com o qual queria se casar, sem dúvida.

Os dois discutiram a maioria dos detalhes naquela noite. Sorriram com prazer quando ela mostrou o anel, e Charles lhe deu um beijo de despedida.

— Boa noite, Sra. West — disse ele com uma voz suave.

Ao ouvir isso, Maxine percebeu que provavelmente teria de manter o "Williams" por causa do trabalho. Seria complicado demais mudar tudo para todos os pacientes e para todas as questões profissionais nas quais se envolvia. Então, apesar de ser a Sra. West socialmente, ainda seria a Dra. Williams. Carregaria o nome de Blake para sempre. Algumas coisas simplesmente não podiam ser mudadas.

Capítulo 16

Blake ligou para o consultório de Maxine no intervalo entre pacientes. O dia estava sendo uma loucura para ela, que atendeu três novos pacientes e tinha acabado de discutir com o pessoal do bufê em Southampton por causa do preço da tenda para o casamento. O preço era insano, mas sem dúvida precisavam de uma tenda. Os pais dela ofereceram ajuda financeira, mas com a idade que tinha Maxine não achou que devia aceitar. Por outro lado, também não queria tomar um prejuízo do bufê. Tendas eram caras, principalmente as de laterais abertas, como queria. Seria muito claustrofóbico com as laterais fechadas. Ainda estava irritada quando atendeu a ligação de Blake.

— Oi — disse ela bruscamente. — O que foi?

— Desculpe, Max. Liguei na hora errada? Posso ligar mais tarde se você quiser.

Ela deu uma olhada no relógio e percebeu que era tarde para Blake. Não sabia se ele estava em Londres ou no Marrocos, mas mesmo assim já era tarde, e pela voz dele percebeu que estava cansado.

— Não, não, tudo bem. Desculpe. Tenho um tempinho antes do próximo paciente. Tudo bem?

— Comigo, sim. Mas o pessoal aqui está mal. Ainda estou em Imlil, a umas três horas de Marrakech. É incrível, mas eles têm uma torre de celular, e não sobrou muita coisa, então deu para ligar para você. Eu me envolvi com essas crianças daqui, Max. O que aconteceu a elas é simplesmente terrível. Ainda estão regatando pessoas dos escombros, onde elas ficaram enterradas com os familiares mortos por dias. Tem gente andando sem rumo pela cidade sem saber o que fazer. Eles são muito pobres aqui no vilarejo, e uma coisa dessas simplesmente acaba com eles. Estão dizendo que mais de vinte mil pessoas morreram.

— Eu sei — disse Maxine com tristeza. — Acompanhei a história no *Times* e na CNN.

Ficou surpresa por não ter conseguido tocá-lo com o acidente do próprio filho, mas de repente Blake começou a tentar curar as mazelas do mundo. Pelo menos era melhor que ficar pulando de festa em festa de avião pelo mundo inteiro. Maxine estava habituada a cenas de desastres por causa de sua profissão, mas era a primeira vez que o via tão chateado por causa de algo que não o envolvia diretamente. Blake estava acompanhando tudo em primeira mão. Ela já havia estado em situações como aquela em desastres naturais para onde tinha sido enviada para prestar consultoria, tanto nos Estados Unidos como fora.

— Preciso da sua ajuda — disse ele. Estava exausto, mal dormiu em dez dias. — Estou tentando organizar uma assistência para as crianças. Conheci umas pessoas interessantes e poderosas aqui desde que comprei a casa. O governo está tão sobrecarregado que o setor privado está tentando ver o que pode fazer para aliviá-lo. Eu assumi um projeto enorme com as crianças, estou fazendo tudo sozinho. Preciso de uma consultoria para saber de que tipo de assistência elas vão precisar, a curto e a longo prazos. É bem a sua área. Preciso da sua experiência, Max. — O tom de voz de Blake demonstrava cansaço, preocupação e tristeza.

Ela respirou fundo enquanto ouvia. O caso era sério.

— Eu adoraria ajudar — começou ela. Estava impressionada pela magnitude do que Blake estava fazendo, mas tinha de ser realista. — Não sei se dá para fazer uma consultoria pelo telefone — declarou com tristeza. — Não sei quais sistemas governamentais podem ser acessados aí, essas coisas têm de ser vistas pessoalmente. Não se pode agir só com teoria em um desastre como esse. É preciso estar aí, como você, para saber o que fazer e fazer direito.

— Eu sei. Por isso liguei. Eu não sabia mais o que fazer. — Hesitou por um instante. — Você viria aqui, Max? Essas crianças precisam de você, e eu também.

Maxine ficou estupefata ao ouvi-lo. Apesar de Blake ter mencionado essa ideia na conversa anterior, ela não fazia ideia de que ele estava levando a situação tão a sério, nem que ele realmente pediria a ela que fosse até lá. Estava com os horários cheios naquele mês. Ela ia viajar com os filhos em julho, como sempre fazia, e, com o casamento em agosto, sua vida estava uma loucura.

— Que merda, Blake... Eu gostaria de ir, mas não sei como vou conseguir. Estou lotada de pacientes, e alguns deles estão muito mal.

— Eu queria mandar meu avião para buscar você. Mesmo que fique só vinte e quatro horas, já seria uma grande ajuda. Preciso da sua visão aqui, em vez da minha. Tenho a grana para ajudar, mas não sei nada, e você é a única pessoa em quem confio. Me diz o que eu preciso fazer aqui. Senão vou ficar dando tiro no escuro.

Blake pediu algo incrível, e ela achava que não conseguiria fazê-lo. Por outro lado, ele nunca havia pedido nada parecido, e Maxine tinha certeza de que Blake estava envolvido de corpo e alma naquilo. Estava comprometido a fazer tudo o que podia, com as próprias mãos e com o próprio dinheiro. Era o tipo de trabalho mais gratificante para Maxine. Sem sombra de dúvida, visitar uma área que sofreu um desastre desses seria triste e exaustivo, mas era isso o que ela mais gostava, uma oportunidade de realmente fazer a diferença. Sentia-se orgulhosa do que Blake estava fazendo, escutá-lo falando sobre aquilo a deixou emocionada. Maxine queria contar isso aos filhos para que pudessem ter orgulho do pai.

— Eu queria poder ir — disse ela com calma —, só não sei quando nem como seria possível.

Maxine adoraria ir para o Marrocos para ajudar Blake e prestar consultoria. Achava suas intenções e seu trabalho árduo admiráveis. Dava para ver que aquilo era diferente, ela queria ajudar. Só não conseguia conceber de que maneira o faria naquele momento.

— E se você cancelar os pacientes de sexta? Eu mando o avião na quinta, você faz a viagem durante a noite. Teria três dias no fim de semana. Você pega o voo de volta no domingo à noite, e na segunda está no consultório.

Blake passou horas pensando em uma solução. Ela ficou em silêncio.

— Eu não trabalho no fim de semana — argumentou ela, pensativa.

Thelma já havia combinado de cobrir o plantão dela. Maxine podia pedir um dia a mais para a amiga, mas sabia que ir para o Marrocos por três dias era loucura, considerando tudo o que tinha a fazer.

— Eu simplesmente não sei a quem mais recorrer. A vida dessas crianças vai ser arruinada se não houver nenhuma ajuda. Várias já estão perdidas de qualquer maneira.

Muitas sofreram ferimentos e mutilações, ficaram cegas, com lesões cerebrais, perderam partes do corpo quando suas casas e escolas caíram sobre elas. O número de crianças que ficaram órfãs era muito alto. Ele viu um bebê recém-nascido ser salvo com vida, puxado do meio dos escombros, e chorou.

— Me dá duas horinhas para eu ver o que posso fazer — pediu Maxine com tom brando quando a secretária anunciou a chegada do próximo paciente. — Tenho de pensar nisso.

Era terça-feira. Se ela fosse, teria dois dias para se organizar. Contudo, desastres naturais nunca vinham com aviso prévio ou tempo de planejamento. Ela já havia saído da cidade com apenas algumas horas de aviso. E queria ajudá-lo, ou pelo menos indicar alguém capaz de fazer a consultoria. Havia uma associação excelente de psiquiatras que ela conhecia em Paris especializada nesse tipo de situação. Mas a ideia de ir ajudá-los também a instigava. Maxine não fazia nada parecido havia algum tempo.

— Quando posso ligar para você?

— A qualquer hora. Não dormi a semana toda. Ligue para o meu celular de Londres e para o BlackBerry. Os dois estão funcionando aqui agora, pelo menos de vez em quando... e, Max... obrigado... eu te amo. Obrigada por me ouvir e se importar. Agora entendo o que você faz. Você é uma mulher incrível.

Blake sentiu um respeito renovado por Maxine agora que tinha visto aquilo ao vivo. Sentia como se tivesse crescido da noite para o dia, e ela foi capaz de detectar isso. Sabia que era genuíno, era um novo lado de Blake que por fim emergia.

— Você também — disse ela com doçura. Max ficou emocionada de novo. — Ligo assim que puder. Não sei se consigo ir, mas, se não der, indico algum profissional de ponta.

— Eu quero você — implorou ele. — Por favor, Max...

— Vou tentar — prometeu ela, e desligou.

Maxine abriu a porta para a paciente. Teve de forçar a mente para focar no presente e ouvir o que a menina de 12 anos estava falando. Ela se cortava, tinha marcas nos braços. Foi indicada para Maxine pela escola, era uma das vítimas do 11 de Setembro. O pai era um dos bombeiros que morreu, e ela era parte de um estudo que Maxine desenvolvia para a cidade desde o acontecido. A sessão durou mais que o normal, e, depois dela, Maxine foi correndo para casa.

Seus filhos estavam reunidos na cozinha com Zelda quando ela chegou, e Maxine contou a eles o que o pai estava fazendo no Marrocos. Os olhinhos das crianças brilharam enquanto ela falava, e mencionou que ele pediu sua ajuda. Eles ficaram animados e torceram para que a mãe conseguisse ir.

— Não sei como eu vou conseguir — declarou ela, estressada e avoada.

Maxine saiu da cozinha e foi ligar para Thelma. Ela não podia cobrir os pacientes na sexta-feira porque ia dar uma aula na Faculdade de Medicina da Universidade de Nova York, mas disse que conhecia uma médica que poderia fazer isso, se Maxine viajasse. E Thelma iria cobrir o fim de semana de qualquer forma.

Maxine fez outras ligações, verificou no computador os compromissos na sexta e, às oito da noite, tomou a decisão. Nem parou para jantar. Era o mínimo que podia fazer, e Blake estava facilitando a vida dela mandando o avião. A vida era isso. Maxine adorava uma frase do Talmude e sempre pensava nela: "Quem salva uma vida salva o mundo inteiro." Percebeu que talvez Blake finalmente tivesse percebido isso também. Aos 46, estava se tornando um ser humano de verdade.

Ela esperou até a meia-noite para ligar. Era bem cedo no fuso dele. Tentou várias vezes nos dois números e por fim conseguiu. Blake parecia ainda mais exausto que no dia anterior. Contou que havia passado mais uma noite acordado. Era assim mesmo, Maxine sabia disso, era o que precisava ser feito. Se ela fosse, faria o mesmo. Não havia tempo a perder com comida ou sono. Blake estava vivendo isso naquele momento.

Maxine foi direto ao ponto.

— Eu vou.

Blake começou a chorar quando ela disse isso. Eram lágrimas de alívio, exaustão, terror e gratidão. Ele nunca havia visto ou vivenciado nada parecido.

— Posso ir na quinta à noite — continuou ela.

— Graças a Deus... Max, eu nem sei como agradecer. Você é uma mulher e tanto. Eu te amo... Obrigado de coração.

Ela explicou de quais relatórios precisaria quando chegasse, e o que gostaria de ver. Blake decidiria se ela teria acesso a membros do governo, ao hospital, a se encontrar com o máximo de crianças possível no local onde estavam sendo reunidas, onde quer que fosse. Maxine queria usar cada minuto da melhor maneira, assim como Blake. Ele prometeu preparar tudo e lhe agradeceu mil vezes antes de desligar.

— Estou orgulhosa de você, mãe — disse Daphne baixinho quando a mãe desligou. Estava em pé à porta ouvindo a conversa, e lágrimas escorriam pelo seu rosto.

— Obrigada, meu amor. — Maxine se levantou e foi abraçá-la. — Estou orgulhosa do seu pai também. Ele não sabe nada dessas coisas e está fazendo tudo o que pode.

Daphne viu claramente, em um daqueles raros momentos especiais, que os pais eram pessoas boas, e isso tocou seu coração, assim como a ligação de Blake tocou o de Maxine. Elas conversaram um pouco sobre aquilo enquanto Max fazia uma lista apressada das coisas que precisava para a viagem. Mandou um e-mail para Thelma confirmando que ia viajar e precisava que a outra médica a ajudasse na sexta.

Lembrou-se de que tinha de ligar para Charles também. Eles tinham planejado passar o fim de semana em Southampton para se encontrar com o pessoal do bufê e o florista. Ele podia ir sozinho, ou então adiar tudo para o outro fim de semana. Não faria muita diferença, ainda faltavam dois meses para o casamento. Entretanto, estava tarde demais para ligar naquela noite. Max se deitou e ficou de olhos abertos durante horas pensando em tudo o que queria fazer quando chegasse ao Marrocos. Aquele projeto de repente virou um projeto seu também, e Maxine se sentiu grata por Blake dividi-lo com ela. A sensação foi de que o alarme tocou cinco minutos depois de ela pegar no sono. Maxine ligou para Charles logo após o café da manhã. Ele ainda não havia ido para o consultório e ela tinha de chegar ao dela em vinte minutos. Como estava no período de férias, as crianças ainda dormiam. Zellie se preparava na cozinha para a agitação de mais tarde.

— Oi, Max — disse ele com alegria, feliz por ouvir a voz dela ao atender. — Está tudo bem? — Charles já havia aprendido que ligações dela em horários inusitados nem sempre traziam boas notícias. O acidente de Sam lhe ensinou isso. A vida é diferente quando se tem filhos. — Sam está bem?

— Está. Só liguei para avisar uma coisa. Eu vou ter de viajar esse fim de semana.

Ela soou mais apressada do que desejava, mas não queria se atrasar para o consultório, e sabia que Charles também não. Os dois eram extremamente pontuais.

— Vou ter de cancelar o encontro com o pessoal do bufê e o florista em Southampton, a não ser que você queira ir sem mim. Se não, eu só posso ir no outro fim de semana. Não vou estar aqui. — Maxine percebeu que soou meio desarticulada enquanto falava.

— Aconteceu alguma coisa? — Ela viajava para conferências o tempo todo, mas era raro nos fins de semana que, na medida do possível, considerava sagrados para ficar com as crianças. — O que houve? — Charles pareceu confuso.

— Vou para o Marrocos me encontrar com Blake — avisou ela.

— Você o *quê*? *Como* assim? — Ele ficou espantado, não gostou nada dessa ideia.

Maxine explicou rapidamente.

— Não é isso. Ele estava lá quando aconteceu aquele terremoto. Está tentando organizar missões de resgate e não tem ideia do que está fazendo. É a primeira vez que faz trabalhos humanitários assim. Blake quer que eu vá lá para dar uma olhada nas crianças, me encontrar com agentes internacionais e do governo e prestar consultoria. — Ela falou como se estivesse avisando que ia comprar alface no mercado. Charles estava em choque.

— Você vai para lá por causa *dele*? Por quê?

— Não é por causa dele. É a primeira vez que ele mostra algum sinal de humanidade e maturidade em 46 anos. Estou orgulhosa dele. O mínimo que eu posso fazer é dar conselhos e ajudar todo mundo.

— Isso é ridículo, Max — disse Charles, furioso. — Eles têm a Cruz Vermelha. Não precisam de você.

— Não é a mesma coisa — retrucou ela. — Eu não escavo escombros, dirijo ambulâncias ou cuido de feridos. Eu presto consultorias a governos, digo como lidar com traumas e com crianças. É exatamente do que precisam. Vou ficar só três dias. Ele vai mandar o avião para mim.

— Você vai ficar hospedada com ele? — perguntou Charles com desconfiança.

Ele agiu como se ela tivesse dito que ia fazer um cruzeiro com Blake no iate dele. Maxine já havia feito isso com ele e as crianças, mas nada aconteceu. E os dois estavam ligados pelos filhos, o que justificava quase tudo para ela. Mas, enfim, a situação naquele momento era diferente, mesmo que Charles não compreendesse. Era trabalho, e ponto final. Nada mais.

— Acho que não vou ficar hospedada em lugar nenhum, se for que nem os outros terremotos em que já trabalhei. Devo acampar em algum caminhão. Provavelmente nem vou ver Blake quando chegar, ou ver muito pouco.

Ela achou ridícula a cena de ciúmes que Charles estava fazendo por causa de algo tão filantrópico como aquilo.

— Eu não acho que você deva ir — declarou ele, insistente. Ele estava pálido.

— A questão não é essa, e lamento que você pense assim — disse Maxine, fria. — Não há motivos para você se preocupar, Charles — continuou, tentando soar gentil e compreensiva. Ele estava com ciúmes. Era fofo. Mas aquele caso era uma das especialidades dela e o tipo de trabalho que fazia no mundo inteiro. — Eu te amo. Mas eu gostaria de ir e ajudar. É apenas uma coincidência que tenha sido Blake quem me pediu para ir. Qualquer um dos órgãos envolvidos podia ter me chamado.

— Mas não chamou. Ele chamou. E não entendo por que você vai. Pelo amor de Deus, quando o filho dele se machucou, você levou uma semana para localizá-lo.

— Porque ele estava no Marrocos e houve um terremoto — argumentou ela, irritada. A discussão ficava cada vez mais fora de controle.

— É mesmo? E onde ele esteve durante toda a vida dos filhos? Em festas e iates e caçando mulheres. Você mesma me falou que nunca consegue localizá-lo, e não é por causa de terremotos. Esse cara é um babaca, Max. E você vai dar a volta ao mundo para fazer com que ele fique bem na foto ajudando um bando de sobreviventes de um terremoto? Dá um tempo. Eu quero que ele se dane. E não quero que você vá.

— Por favor, não faça isso — pediu Maxine, trincando os dentes. — Eu não estou fugindo com o meu ex-marido para passar um fim de semana libertino. Eu vou prestar consultoria para um programa de assistência a milhares de crianças que ficaram órfãs e feridas e vão ter traumas pelo resto da vida se alguém não fizer alguma coisa rápido. Pode não fazer muita diferença, pois depende de como vão implementar o programa e da verba que vão destinar a ele, mas pode fazer. Meu interesse nisso não é Blake, mas sim ajudar as crianças, o maior número de crianças possível.

Maxine deixou tudo bem claro, mas ele não engolia. Nem um pouco.

— Eu não sabia que estava me casando com a Madre Teresa — disse ele ainda mais furioso que antes, o que deixou Maxine mais frustrada e aborrecida.

A última coisa que queria era brigar com Charles por causa disso. Não tinha motivo e só dificultaria as coisas para ela. Havia se comprometido com Blake e iria ao Marrocos. Era o que queria fazer, mesmo que Charles não gostasse. Ele não era dono dela e tinha de respeitar seu trabalho e sua relação com Blake. Charles era o homem que ela amava, era o seu futuro. Blake era o seu passado, o pai de seus filhos.

— Você está se casando com uma psiquiatra especializada em traumas na infância e na adolescência. Acho que isso está bem claro. O terremoto no Marrocos se encaixa na minha área. Você só está chateado por causa de Blake. Será que podemos ser maduros? Eu não faria um escândalo se você estivesse indo. Por que você não pode ser razoável comigo?

— Porque eu não entendo o tipo de relacionamento que você tem com ele, acho doentio. Vocês dois nunca cortaram a conexão. A senhora pode ser uma psiquiatra, Dra. Williams, mas acho que sua ligação com o seu ex-marido é estranha. É isso que eu acho.

— Obrigada pela sua opinião, Charles. Vou pensar nela em outro momento. Agora, estou atrasada para atender meus pacientes e vou passar três dias no Marrocos. Eu me comprometi e gostaria de ajudar. E ficaria feliz se você pudesse ser um pouco mais maduro e confiasse em mim com relação a Blake. Eu não vou transar com ele em cima dos escombros.

Maxine estava começando a falar mais alto, assim como ele. Estavam brigando. Por causa de Blake. Que loucura.

— Eu não ligo para o que você vai fazer com ele, Maxine. Mas posso dizer uma coisa: não vou tolerar esse tipo de coisa depois de nos casarmos. Se você quer sair correndo para terremotos e tsunamis e sei lá mais o que pelo mundo, por mim tudo bem. Mas não fique planejando fazer essas coisas com seu ex-marido achando que vou aguentar. Eu acho que ele só está inventando uma desculpa para que você vá para lá e fique com ele. Acho que não tem nada a ver com órfãos marroquinos nem nada parecido. Esse cara não é nem uma pessoa decente para prestar atenção em coisas que não sejam ele mesmo. Você mesma já me falou isso. É uma desculpa, e você sabe disso.

— Charles, você está errado — retrucou ela com calma. — Eu também nunca vi Blake agindo dessa forma, mas tenho de respeitar o que ele está fazendo. E eu gostaria de ajudá-lo se puder. Não faço isso por *ele*. Estou fazendo o que posso *pelas crianças*. Por favor, tente entender isso.

Charles não falou nada, e os dois ficaram sentados e bufando. Maxine não gostava que ele tivesse tantos problemas com Blake. As coisas para ela e para as crianças seriam mais difíceis no futuro se Charles não mudasse. Esperava que isso acontecesse logo. Até lá, ela ia para o Marrocos. Era uma mulher do mundo. Tinha esperança de que Charles se acalmasse. Eles desligaram, mas nada foi resolvido.

Maxine ficou olhando para o telefone por algum tempo, chateada por causa da conversa. Sobressaltou-se quando escutou a voz atrás dela. Durante o calor da briga com Charles, não ouviu a filha entrar.

— Ele é um idiota — comentou Daphne com uma voz macabra. — Eu não acredito que você vai se casar com ele, mãe. E ele odeia o papai.

Maxine discordou, mas compreendia o sentimento da filha.

— Charles não entende o tipo de relacionamento que eu tenho com o seu pai. Ele nunca fala com a ex. Eles não têm filhos.

Porém, era mais que isso com Blake. À maneira deles, os dois ainda se amavam, o sentimento apenas se transformou em outra coisa, um tipo de laço familiar que ela não queria perder. E não gastaria se desentender com Charles por causa disso. Queria que ele compreendesse, mas ele não compreendia.

— Você ainda vai para o Marrocos? — perguntou Daphne com olhos preocupados. Achava que a mãe devia ir para ajudar o pai e todas as crianças.

— Vou, sim. Só espero que Charles se acalme.

— Quem se importa com isso? — disse Daphne colocando cereal em uma tigela.

Zellie começou a fazer panquecas para ela.

— Eu me importo — disse Maxine com honestidade. — Eu amo Charles.

E ela queria que os filhos também o amassem um dia. Não era raro que crianças tivessem ressentimento de um padrasto ou madrasta, principalmente na idade deles. Não havia nada de incomum ali, Maxine sabia disso, mas era muito difícil conviver com essa situação.

Maxine chegou ao consultório uma hora atrasada, o que desorganizou com o horário de todas as consultas. Não teve tempo de falar com Charles de novo. Ficou atolada atendendo pacientes e cancelando compromissos do fim de semana. Ligou para Charles assim que voltou para casa e ficou desanimada ao perceber que ele ainda estava aborrecido. Tentou acalmá-lo de todas as formas e perguntou se queria jantar lá. Charles a surpreendeu dizendo que se encontraria com ela quando voltasse de viagem. Estava punindo-a.

— Mas eu queria ver você antes de ir — declarou ela com doçura.

Entretanto, Charles ainda não estava pronto para ceder. Ela odiou a ideia de viajar sabendo que ele ainda estava chateado. Maxine achou muita infantilidade dele, mas decidiu deixá-lo se acalmar enquanto estivesse fora. Não havia opção. Quando ligou para Charles mais tarde, descobriu que ele tinha até desligado o telefone. Estava irritado e descontava nela.

Max teve um jantar agradável com as crianças naquela noite e, depois de outro dia louco no consultório na quinta-feira, ligou para Charles novamente à noite antes de viajar. Dessa vez, ele atendeu.

— Se cuide — disse ele, mal-humorado.

— Eu mandei o número do celular e do BlackBerry de Blake para você por e-mail. Pode ligar para o meu também. Acho que vai funcionar enquanto eu estiver lá — avisou ela tentando ajudar.

— Eu não vou ligar para o celular dele para falar com você — disse Charles, irritado de novo.

Ainda estava mordido por ela estar indo. Seria um fim de semana péssimo para ele. Maxine o compreendia e se sentia mal, mas lamentou por Charles não conseguir superar isso e ser mais tolerante. Estava animada com a viagem e com o que faria lá. Sempre sentia uma ansiedade profissional em situações como essa, apesar de serem extremamente tristes. Contudo, ajudar em catástrofes de escala nacional como aquela fazia com que qualquer um acreditasse que a vida tinha um sentido. Max sabia que isso também era bom para Blake, era a primeira vez dele, o que em parte fez com que ela quisesse ir. Não queria decepcioná-lo, queria dar força à virada que a vida dele parecia estar dando. Era demais para Charles entender. E Daphne tinha razão. Ele odiava Blake, e demonstrou ciúmes desde o começo.

— Vou tentar ligar para você — garantiu Maxine. — Deixei os seus números com Zellie para o caso de alguma coisa acontecer aqui. — Achou que ele fosse ficar na cidade, visto que ela viajaria.

— Na verdade, acho que vou para Vermont — avisou Charles.

Era lindo lá em junho. Maxine adoraria que Charles tivesse uma boa relação com seus filhos e os visitasse, mesmo que ela não estivesse por lá, pois seria o padrasto deles dali a dois meses. Também sabia que, sem ela por perto, os filhos não iam querer vê-lo. Era uma pena. Eles ainda tinham um longo caminho pela frente até que os dois lados ficassem bem um com o outro. Precisavam dela para fazer a ponte entre eles.

— Tome cuidado, locais de desastres como esse podem ser perigosos. E você vai para o norte da África, não para Ohio — avisou ele antes de desligarem.

— Vou tomar cuidado, não se preocupe. — Ela sorriu. — Eu te amo, Charles. Estarei de volta na segunda.

Maxine se sentiu triste quando desligaram. Aquilo definitivamente foi uma vírgula entre eles. Ela torceu para que não fosse mais que isso, e lamentou por não encontrar com ele antes da viagem porque ele se recusou a encontrá-la. Para ela, a teimosia de Charles era infantil e mesquinha. Max foi dar um beijo de despedida nos filhos e refletiu que, no fim das contas, independentemente da idade e do quão maduros fingem ser, todos os homens são uns bebês.

Capítulo 17

O avião de Blake decolou do aeroporto Newark na noite de quinta-feira pouco depois das oito. Maxine se sentou nos assentos luxuosos e pensou em usar um dos dois quartos para ter uma boa noite de sono. Os cômodos tinham camas imensas, lindos lençóis e edredons e cobertores quentes, além de travesseiros grandes e macios. Uma das duas comissárias de bordo lhe trouxe um lanche e, pouco depois, um jantar leve com salmão defumado e omelete que prepararam a bordo. O chefe de cabine veio dar os detalhes do voo, que duraria sete horas e meia. Eles chegariam às sete e meia da manhã no horário local, e um carro com motorista estaria esperando para levá-la ao vilarejo perto de Marrakech onde Blake e vários outros voluntários estavam acampados. A Cruz Vermelha Internacional também estava lá em peso.

Maxine lhe agradeceu pelas informações, jantou e foi dormir. Ela sabia que precisava do máximo de descanso possível antes de chegar lá, e isso era fácil de conseguir no avião luxuoso de Blake. A decoração era linda, com tecidos e couro bege e cinza. Havia cobertores de caxemira em todos os assentos, estofamento de pele de cabra e carpetes grossos e cinza feitos de algodão pelo avião inteiro. O quarto era de um tom claro de amarelo, e Maxine dormiu assim que encostou a cabeça no travesseiro. Dormiu como um bebê por seis horas e, quando acordou, ficou deitada pensando em Charles.

Ainda estava chateada por Charles ter ficado tão irritado com ela, mas sabia que ir para o Marrocos foi a decisão certa.

Ela penteou o cabelo, escovou os dentes e calçou as botas pesadas. Não as usava havia algum tempo, e teve de pegá-las no fundo do closet, onde guardava roupas para situações como essa. Maxine colocou roupas pesadas na mala, mas tinha a impressão de que dormiria com o que estava vestindo pelos próximos dias. Estava realmente animada com o que ia fazer e queria muito contribuir e dar alguma ajuda a Blake.

Ela saiu do quarto com uma expressão renovada e descansada, e saboreou o café da manhã que a comissária lhe serviu. Havia croissants e brioches, iogurte e uma cesta de frutas frescas. Maxine deu uma lida depois de comer enquanto iniciavam o pouso. Prendeu um caduceu na lapela ao se levantar, o que a identificaria como médica no local do desastre. Estava pronta para agir quando aterrissaram, cabelos presos em uma bela trança, vestia uma camisa amarronzada embaixo de um casaco pesado. Levou camisetas e uma jaqueta grossa também. Jack tinha verificado o clima na internet para ela antes que fizesse as malas. E levou um cantil de água, que encheu com Evian antes de sair do avião. Havia luvas grossas presas a seu cinto e máscaras cirúrgicas e luvas de látex nos bolsos. Estava pronta para o trabalho.

Como Blake prometeu, havia um jipe com um motorista esperando por ela quando saiu do avião. Maxine levava uma pequena mochila com roupas íntimas limpas, caso houvesse algum lugar onde pudesse tomar banho no local, e também pôs remédios para alguma emergência. Levou máscaras cirúrgicas para o caso de o cheiro dos cadáveres ser demais ou se fossem lidar com doenças contagiosas. Levou lenços umedecidos com álcool também. Ela tentou pensar em tudo antes da viagem. Situações como essa lembravam uma operação militar, mesmo que o caos fosse total. Não colocou nenhuma joia, a não ser o relógio. Deixou o anel de noivado de Charles em Nova York. Estava bastante compenetrada quando subiu no carro que a esperava, e foram embora. Sabia falar um francês rudimentar, mas conseguiu se comunicar com o motorista no caminho. Ele disse que muitas pessoas morreram, milhares, e que várias estavam feridas. Falou de corpos espalhados pelas ruas ainda esperando por um enterro, o que para Maxine era sinônimo de doenças e epidemias em um futuro próximo. Não é preciso ser médico para saber disso, o motorista também tinha essa noção.

A viagem de Marrakech para Imlil levaria três horas. Duas horas até uma cidade chamada Asni, na cordilheira do Atlas, e depois quase uma hora até Imlil em estradas precárias. Fazia mais frio na estrada para Imlil do que em Marrakech, e, consequentemente, o campo era mais verde. Havia vilarejos com casas de paredes de barro, cabras, ovelhas e galinhas na estrada, homens em mulas, mulheres e crianças carregando feixes de gravetos na cabeça. Havia sinais de cabanas afetadas e do trauma do terremoto entre Asni e Imlil. Havia trilhas entre todos os vilarejos, que, em sua maioria, foram destruídos. Caminhões com caçambas abertas, vindos de outras áreas, carregavam pessoas de um vilarejo a outro.

Quando começaram a se aproximar de Imlil, Maxine viu casebres de barro totalmente destruídos com homens cavando por entre os escombros, procurando sobreviventes, às vezes com as próprias mãos porque não tinham ferramentas. Reviravam os destroços em busca de entes queridos e sobreviventes. Alguns choravam, e Maxine sentiu lágrimas se acumularem nos olhos. Era difícil não ter pena deles, porque ela sentiu, sabendo muito bem que estavam procurando por esposas, filhos, irmãos ou pais. Isso a fez pensar no que veria quando por fim encontrasse Blake.

Quando chegaram aos arredores de Imlil, ela viu agentes da Federação Internacional da Cruz Vermelha e do Crescente Vermelho do Marrocos ajudando as pessoas perto dos escombros das casas. Parecia que quase nenhuma estrutura tinha ficado de pé, e centenas de pessoas circulavam pelas estradas. Havia algumas mulas e outros rebanhos perambulando à solta, interferindo no trânsito das ruas. Os últimos quilômetros foram lentos. Havia bombeiros e soldados à vista também. Todo tipo de profissional de resgate foi mobilizado pelo governo marroquino e por outros países, e havia helicópteros sobrevoando a área. Era uma visão familiar de outras áreas de desastres nas quais Maxine havia trabalhado.

Vários vilarejos não tinham eletricidade nem água. As condições eram difíceis, principalmente nas montanhas depois de Imlil. O motorista deu informações sobre as regiões enquanto eles passavam por habitantes, refugiados e gado nas estradas. Ele disse que as pessoas de Ikkiss, Tacheddirt e Seti Chambarouch, nas montanhas, desceram para Imlil para ajudar. Imlil era a passagem para a parte central da cordilheira do Atlas e para o vale Mizane, onde ficava o pico Jebel Toubkal, a maior montanha do norte da África, com mais de quatro mil metros de altura. Maxine já conseguia ver as montanhas à frente, cobertas de neve mesmo naquela época do ano. A população da área era composta de muçulmanos e berberes. Falavam árabe e dialetos berberes, e Maxine já sabia que apenas alguns deles saberiam francês. Blake disse que estava se comunicando com as pessoas do vilarejo em francês e por meio de intérpretes. Até aquele momento, não tinha encontrado ninguém que falasse inglês, a não ser da Cruz Vermelha. No entanto, depois de anos viajando, seu francês era muito bom.

O motorista também explicou que acima de Imlil também havia o Kasbah du Toubkal, o antigo palácio de verão do governador. Ficava a vinte minutos de caminhada de Imlil. Não havia outra forma de chegar lá, apenas de mula, que era como levavam os feridos dos vilarejos.

Os homens que viram vestiam *djellabas*, os mantos longos com capuz que os berberes usam. Todo mundo parecia exausto e coberto de poeira depois de viajar de mula, de caminhar por horas ou de tirar pessoas dos escombros de suas casas. Ao se aproximarem de Imlil, Maxine percebeu que até os prédios de concreto foram destruídos pelo terremoto. Nada ficou de pé. Eles começaram a ver as tendas que a Cruz Vermelha havia montado para funcionarem como hospitais e abrigos para os inúmeros refugiados. As cabanas típicas, feitas de barro, viraram uma pilha de pedras no chão. Os prédios de concreto não tiveram um fim melhor que as casas de barro e argila. Havia flores selvagens nas estradas, flores cuja beleza fazia um contraste profundo com a devastação que Maxine via por todo lado.

O motorista contou que a sede das Nações Unidas em Genebra também mandou uma equipe de avaliação de desastres para aconselhar a Cruz Vermelha e as várias equipes de resgate que foram para lá ajudar. Maxine já havia trabalhado com a ONU em várias ocasiões e percebeu que, se ia trabalhar com alguma agência internacional para atingir soluções de longo prazo, provavelmente seria com as Nações Unidas. Uma das maiores preocupações deles naquele momento era o medo de uma epidemia de malária nos vilarejos destruídos, considerando que era uma doença comum na área, transmitida por mosquitos. A cólera e a febre tifoide também eram perigos reais. Os corpos estavam sendo enterrados rapidamente, respeitando as tradições da região, porém, com a quantidade de cadáveres ainda não resgatados, a proliferação de doenças era uma preocupação.

Era muito assustador, até mesmo para Maxine, ver quanto trabalho tinha de ser feito em comparação ao pouquíssimo tempo que ela teria para ajudar Blake. Tinha exatamente dois dias e meio para fazer o que fosse possível. Maxine se sentiu repentinamente triste por não poder passar semanas ali, mas não havia como. Tinha obrigações, responsabilidades e seus próprios filhos esperando por ela em Nova York, e não queria perturbar Charles ainda mais. Entretanto, Maxine sabia que as equipes de resgate e as organizações internacionais ficariam trabalhando ali durante meses. Ela se perguntou se Blake faria o mesmo.

Quando chegaram a Imlil, viram mais casebres destruídos, caminhonetes viradas, rachaduras no solo e pessoas lamentando sobre cadáveres. A coisa foi ficando cada vez pior quanto mais se aproximavam do vilarejo onde Blake disse que estaria esperando.

Ele estava trabalhando em uma tenda da Cruz Vermelha. E, conforme se aproximaram das tendas de resgate, Maxine sentiu o cheiro terrível e acre da morte, que já havia sentido antes, em situações similares, um cheiro que não tinha como esquecer. Ela pegou uma máscara cirúrgica e a colocou. Estava tão ruim quanto temia, e Maxine admirava Blake por estar ali. Ela sabia que a experiência toda devia ser um choque para ele.

O jipe a levou até o centro de Imlil, onde havia casas destruídas, escombros e cacos de vidro em toda parte e corpos jogados no chão, alguns cobertos, outros não. As pessoas perambulavam pela região ainda em estado de choque. Havia crianças chorando, carregando outras crianças mais jovens ou bebês, e ela viu dois caminhões da Cruz Vermelha onde os voluntários serviam comida e chá. Em um acampamento, havia uma tenda médica com uma cruz vermelha enorme e tendas menores. O motorista apontou para uma delas e foi atrás de Maxine quando ela seguiu a pé em direção à tenda através do solo irregular. Crianças de cabelo desgrenhado e rosto imundo olharam para ela. A maioria estava descalça, e algumas não tinham roupas, pois saíram correndo no meio da noite. Estava quente, por sorte, e ela tirou o suéter e o amarrou à cintura. O cheiro da morte, de urina e fezes era forte. Max entrou na tenda e procurou por um rosto familiar. Haveria apenas um conhecido ali, e ela o encontrou em poucos minutos. Estava conversando em francês com uma menininha. Blake aprendeu francês nas boates de St. Tropez, atraindo mulheres, mas pelo visto estava funcionando, pensou Maxine, e sorriu assim que o viu. Ela se aproximou de Blake rapidamente, e, quando ele ergueu a cabeça, seus olhos estavam cheios de lágrimas. Ele terminou de falar com a garotinha, apontou para um grupo de crianças que estava sob os cuidados de um voluntário da Cruz Vermelha e se levantou para abraçar Maxine. Ela mal escutou o que ele disse por causa do barulho das escavadeiras lá fora. Foram trazidas da Alemanha por Blake. E as equipes de resgate ainda cavavam para retirar pessoas.

— Obrigado por vir — disse ele com a voz embargada. — É horrível. Até agora, parece que tem mais de quatro mil crianças órfãs. Ainda não temos certeza, mas vai ter muito mais quando isso tudo acabar.

Morreram mais de sete mil crianças. E quase o dobro de adultos. Todas as famílias foram dizimadas ou sofreram perdas. E ele disse que o vilarejo vizinho, nas montanhas, estava ainda pior. Tinha passado os últimos cinco dias lá. Quase não havia sobreviventes, e a maioria tinha sido levada para Imlil. Estavam transportando os mais velhos e os mais feridos de barco para hospitais em Marrakech.

— A situação está feia mesmo — confirmou ela.

Blake concordou, segurou sua mão e deu uma volta com ela no acampamento. Havia crianças chorando em todo canto, e parecia que todo voluntário estava segurando um bebê.

— O que vai acontecer com eles? — perguntou Maxine. — Algo já foi oficialmente decidido? — Ela sabia que eles teriam de esperar pela confirmação de que os pais estavam mortos e de que os membros da família não podiam ser encontrados. Até lá, seria uma bagunça.

— O governo, a Cruz Vermelha e o Crescente Vermelho do Marrocos estão vendo isso, mas ainda está tudo muito caótico. Não tem nada oficial ainda, só sabemos de coisas pelo boca a boca. Eu não estou envolvido no resto, estou concentrado nas crianças.

Maxine estranhou isso mais uma vez, considerando que Blake passava pouquíssimo tempo com os próprios filhos. Pelo menos ele tinha um bom coração.

Ela passou as duas horas seguintes caminhando pelo acampamento com ele, conversando com as pessoas no melhor francês que conseguia falar. Ofereceu serviços na tenda médica, caso precisassem, e se identificou para o cirurgião-chefe como psiquiatra especializada em traumas. Ele pediu a ela que conversasse com várias mulheres e um idoso. Uma delas estava grávida de gêmeos e perdeu os dois por causa de uma pancada quando sua casa desabou em cima dela. O marido morreu e estava soterrado nos escombros. De alguma forma, ele deu sua vida para salvá-la, explicou a mulher. Ela tinha outros três filhos, porém ninguém conseguia encontrá-los. Havia dezenas de casos como o dessa mulher. Uma linda jovem perdeu os braços. Estava chorando muito pela mãe, e Maxine apenas parou ao seu lado e fez carinho em seus cabelos. Blake teve de se afastar porque estava chorando muito.

O sol já estava se pondo quando ela e Blake pararam no caminhão da Cruz Vermelha e tomaram xícaras bem quentes de chá de menta. Os dois escutaram a chamada às orações que reverberava pelos vilarejos, iniciada pela mesquita principal. Era um som inesquecível. Maxine prometeu voltar à tenda médica naquela noite para rascunhar alguns planos para ajudá-los a lidar com as vítimas de algum tipo de trauma, o que era quase todo mundo, incluindo os ajudantes. Maxine conversou com os voluntários da Cruz Vermelha por alguns minutos. Àquela altura todos precisavam de cuidados tão básicos que não havia como organizar intervenções mais sofisticadas. Tudo o que se podia fazer era conversar com cada pessoa. Ela e Blake não se sentavam havia horas. Foi apenas quando entraram na tenda para tomar chá que Maxine pensou em Arabella e perguntou como ela estava e se ainda fazia parte da vida dele. Blake fez que sim e sorriu.

— Ela tinha um trabalho encomendado e não pôde vir. Acho melhor que ela não esteja aqui. Arabella é muito sensível. Desmaia quando alguém corta o dedo com uma folha de papel. Isso aqui não daria para ela. Está na casa de Londres.

Arabella tinha se mudado para a casa dele oficialmente havia alguns meses, o que também era uma primeira vez para Blake. Geralmente, as mulheres ficavam com ele por um tempo e depois simplesmente desapareciam de sua vida. Depois de sete meses, Arabella ainda existia. Maxine ficou impressionada.

— É pra valer? — perguntou ela com um sorriso largo, e terminou o chá.

— Pode ser — respondeu ele meio envergonhado. — Seja lá o que isso quer dizer. Eu não tenho a mesma coragem que você, Max. Não preciso me casar. — Ele achava que era um ato de bravura, mas estava feliz por Maxine, se era o que ela queria. — Falando nisso, eu queria dizer uma coisa. Quero oferecer um jantar em Southampton para você e Charles. Sinto que devo pelo menos isso.

— Você não me deve nada — disse ela com carinho, com a máscara cirúrgica pendurada no pescoço.

O cheiro ainda era terrível, mas não tinha outra forma de tomar chá. Ela também deu uma máscara para Blake, e luvas cirúrgicas de látex. Maxine não queria que ele ficasse doente, o que era fácil em um lugar como esse. Os soldados passavam o dia enterrando corpos enquanto as famílias lamentavam. Era um som estranho e tortuoso, felizmente abafado pelas escavadeiras em alguns momentos.

— Quero fazer isso para você. Vai ser divertido. As crianças já concordaram?

— Não — disse ela honestamente —, mas vão concordar. Charles é um bom homem. É só meio estranho com crianças.

Ela contou para Blake sobre o primeiro encontro dos dois, e Blake riu.

— Eu teria saído correndo — confessou Blake —, e olha que são meus filhos.

— Eu me espantei por ele ter ficado.

Maxine também sorria. Não contou a ele que Charles ficou furioso por ela ter ido ao Marrocos. Blake não precisava saber disso. Ele podia acabar magoado ou, assim como Daphne, concluindo que Charles era um idiota. Maxine sentia a necessidade de proteger os dois. Na opinião dela, ambos eram bons homens.

Ela voltou para a tenda médica depois disso e tentou ajudar a montar um plano. Conversou com os paramédicos sobre sinais de trauma severo que deviam procurar, mas àquela altura era como cavar uma montanha com uma colher, pouco eficaz e brutal.

Ela ficou acordada grande parte da noite com Blake, que não dormia havia dias, e no fim os dois caíram no sono no jipe que a levou até lá, encostados um no outro como cachorrinhos. Maxine sequer pensou na reação de Charles se visse aquilo. Era irrelevante e não faria a menor diferença. Ela poderia passar o tempo que precisasse discutindo com ele quando voltasse para casa. Agora, tinha coisas mais importantes para fazer.

Passou a maior parte do sábado com as crianças. Conversou com muitas delas, e às vezes apenas as abraçava, principalmente as mais novas. Várias estavam ficando doentes, e ela sabia que algumas iriam morrer. Max mandou pelo menos umas dez para a tenda médica com os voluntários. Já era noite quando ela e Blake pararam.

— O que eu posso fazer?

O sentimento de desamparo de Blake era visível em seu rosto. Maxine estava mais acostumada àquela situação que ele, mas também estava chateada. Precisam de muitas coisas, e não havia quase nada à mão para ajudá-los.

— Honestamente? Pouca coisa. Você está fazendo o máximo que pode.

Maxine sabia que ele estava dando dinheiro e máquinas para os resgates, mas àquela altura eles só estavam encontrando corpos, e não sobreviventes.

E então Blake a deixou chocada com o que disse.

— Eu quero levar algumas dessas crianças para casa — comentou ele baixinho.

Era uma reação normal. Outras pessoas em circunstâncias similares também reagiam da mesma forma. Mas ela sabia que em situações como essa, adotar órfãos não era tão simples quanto Blake imaginava.

— Todo mundo quer — disse ela com calma. — Você não tem como levar todas elas para casa.

O governo iria montar orfanatos provisórios para elas e mais tarde as incluiria no sistema regular. Talvez algumas poucas fossem inseridas em agências de adoção internacionais. Crianças como aquelas geralmente ficavam nos próprios países e culturas. E a maioria delas era muçulmana e provavelmente seria adotada por pessoas da mesma religião.

— A parte mais difícil desse trabalho é ir embora. Em algum momento você vai ter feito tudo o que podia e terá de voltar para casa. Elas ficam.

Era difícil, mas Maxine sabia que era assim na maior parte dos casos.

— É disso que estou falando — falou ele com tristeza. — Eu não consigo fazer isso. Sinto que devo alguma coisa a esse lugar, a essas pessoas. Eu não consigo montar uma casa bonita e aparecer nela com um bando de gente chique de vez em quando. Eu sinto que tenho de fazer mais que isso, como ser humano. Não se pode passar a vida inteira só recebendo coisas. — Era uma nova descoberta, e Blake levou a vida inteira para entender isso.

— Que tal ajudar as crianças aqui em vez de levá-las para casa? A burocracia pode levar anos.

Blake olhou para ela com uma expressão estranha, como se algo tivesse lhe ocorrido.

— E se eu transformasse a casa daqui em um orfanato? Eu poderia manter, abrigar e até educar essas crianças. A casa de Marrakech provavelmente consegue abrigar cem crianças se a gente reconfigurar tudo, e a última coisa que preciso é de mais uma casa. — Ele estava com um sorriso largo, e Maxine ficou emocionada.

— É sério?

Estava chocada, o plano podia dar certo. Ele nunca havia feito nada parecido antes. Era um projeto generoso, uma coisa maravilhosa de se fazer. E Blake certamente tinha condições para isso se quisesse realmente fazer. Maxine tinha certeza de que ele poderia fazer do palácio um orfanato, montar uma equipe, financiá-lo e mudar a vida de centenas de crianças órfãs no futuro. Seria um milagre para elas, e fazia muito mais sentido do que tentar adotá-las.

Transformando a casa, montando a estrutura certa e financiando o projeto, Blake poderia ajudar muitas outras crianças.

— Sim, é sério — respondeu ele, e a encarou.

Maxine ficou chocada com o que viu. Blake cresceu. Finalmente, tornou-se adulto. Não havia mais sinais nem do Peter Pan nem do cafajeste.

— É uma ideia fantástica — comentou ela com admiração.

Ele parecia animado, Maxine notou uma luz nos olhos de Blake que jamais tinha visto. Estava muito orgulhosa dele.

— Você me ajuda a fazer uma avaliação das crianças a longo prazo, como vítimas de trauma? Tipo uma versão resumida dos seus estudos. Quero dar toda a ajuda que puder. Psiquiátrica, médica e oportunidades de educação.

— Claro — aceitou ela com doçura.

Era um projeto incrível. Maxine estava emocionada demais para dizer o quanto estava impressionada. E precisaria de tempo e de várias visitas para avaliar a situação decentemente.

Os dois dormiram no jipe de novo naquela noite, e continuaram a fazer rondas durante o dia. As crianças que viram eram tão lindas e tão necessitadas que a ideia de transformar a casa em um orfanato ficou ainda mais forte. Haveria muito trabalho a ser feito nos meses seguintes. Blake já havia ligado para o arquiteto e estava tentando marcar reuniões com agências do governo para implementar o projeto.

Ela passou as últimas horas na tenda médica de novo. Teve a sensação de que fez muito pouco enquanto esteve lá, mas era um sentimento comum em situações como aquela. Blake a levou até o jipe à noite. Estava exausto. Tinha tanta coisa passando pela cabeça.

— Quando você volta? — perguntou ela, preocupada.

— Não sei. Quando não precisarem mais de mim. Em algumas semanas, um mês. Agora eu tenho muita coisa para organizar aqui.

Eles precisariam de ajuda por bastante tempo, mas eventualmente o pior da crise passaria e ele voltaria para Londres, onde

Arabella o esperava. Blake estava tão ocupado que mal ligou para ela, porém, quando conseguia, Arabella era amável. Dizia que ele era maravilhoso, um herói, e que estava admirada com o gesto de Blake, assim como Maxine. Ela ficou imensamente impressionada pelo esforço e pelos planos dele para montar um orfanato em seu palácio em Marrakech.

— Não se esqueça de que você tem o barco durante duas semanas em julho — lembrou ele.

Os dois se sentiram estranhos em falar sobre isso naquele lugar. Férias em um veleiro gigante era um tópico totalmente fora daquele contexto. Maxine lhe agradeceu novamente por isso. Charles os acompanharia dessa vez, apesar de relutante, mas ela insistiu que era uma tradição familiar e que os filhos ficariam chateados se não fossem. E ele era parte da família agora. Max disse que não queria mudar nada para eles por enquanto. Era cedo demais, e não havia espaço para eles na casa de Vermont.

— E não se esqueça do jantar. Quero fazer alguma coisa maravilhosa para você e Charles.

Ela ficou feliz por Blake ter pensado nisso, ainda mais agora. E estava ansiosa para conhecer a famosa Arabella. Maxine tinha certeza de que ela era bem mais interessante do que Daphne queria admitir.

Max deu um abraço em Blake antes de ir embora e lhe agradeceu pelo privilégio de deixá-la vir, por fazer com que isso fosse possível.

— Você está brincando, não é? Eu que agradeço por você ter vindo até aqui e me ajudado por três dias.

— Você está fazendo um trabalho maravilhoso, Blake — elogiou. — Estou tão orgulhosa de você, e as crianças também vão ficar. Mal posso esperar para contar a elas o que você está fazendo.

— Não conte ainda. Quero montar tudo primeiro, tenho muita coisa para organizar antes disso.

Teria muito a fazer quando tivesse de coordenar a construção do orfanato e a contratação do pessoal certo. Uma trabalheira mesmo.

— Se cuide e não fique doente — alertou ela. — Cuidado. — Logo haveria epidemias de malária, cólera e febre tifoide.

— Vou ter cuidado. Eu te amo, Max. Se cuide e dê um beijo nas crianças por mim.

Já estava escuro quando Maxine entrou no avião. A tripulação esperava por ela com a refeição pronta. Ela não conseguiu tocar na comida depois de tudo o que viu. Ficou sentada observando a noite durante um bom tempo. Havia uma lua reluzente na ponta da asa, e um céu repleto de estrelas. E tudo o que ela viu e fez nos últimos três dias lhe pareceu surreal. Durante o voo para Nova York, Maxine pensou em tudo, em Blake e no que ele estava fazendo, até que por fim caiu no sono sentada, só acordando quando aterrissaram em Newark, às cinco da manhã. Os dias que passou no Marrocos pareciam ainda mais um sonho.

Capítulo 18

Maxine entrou em casa às sete da manhã. As crianças ainda estavam dormindo, e Zelda ainda não tinha saído do quarto. Max tomou banho e se vestiu para ir ao consultório. Dormiu bem no avião, sentia-se descansada, apesar de ter muito no que pensar e para digerir depois da viagem. Era uma linda manhã de junho, então ela caminhou até o consultório e chegou pouco depois das oito. Tinha uma hora antes do primeiro paciente, então ligou para Charles para avisar que havia chegado bem. Ele atendeu no segundo toque.

— Oi, sou eu — anunciou ela com carinho, na esperança de ele já ter se acalmado.

— Quem está falando? — respondeu ele com a voz rouca.

Maxine ligou três vezes do Marrocos, mas ele não atendeu, então deixou mensagens na secretária eletrônica. Tudo bem. Não queria brigar com Charles a distância. Ele também não atendeu em Vermont, onde não havia secretária eletrônica para deixar mensagens. Maxine torceu para que ele tivesse ficado mais calmo naqueles quatro dias, desde sua partida.

— Quem está falando é a futura Sra. West — brincou ela. — Ou pelo menos é o que eu espero.

— Como foi? — Estava com uma voz melhor, ou foi o que ela achou. Teria certeza quando o visse, leria a expressão de seus olhos.

— Maravilhoso, terrível, triste e deprimente. Do jeito que esse tipo de coisa é. As crianças estão péssimas, assim como os adultos.

Ela não contou a ele que Blake planejava fazer um orfanato assim de cara. Achou que seria muita provocação. Falou sobre os danos do terremoto de maneira mais geral.

— Como sempre, a Cruz Vermelha está fazendo um trabalho excelente.

Assim como Blake, mas ela não disse isso. Queria ser cuidadosa com Charles e não o irritar novamente.

— Você está muito cansada? — perguntou ele, gentil.

Provavelmente sim. Maxine havia ido para o outro lado do mundo para passar três dias, e ele tinha certeza de que as instalações eram péssimas e de que a visita havia sido muito triste. Apesar de estar com raiva do motivo e da pessoa que a chamou, estava orgulhoso por ela ter ido, mas nunca lhe disse isso.

— Não muito. Eu dormi no avião. — Charles então se lembrou, com uma fagulha de irritação, que ela viajou no avião particular de Blake.

— Você gostaria de sair para jantar hoje à noite ou está com o fuso horário bagunçado?

— Eu adoraria — disse ela depressa. Era claramente uma tentativa de lhe oferecer a oportunidade de fazer as pazes com ela, que também estava ansiosa para vê-lo.

— O de sempre? — Ele se referia ao La Grenouille, é claro.

— Que tal o Café Boulud? Não é tão formal e fica mais perto de casa. — Maxine sabia que estaria mais cansada à noite, depois do dia no consultório, além da viagem longa. E queria ver os filhos.

— Busco você às oito — disse ele rapidamente. — Senti saudade, Max. Que bom que você voltou. Fiquei preocupado. — Charles pensou nela durante o fim de semana todo em Vermont.

— Foi tudo bem.

Ele deu um suspiro.

— Como Blake está?

— Está fazendo tudo o que pode para contribuir, e não é fácil. Nunca é fácil nessas situações. Ainda bem que eu fui.

— A gente conversa à noite — disse ele bruscamente.

Eles desligaram, e ela deu uma olhada nos recados na sua mesa antes de o primeiro paciente aparecer. Pelo visto, nada de muito dramático aconteceu no fim de semana. Thelma enviou um pequeno relatório por fax. Nenhum dos pacientes de Max teve problemas nem precisou ser internado. Ela ficou feliz. Também se preocupava com eles.

O restante do dia correu bem. Ela conseguiu entrar em casa às seis para ver os filhos depois do trabalho. Zelda não estava, e, quando voltou, usava sapatos de salto alto e blazer, o que era raro.

— Aonde você foi? — perguntou Maxine, sorrindo para ela. — Saiu com alguém? — Isso não acontecia com Zelda havia anos.

— Eu tive de ir ver um advogado por causa de umas coisinhas. Nada de mais.

— Está tudo bem?

Maxine ficou um pouco preocupada, mas Zelda disse que estava tudo bem.

Maxine contou aos filhos sobre o trabalho que o pai deles estava realizando no Marrocos, e eles ficaram muito orgulhosos. Ela disse que também estava. Max falou de tudo, menos do orfanato.

Ela conseguiu até estar pronta na hora certa quando Charles apareceu, um pouco antes das oito. Ele cumprimentou as crianças, que murmuraram respostas e foram para os quartos. Eram muito menos amigáveis agora que sabiam do casamento. Charles rapidamente se tornou um inimigo.

Maxine as ignorou. Ela e Charles caminharam até o restaurante na rua 67, leste. A noite estava agradável, e ela usava um vestido de linho azul e sandálias prateadas, bem diferentes das roupas pesadas e do coturno que usava vinte e quatro horas antes, em um mundo diferente com Blake. Ele havia ligado naquela tarde para agradecer novamente. Disse que já havia feito alguns contatos para levar o projeto à frente. Estava entrando nisso com a mesma determinação, energia e foco que o levaram ao sucesso ao longo dos anos.

Estavam no meio da refeição quando Maxine falou do jantar que Blake queria oferecer para eles na noite anterior ao casamento. Charles parou e ficou encarando-a com o garfo no meio do caminho.

— Como é?

Charles estava voltando a relaxar e a ficar mais doce com ela quando Maxine o atingiu com mais esse golpe.

— Eu falei que ele quer nos oferecer um jantar na noite anterior ao casamento.

— Acho que meus pais fariam isso se estivessem vivos — disse Charles com tristeza. Baixou o garfo e se encostou na cadeira. — Você quer que eu organize isso? — Ele ficou meio surpreso com a ideia.

— Não — recusou Maxine, sorrindo para Charles. — Acho que, como se trata de um segundo casamento, qualquer um pode fazer isso. Blake é parte da família mesmo. As crianças vão gostar de ver o pai fazendo isso.

— Bem, eu não vou gostar — declarou Charles diretamente, afastando o prato de comida. — A gente vai se livrar desse cara logo ou ele vai ficar atrapalhando a vida inteira? Você me disse que tinham um bom relacionamento, mas isso é ridículo. Eu sinto como se estivesse me casando com ele também.

— Não está. Mas ele é o pai dos meus filhos. Confie em mim, Charles, é melhor assim.

— Melhor para quem?

— Para os meus filhos. — E para ela também. Maxine detestaria ter um ex-marido com o qual não falava, ou com quem brigasse o tempo todo por causa dos filhos.

Charles a encarava com raiva. Max nunca tinha visto uma pessoa tão ciumenta. Não pôde evitar de se perguntar se Charles agia assim apenas por quem Blake era ou se porque eles tinham sido casados. Era difícil saber.

— E provavelmente se eu falar que não vai ter jantar na véspera os seus filhos vão me achar um babaca. — A resposta era sim, mas ela teve medo de dizer isso para Charles. — Eu não tenho como vencer.

— Não é verdade. Se você deixar Blake fazer isso, as crianças vão adorar planejar tudo com o pai, e ele sabe dar boas festas. — Enquanto falava, Charles ficava cada vez mais irritado. Maxine nunca achou que ele ficaria tão irritado. Blake era parte da família, ela achou que Charles entenderia.

— Talvez eu devesse convidar a minha ex-esposa também.

— Eu não teria problema nenhum com isso — disse Maxine com calma.

Charles pediu a conta. Não estava no clima para sobremesa, e Maxine não estava nem aí. O cansaço chegou, e ela não queria brigar com Charles por causa de Blake nem por nada.

Ele a acompanhou ao prédio em silêncio e a deixou na portaria. Disse que a veria no dia seguinte, chamou um táxi e foi embora sem falar uma palavra. A situação realmente estava tensa entre eles. Maxine torceu para que os planejamentos do casamento não piorassem tudo. Eles se encontrariam com o pessoal do bufê em Southampton no próximo fim de semana. Charles já tinha dito que achava que a tenda e o bolo eram caros demais, o que a havia deixado irritada, afinal ia pagar tudo sozinha. Charles era meio intransigente com coisas desse tipo, mas Maxine queria que estivesse tudo lindo no casamento.

Dentro do elevador, Maxine pensou em pedir a Blake que não fizesse o jantar, mas sabia que ele ficaria bastante decepcionado. E as crianças também ficariam chateadas se descobrissem. Esperava que Charles se acostumasse à ideia e relaxasse quanto a Blake com o tempo. E, se tinha uma pessoa que podia acalmar Charles, era Blake. Ele era gentil com todo mundo, ninguém jamais resistiu ao seu charme e senso de humor. Se Charles resistisse, seria o primeiro.

Apesar da raiva de Charles na noite anterior, na manhã seguinte Maxine teve de pedir a ele que fosse à casa dela à noite para dar uma olhada na lista de convidados e nos detalhes do casamento. Uma pessoa do bufê ligou pedindo mais informações e querendo saber várias coisas antes da reunião de sábado. Charles foi para a casa de Maxine de mau humor depois do jantar. Ainda continuava tão irritado quanto na noite anterior. Estava furioso por causa do jantar e ainda não havia engolido a viagem ao Marrocos. Havia uma overdose de Blake Williams em sua vida naqueles dias, até mesmo no casamento. Era demais para digerir.

Charles se sentou na cozinha com as crianças enquanto eles terminavam a sobremesa. Zelda fez torta de maçã com creme de baunilha. Ele comeu um pedaço e disse que estava muito bom.

E, quando estavam todos prestes a deixar a mesa, Zellie pigarreou. Era óbvio que ela ia dizer alguma coisa, mas ninguém sabia o quê.

— Eu... hum... Desculpe fazer isso agora. Eu sei que o casamento está chegando e...

Ela olhou para Maxine com um ar de desculpas. Maxine teve certeza de que Zelda ia se demitir. Era só o que faltava. O casamento era em agosto e Charles ia se mudar. Maxine queria o máximo de estabilidade e continuidade possível para todos. Não era hora de fazer uma mudança radical, nem de uma pessoa importante sair da vida deles. Maxine confiou nela durante anos. Zelda já era da família. Max olhou para a babá em pânico. As crianças ficaram olhando sem saber o que esperar. Charles terminou a torta e ficou meio confuso. O assunto de Zelda não tinha nada a ver com ele, ou pelo menos era o que achava. Quem Maxine contratava ou não era decisão dela. Zelda lhe parecia uma boa pessoa, além de ótima cozinheira. Mas para ele, assim como para todo mundo, ela poderia ser substituída com facilidade. Não era como Maxine e os filhos se sentiam, de forma alguma.

— Eu... Eu tenho pensado bastante... — continuou Zelda, torcendo um pano de prato nas mãos. — Vocês estão crescendo — disse ela, olhando para as crianças —, e a senhora está se casando — falou, olhando para Maxine —, e sinto que preciso de algo mais na minha vida. Eu já não sou tão jovem, não acho que minha vida vá mudar. — Deu um sorriso sem jeito. — Acho que o Príncipe Encantado perdeu o meu endereço... então decidi que... quero ter um filho... e, se isso for ruim para vocês, eu compreendo e vou embora. Mas já tomei a minha decisão.

Eles ficaram olhando para ela por um bom tempo, surpresos. Maxine se perguntou se Zellie teria saído na surdina e feito uma inseminação artificial. Foi o que pareceu para ela.

— Você está grávida? — perguntou Maxine com a voz embargada. As crianças não falaram nada, nem Charles.

— Não, quem me dera — disse Zelda com um sorriso triste. — Isso seria ótimo. Eu pensei nisso, mas quando a gente conversou sobre isso, Max, eu disse que passei a vida toda amando os filhos dos outros. Não tenho problemas com isso. Então para que ficar enjoada e engordar? E dessa forma posso continuar trabalhando. Vou precisar continuar trabalhando. Filhos não são baratos — declarou ela e sorriu para eles. — Eu fui ver um advogado para falar de adoção. Já me encontrei com ele quatro vezes. Um assistente social veio me avaliar aqui. Eu fiz exame médico e fui aprovada.

— E não comentou nada com Maxine durante todo o processo.

— Você está querendo fazer isso quando? — perguntou Maxine sem conseguir respirar. Não estava pronta para ter um bebê em casa naquele momento. Talvez nunca. Era muita coisa para assimilar, além de um marido novo.

— Pode levar dois anos — respondeu Zelda, e Maxine respirou de novo —, se eu quiser um bebê ideal.

— Um bebê ideal? — perguntou Maxine sem entender. Ainda era a única falando. Os outros estavam perplexos.

— Branco, olhos azuis, saudável, pais formados em Harvard que decidiram que um bebê não combina com o estilo de vida deles. Sem álcool nem drogas, classe média alta. Isso pode levar anos. Em geral, hoje em dia, essas meninas ou não ficam grávidas, ou fazem abortos, ou ficam com os filhos. Bebês assim são muito raros. Dois anos é uma perspectiva otimista, ainda mais para uma mulher solteira de meia-idade como eu, da classe trabalhadora. Os bebês projetados vão para pessoas como vocês.

Ela olhou para Maxine e Charles, e Max viu que ele tremeu e balançou a cabeça.

— Não, obrigado — disse Charles com um sorriso. — Para mim, não. Nem para nós. — E sorriu para Maxine.

Charles realmente não dava a mínima se Zelda planejava adotar um bebê em dois anos, não importava o tipo. Definitivamente, não era problema dele. Estava aliviado por isso.

— Então você acha que vai ser daqui a dois anos, Zellie? — perguntou Maxine esperançosa. Sam teria 8 anos e Jack e Daphne estariam no ensino médio, com 14 e 15 anos. Ela se preocuparia quando chegasse a hora.

— Não. Eu não acho que tenho a menor chance de conseguir um bebê desses. Pensei em adoção internacional. Fiz uma pesquisa, mas há muitas informações desencontradas, e é muito caro para mim. Não tenho como ir para a Rússia ou para a China e passar três meses esperando me darem uma criança aleatória de 3 anos de algum orfanato, uma criança que pode ter todo tipo de problema que eu só descobriria depois. Eles nem deixam você escolher um bebê, eles que escolhem, e a maioria tem 3 ou 4 anos. Eu quero um bebê, um recém-nascido, se possível, que ninguém ainda influenciou negativamente.

— A não ser no útero — avisou Maxine. — Você tem de tomar muito cuidado para saber onde está se metendo, Zellie. Precisa ver se a mãe não usou drogas ou bebeu durante a gravidez.

Zelda desviou o olhar por um tempo.

— Mas meu plano é esse — disse ela olhando para Maxine de novo. — Tenho mais chances de conseguir um bebê de alto risco.

Não um com necessidades especiais, como um bebê com espinha bífida ou com síndrome de Down ou algo assim. Não acho que conseguiria lidar com isso. Mas um bebê relativamente normal de uma menina que talvez tenha usado drogas ou que tomou umas cervejas durante a gravidez...

Zelda parecia não ter medo dessa ideia, mas sua empregadora, sim. Muito.

— Acho que isso é um grande erro — declarou Maxine com firmeza. — Você não faz ideia dos tipos de problema que vai ter de encarar, ainda mais com a mãe sendo usuária de drogas. Vejo os resultados disso no meu consultório o tempo todo, e várias crianças que eu atendo foram adotadas e tiveram pais biológicos viciados. Essas coisas são genéticas, e os efeitos podem ser bem assustadores mais tarde.

— Eu estou disposta a correr o risco — disse Zellie olhando nos olhos de Maxine. — Na verdade — respirou fundo —, eu já me arrisquei.

— Como assim? — Maxine contraiu o rosto enquanto Zelda explicava, e agora Charles e as crianças também estavam prestando atenção. Não havia mais nenhum barulho, a não ser a voz de Zelda.

— Tem um bebê para vir, a mãe tem 15 anos e viveu na rua durante um tempo da gravidez. Ela usou drogas no primeiro trimestre, mas agora está limpa. O pai está preso por tráfico e roubo de automóvel. Tem 19 anos e não está interessado nem no bebê nem na menina; então está disposto a concordar com a adoção. Ele já concordou, o que também é importante. Os pais dela não querem que ela fique com o bebê, não têm dinheiro, e ela é uma menina muito boa. Eu a conheci ontem. — Maxine se deu conta de que isso explicava as roupas dela no dia anterior. — Ela está disposta a me dar o bebê. Ela só quer fotos uma vez por ano. Não quer ver o bebê, o que é ótimo, então não vai me encher o saco nem aborrecer a criança. Três casais já recusaram essa adoção, então, se eu quiser, o bebê é meu. É um menino — comentou ela com lágrimas escorrendo e um sorriso que partiu o coração de Maxine.

Ela não imaginava como era querer tanto assim um bebê, aceitar um risco tão alto, aceitar o filho de outra pessoa, uma criança que pode ter problemas a vida toda. Maxine se levantou e abraçou Zellie.

— Ai, Zellie... Eu acho que o que você quer fazer é lindo. Mas você não tem como pegar um bebê assim. Você não faz ideia de onde está se metendo. Não pode fazer isso assim.

— Posso e vou — retrucou ela, teimosa, e Maxine viu que era sincero.

— Quando? — perguntou Charles. Ele entendeu a situação, que lhe parecia desastrosa.

Zelda respirou fundo.

— O bebê nasce essa semana.

— Você está falando sério? — Maxine quase deu um berro, e as crianças também se assustaram. — Agora? Tipo daqui a alguns dias? O que você vai fazer?

— Eu vou amar esse menino pelo resto da minha vida. O nome dele vai ser James. Jimmy. — Maxine começou a passar mal. Isso não podia estar acontecendo. Mas estava. — Eu não espero que a senhora vá me apoiar nisso. E odeio ter de fazer isso sem avisar antes. Achei que fosse levar mais tempo, tipo um ano ou dois. Mas eles me ligaram ontem e eu aceitei hoje. Então eu tinha de contar.

— Eles falaram do bebê para você ontem porque ninguém mais quer essa criança — disse Charles com frieza. — É uma escolha muito equivocada.

— Eu acho que era para ser — disse Zelda, esperançosa.

Maxine quis chorar. Para ela, era um grande erro, mas quem era ela para julgar a vida dos outros? Não faria o mesmo, mas ela tinha três filhos saudáveis, então como se colocaria no lugar de Zellie? Era um enorme ato de amor, mesmo que um pouco insano e altamente arriscado. Ela foi corajosa em aceitar.

— Se a senhora quiser que eu vá embora, eu vou — disse Zelda baixinho. — Não posso fazer nada. Não tenho como forçá-los a aceitar o bebê aqui. Se deixarem e quiserem que eu fique, eu fico, e a gente vê como funciona para todo mundo. Mas, se quiserem que eu vá embora, arrumo um jeito e vou daqui a alguns dias. Vou ter de arrumar rápido um lugar para morar, porque o bebê pode nascer no fim de semana.

— Ai, meu Deus! — exclamou Charles e se levantou, olhando fixamente para Maxine.

— Zellie — começou Maxine com calma —, a gente vai dar um jeito.

Quando disse isso, os três filhos comemoraram juntos e foram abraçar Zellie.

— A gente vai ter um bebê! — berrou Sam todo animado. — É um menino! — Ele abraçou a cintura de Zelda e começou a chorar.

— Obrigada — sussurrou ela para Maxine.

— Vamos ver como vai ser — disse Maxine, sem forças. Ela obteve a resposta das crianças imediatamente mas também teria de lidar com Charles. — O máximo que podemos fazer é arriscar e torcer para que dê certo. Se não der, conversamos. Um bebê não vai causar tanto problema, não é? — Assim que falou isso, Zelda a abraçou com tanta força que ela mal conseguiu respirar.

— Obrigada, obrigada — disse ela, aos prantos. — É tudo que eu sempre quis. Um bebê meu.

— Você tem certeza? — questionou Maxine, séria. — Você ainda tem tempo para esperar por um bebê que não seja de alto risco.

— Eu não quero esperar — declarou ela com firmeza. — Eu quero esse bebê.

— Pode ser um erro.

— Não vai ser. — Ela já tinha decidido, e Maxine viu que não havia nada que pudesse dissuadi-la. — Eu tenho de comprar um berço e outras coisas amanhã.

Maxine já tinha doado o berço de Sam, senão daria para ela. Era incrível pensar que talvez tivessem um bebê em casa nos próximos dias. Maxine olhou ao redor e viu que Charles tinha saído da cozinha. Ela o encontrou na sala, bufando, e, quando ele olhou para Maxine, parecia que ia matar alguém.

— Você é louca? — cuspiu ele. — Você é maluca? Você vai receber um bebê viciado em craque na nossa casa? Porque você sabe que é isso mesmo. Ninguém em sã consciência aceitaria um bebê com esse perfil, e a pobre coitada está tão desesperada que vai aceitar qualquer coisa. E agora essa criança vai viver com você... e *comigo*! — acrescentou ele. — Como ousa tomar uma decisão dessas sem me perguntar primeiro?

Ele tremia de tanto ódio, e Maxine não achava que Charles estava inteiramente errado. Ela também não estava muito feliz, mas eles amavam Zellie. Charles, não. Mal a conhecia. Não fazia ideia do quanto ela significava para eles. Para Charles, ela era apenas uma babá. Para Max e os filhos, ela era da família.

— Me desculpe por não ter consultado você, Charles. Eu juro, saiu quase sem querer. Fiquei tão emocionada com o que ela disse, fiquei com pena dela. Eu não tenho como pedir a Zelda que vá embora tão rápido depois de doze anos de trabalho, as crianças se sentiriam péssimas. Assim como eu.

— Então ela devia ter contado o que estava fazendo. Isso é inadmissível! Você tem de mandá-la embora — disse ele friamente.

— Nós a amamos — argumentou Maxine com calma. — Meus filhos cresceram com Zelda. E ela os ama também. Se não der certo, podemos deixar que ela vá embora. Mas, com todas essas mudanças para as crianças, nosso casamento, elas precisando se acostumar a você, Charles, não quero que Zelda se vá.

Maxine estava com os olhos marejados. Os olhos de Charles eram glaciais e empedernidos.

— E o que você quer que eu faça agora? Que eu conviva com um bebê viciado em crack? Que eu troque fraldas? Isso não é justo. — Também não era justo para ela, mas Maxine tinha de fazer o que era melhor para os filhos. Eles precisavam demais de Zellie para que a perdessem naquele momento, com ou sem bebê.

— Você provavelmente nem vai saber que o bebê está aqui — garantiu Maxine. — O quarto de Zellie fica nos fundos do apartamento. Provavelmente o bebê vai ficar no quarto dela o tempo todo nos primeiros meses.

— E depois? Ele vem dormir com a gente, que nem o Sam? — Foi a primeira vez que Charles fez um comentário negativo em relação às crianças. Maxine não gostou, mas ele estava irritado. — Agora tem um drama novo a cada dia com você, não é? Primeiro você foge para a África com Blake, depois ele nos oferece jantares, e agora você convida a babá para trazer o bebê adotado dela para dentro de casa. E você espera que eu aceite tudo isso? Devo ser louco — disse ele e olhou para ela com raiva. — Não, você é que é.

Charles apontou para ela com muito ódio e bateu a porta ao sair.

— Isso foi Charles? — perguntou Zelda, ansiosa, quando Maxine voltou para a cozinha com um olhar triste. Todo mundo ouviu a porta. Maxine fez que sim com a cabeça e não disse mais nada. — Você não precisa fazer isso, Max — declarou Zelda com se pedisse desculpa. — Eu posso ir embora.

— Não pode, não — recusou Maxine dando um abraço nela. — Nós amamos você. Vamos tentar fazer com que dê certo. Só espero que você traga um bebê bom e saudável para cá — desejou ela com sinceridade. — Isso é tudo o que importa agora. Charles vai se adaptar. Todos vamos nos adaptar. É só novidade demais para ele no momento — disse ela e começou a gargalhar. O que mais estaria por vir?

Capítulo 19

Charles e Maxine foram para Southampton no fim de semana, como planejado. Encontraram-se com o pessoal do bufê para o casamento, andaram na praia de mãos dadas, fizeram amor várias vezes, e, quando o fim de semana acabou, Charles estava calmo de novo. Maxine prometeu a ele que, se o bebê de Zelda fosse demais para eles, ela iria embora. As coisas pareciam bem entre os dois de novo quando voltaram para casa. Charles estava desesperadamente necessitado de momentos de paz com ela, da atenção total dela, que significava muito para ele. Depois de passar o fim de semana com Maxine, ele estava renovado, como uma flor sob a chuva.

— Sabe de uma coisa? Quando ficamos juntos assim — disse ele enquanto voltavam para a cidade —, tudo faz sentido de novo. Mas, quando eu me vejo naquele hospício que você tem, na sua vida de novela, eu simplesmente fico maluco.

Maxine ficou magoada com o que ele disse.

— Não é um hospício, Charles. E a nossa vida não é de novela. Eu sou uma mãe solteira com três filhos e uma carreira, e coisas acontecem. Acontecem com todo mundo — disse ela sendo razoável, e Charles a olhou como se fosse realmente louca.

— Quantas pessoas você conhece que deixam a babá colocar dentro de casa um bebê viciado em crack tendo avisado três dias antes? Desculpe. Isso não me parece nada normal.

— Eu admito que é um tanto inusitado — disse, sorrindo para ele. — Mas coisas acontecem. Ela é importante para nós, especialmente agora.

— Não seja boba. Eles vão ficar bem sem ela.

— Duvido, e eu certamente não ficaria bem sem ela. Conto com ela mais do que você imagina. Eu não tenho como fazer tudo sozinha.

— Você tem a mim agora — retrucou ele com confiança, e Maxine riu.

— Que bom, e quanto você é bom em lavar e passar roupa, colocar a janta na mesa toda noite, ajudar nas caronas, arrumar os encontros dos amiguinhos, levar as crianças para a escola, fazer lanches, colocar lanches nas merendeiras, supervisionar festinhas em casa e cuidar deles quando ficam doentes?

Charles entendeu o recado, mas não concordou com ela, nunca concordou.

— Tenho certeza de que seus filhos seriam mais independentes se você permitisse. Não tem por que eles não fazerem grande parte dessas coisas sozinhos. — E isso vindo de um homem que nunca teve filhos e mal tinha visto crianças de perto até conhecer as dela. Charles evitou crianças a vida inteira. Tinha todas as opiniões arrogantes e irreais de pessoas que nunca tiveram filhos e que não conseguiam mais se lembrar de quando eram pequenos. — Além do mais, você sabe a minha solução para isso tudo — lembrou ele. — Internato. Você não teria nenhum desses problemas, nem uma mulher que adotou um bebê viciado em crack.

— Discordo de você, Charles — disse ela simplesmente. — Nunca vou mandar meus filhos para uma escola dessas antes da faculdade. — Maxine queria deixar isso bem claro para ele. — E Zellie não está adotando um bebê viciado em crack. Você não tem certeza disso. "Alto risco" não significa que ele vá ser viciado.

— Mas pode ser — insistiu ele, que notou muito bem que a ideia do internato não era bem recebida.

Maxine não iria abrir mão dos filhos nem os mandaria para longe. Se ele não a amasse tanto, teria insistido mais. E, se ela não o amasse, não aguentaria as coisas que Charles dizia. E Max acreditava que era apenas um dos defeitos dele. Mas Charles adorou o fim de semana, calmo e sem crianças, que teve com ela. Maxine, por outro lado, adorou, mas sentiu falta das crianças. Sabia que, como Charles não tinha filhos, nunca entenderia, e ela preferiu deixar assim.

Eles estavam jantando comida chinesa com as crianças no domingo à noite quando Zellie entrou correndo na cozinha.

— Ai, meu Deus... Ai, meu Deus... Ele está vindo... Ele está vindo! — Por um momento eles haviam se esquecido completamente. Zelda parecia uma galinha degolada correndo pela cozinha.

— O que está vindo? — perguntou Maxine sem entender nada. Ela realmente não se lembrava.

— O bebê! A mãe biológica está em trabalho de parto nesse momento! Eu tenho de ir para o Hospital Roosevelt agora.

— Ai, meu Deus! — exclamou Maxine, e todo mundo se levantou e se aproximou de Zelda como se ela mesma estivesse parindo. Charles ficou sentado comendo calmamente e balançou a cabeça.

Cinco minutos depois Zelda já estava vestida e saindo do apartamento. Os outros conversavam sobre isso e depois foram para os respectivos quartos. Maxine se sentou à mesa e olhou para Charles.

— Obrigada por levar isso numa boa — disse ela, grata. — Sei que isso não é divertido para você.

Maxine não estava feliz com isso, mas tentava lidar com a situação da melhor forma que podia. Não havia escolha. Ou havia apenas escolhas que não queria fazer, como ter aceitado receber o bebê de Zellie.

— Também não vai ser divertido para você quando esse bebê começar a berrar nessa casa. Se ele nascer viciado, vai ser um pesadelo para todos vocês. Eu estou aliviado porque só venho morar aqui daqui a dois meses.

Maxine também estava.

E, no fim das contas, para a infelicidade de Maxine, Charles não estava errado. A mãe biológica usou muito mais drogas do que admitiu, e o bebê nasceu viciado em cocaína. Passou uma semana sendo desintoxicado no hospital, e Zelda deu colo a ele todos os dias. E, quando foi para casa, berrava dia e noite. Zellie ficou com ele em seu quartinho. Ele não comia bem, mal dormia e ela não podia largá-lo. Ele só fazia berrar. O pobrezinho veio ao mundo de uma forma muito difícil, mas pelo menos caiu nos braços de uma mãe adotiva amorosa.

— E aí? — perguntou Maxine certa manhã.

Zelda estava com uma cara péssima depois de mais uma noite sem dormir. Ela ficava acordada com o bebê todas as noites, o tempo inteiro, segurando-o.

— O médico disse que pode demorar um pouco para as drogas saírem do organismo dele. Eu acho que ele já está melhorando — respondeu Zellie olhando para o filho com amor.

Ela já havia se conectado a Jimmy como se o tivesse colocado no mundo. Os assistentes sociais foram conferir várias vezes, e ninguém poderia criticar Zelda por não ser dedicada ao bebê. Ele só não era muito divertido para os outros. Maxine ficou aliviada pelos filhos estarem prestes a viajar. Com sorte, Jimmy já estaria melhor quando voltassem. Era tudo o que ela podia querer naquele momento. Zellie era uma mãe incrível, tão paciente quanto foi quando Jack e Sam nasceram. E o pequeno Jimmy era bem mais difícil.

Enquanto isso, os planos para o casamento estavam sendo encaminhados. Maxine ainda não havia encontrado o vestido, e precisava de um para Daphne também. Daphne se recusou a participar da escolha e ameaçava não ir ao casamento, o que era outro desafio com o qual Maxine precisava lidar. Ela não falou nada disso para Charles. Sabia que ele ficaria chateado. Sendo assim, foi às compras sozinha na esperança de encontrar vestidos para ambas. Já havia comprado ternos cáqui para os meninos e um terno para Charles também. Pelo menos isso já tinha sido feito.

Blake ligou do Marrocos e contou o que havia conseguido fazer desde que ela tinha ido embora. A reforma para transformar o palácio dele em um lar para cem crianças já havia sido iniciada. Ele delegou a seleção do pessoal e a administração do orfanato para um grupo de pessoas bastante competente e, por enquanto, havia feito tudo o que podia. Planejou voltar de mês em mês para ter a certeza de que tudo estava caminhando conforme o planejado. Ia voltar para Londres por enquanto e disse para Maxine que estava tudo pronto para eles no barco. Ela e os filhos mal podiam esperar. Era o melhor momento das férias em conjunto deles todo ano. Charles não tinha lá tanta certeza.

Blake havia contado a Arabella seus planos com o orfanato. Ela achava que o que ele estava fazendo era maravilhoso.

Ele decidiu surpreendê-la no retorno a Londres. Voltaria uma semana antes do combinado. Já havia feito tudo o que podia e agora tinha coisas a resolver em Londres também, como organizar o financiamento para o orfanato e para o sustento de cem crianças.

Chegou ao aeroporto de Heathrow à meia-noite, e quarenta minutos depois estava em casa. Quando entrou, estava tudo escuro. Arabella disse que vinha trabalhando muito, então Blake presumiu que estivesse dormindo. Ela disse que mal estava saindo, que nada tinha graça sem ele. Estava desesperada pela sua chegada.

Blake estava exausto por causa do voo para Londres e por tudo o que fez nas semanas anteriores. Estava com o rosto e os braços queimados de sol, com a marca da camiseta. Tudo o que queria era cair nos braços de Arabella e ir para a cama com ela. Estava faminto por ela. Entrou no quarto na ponta dos pés para não a acordar. Viu o formato de seu corpo sob o cobertor, sentou-se ao seu lado e se inclinou para beijá-la, mas percebeu que havia dois corpos, e não apenas um, e que estavam enroscados um no outro em sono profundo. Ele arregalou os olhos e acendeu a luz para ver melhor. Não conseguia acreditar no que estava vendo e torcia para que fosse um engano. Mas não era. Um homem bonito de pele escura estava na cama com ela, e sua expressão era de pânico. Blake suspeitou que fosse um dos indianos importantes que Arabella conhecia, ou talvez fosse um novo. Não importava quem era. Estava na sua cama com ela.

— Sinto muito mesmo — disse o homem educadamente.

Ele, de imediato, se enrolou no lençol jogado sobre a cama, onde as atividades devem ter sido intensas, e saiu do quarto o mais rápido que pôde. Arabella ficou olhando para Blake horrorizada e começou a chorar.

— Ele só deu uma passada aqui — disse ela sem forças, o que claramente era mentira porque o homem estava fazendo duas malas enormes no camarim de Blake, o que significava que devia ter ficado lá por algum tempo. Ele apareceu cinco minutos depois vestindo um terno com um belo corte. Era um homem de imagem marcante.

— Obrigado, e me desculpe — disse ele para Blake. — Adeus — disse para Arabella, e desceu rapidamente com as duas malas.

Um segundo depois, os dois ouviram a porta batendo. Ele estava hospedado com Arabella, na casa de Blake, sem vergonha nenhuma.

— Saia da minha cama — ordenou Blake friamente.

Arabella tremia e tentou segurá-lo.

— Me perdoe... Eu não quis... Não vou fazer de novo...

— Levante-se e vá embora — mandou ele sem rodeios. — Você podia pelo menos ter ficado na sua casa. Pelo menos eu não teria descoberto. Acho que assim foi meio descarado, você não acha?

Ela estava de pé e nua diante dele com toda a sua beleza exposta. Era uma garota linda com todas as suas tatuagens. A única coisa que vestia era o rubi que usava como *bindi* entre os olhos. Blake já não estava mais encantado.

— Você tem cinco minutos — disse ele claramente. — Eu mando depois o que você esquecer.

Blake pegou o telefone e chamou um táxi. Ela foi ao banheiro e voltou usando jeans e uma camiseta masculina. Colocou sandálias douradas de salto alto e estava mais sensual que nunca. Mas ele não a queria mais. Já era mercadoria usada. E uma mentirosa. Das grandes.

Arabella ficou olhando para ele com lágrimas no rosto. Blake desviou o olhar. Não foi uma cena bonita. Nenhuma das outras mulheres com as quais saía foi burra o suficiente para colocar outro homem na cama dele. E Blake ficou com Arabella por mais tempo que com qualquer outra. Foram sete meses, e doeu. Ele confiou nela e estava bastante apaixonado, de um jeito que não se sentiu com nenhuma outra. Teve de se controlar muito para não a xingar enquanto ela descia as escadas. Blake foi até o bar e se serviu de uma bebida forte. Nunca mais queria vê-la. Ela tentou ligar para ele mais tarde naquela mesma noite e durante vários dias depois, mas ele não atendeu. Arabella já era história. Evaporou em uma nuvem de fumaça, *bindi*, tatuagens e tudo mais.

Capítulo 20

A busca frenética de Maxine pelo vestido perfeito continuou até o começo de julho. Ela estava fazendo compras para a viagem quando esbarrou no vestido sem querer. Era tudo o que ela queria, um Oscar de la Renta, de saia enorme de organdi em tom champanhe, uma faixa lilás discreta de cetim e um pequeno bustiê bege de contas. O caimento era exuberante, mas não exagerado. Ela encontrou sandálias que combinavam e decidiu imediatamente que levaria orquídeas bege. E, por pura sorte, encontrou um vestido de seda sem alça cor de lavanda lindo para Daphne no dia seguinte. Estavam todos prontos. Ela ficou animada e feliz com o vestido de casamento e com o de Daphne. Contudo, resolveu esperar para mostrar a ela quando voltassem de viagem. Daphne ainda ameaçava não ir ao casamento. Maxine tinha esperança de que Blake a convenceria a ir. Ele era a única pessoa que conseguiria fazer isso.

Quando Blake ligou para Maxine na véspera da viagem, ela falou sobre isso com ele, que prometeu fazer o possível com Daphne. Estava ligando só para avisar que o barco estava pronto e aguardando por eles em Mônaco, onde ficava atracado. O bebê de Zelda estava berrando, como sempre, quando Blake ligou. Ele ainda estava passando por maus bocados, assim como Zellie.

— Que barulho é esse? — perguntou Blake sem entender nada, e Maxine riu com tristeza. Ficar em casa não estava sendo muito fácil naqueles dias. Parecia ter um alarme soando o tempo todo.

— É o Jimmy — explicou Maxine. — O filho de Zellie.

— Zellie teve um filho? — Ele estava impressionado. — Quando isso aconteceu?

— Há três semanas.

Maxine baixou o tom de voz para que ninguém a escutasse. Detestava dar razão a Charles, mas torcia para que o berreiro não durasse para sempre. Ainda bem que o quarto de Zelda era nos fundos do apartamento. O menininho tinha os pulmões do Louis Armstrong.

— Zellie adotou um bebê que nasceu viciado em cocaína. Ela me avisou que estava planejando fazer isso quatro dias antes do nascimento. Quis se demitir, mas eu não podia deixar que ela fosse embora. Nós a amamos muito. Todo mundo ficaria infeliz sem ela.

— É, eu sei — concordou Blake, ainda surpreso. — Como Charles está lidando com tudo isso?

— Ele não está muito contente. Ainda estamos todos nos acostumando. — Ela não comentou que ele gostava da ideia de colocar as crianças num internato. Blake não precisava saber disso. — É uma grande adaptação.

— Acho que eu também não estaria contente — declarou Blake honestamente, e depois contou que as coisas estavam caminhando no Marrocos. Era um plano incrível, e estava tudo dando certo.

— Quando você vem? — perguntou ela.

— Não se preocupe, eu estarei no casamento. E está tudo correndo bem para o jantar. — Ele alugou uma discoteca linda para o evento. — Eu chego alguns dias antes.

— Arabella vem com você?

— Hum... — Blake hesitou, o que Maxine achou estranho. — Na verdade, não.

253

— Que pena. Eu queria conhecê-la. Ela vai estar fazendo algum retrato?

— Não sei. E, para ser sincero, não dou a mínima. Eu a encontrei na minha cama com um indiano boa-pinta na noite em que voltei para casa. Ele estava morando aqui. Eu mandei que ela fosse embora naquela noite mesmo, e não a vejo desde então.

— Que merda, Blake. Sinto muito.

Ele não falou com raiva, mas Maxine sabia que devia estar magoado. Ela durou mais que as outras. Bem mais. Mas, pelo visto, Blake estava encarando tudo muito bem.

— Eu também. Mas foi uma boa aventura. Estou livre como o vento de novo, a não ser pelos cem órfãos no Marrocos. — Ele gargalhou.

— Daphne vai adorar quando souber. De Arabella.

— Com certeza. Como estão as coisas entre ela e Charles?

— Mais ou menos na mesma. Espero que a viagem de barco ajude. Eles vão ter tempo de se conhecer. Ele é um homem bom, só que é muito sério.

— Ele vai amolecer com o bebê de Zellie. — Os dois riram. — Enfim, divirtam-se no barco, Max. O Grande Dia está chegando. Você está com medo? Está sentindo algum pânico? — Blake estava curioso e queria o melhor para ela.

— Pânico nenhum. Eu sei que estou fazendo a coisa certa. Acho que ele é o homem certo para mim. Só queria que o período de adaptação fosse mais fácil para todo mundo.

Tentar unir as duas facções era estressante para Maxine. Blake não queria estar na pele dela.

— Acho que eu não conseguiria fazer isso de novo — comentou Blake com sinceridade. — Acho que Arabella me curou.

— Espero que não. Você vai encontrar a mulher certa.

Blake havia mudado muito nos últimos dois meses. Max se perguntou se ele estava pronto para uma mulher madura em vez de um brinquedo. Vai saber. Podia acontecer. Ela torceu para que acontecesse. Seria bom vê-lo sossegado e com mais tempo para as crianças.

— Eu ligo para vocês no barco — prometeu ele, e desligou.

Naquela noite, Maxine e Charles jantaram com os pais dela. Charles comprou todo tipo de remédio para enjoo que conseguiu encontrar, e ainda estava furioso por passar férias no barco de Blake. Fazia isso por Maxine e confessou aos pais dela naquela noite que não estava tão animado.

— Acho que você vai gostar — comentou o pai dela com leveza enquanto os dois conversavam sobre medicina e golfe. — É um senhor barco. E sabe de uma coisa? Ele é muito gente boa. Você o conheceu? — perguntou Arthur Connors para seu futuro genro sobre o genro anterior.

— Não, não o conheci — respondeu Blake com uma expressão tensa. Estava cansado de ouvir sobre Blake. Eram as crianças, Maxine e agora o pai dela. — Não sei se quero. Mas não tenho muita escolha. Ele vai ao nosso casamento, e vai oferecer um jantar na véspera.

— É a cara dele. — Arthur riu. — Ele é como uma criançona no corpo de adulto. Era completamente errado para Maxine, um péssimo pai, mas é um homem decente. É apenas irresponsável e fez dinheiro demais quando era muito jovem. Isso acabou com ele. Não trabalhou mais, só vive por aí ao lado de mulheres fáceis e comprando casas. Eu costumava chamá-lo de "cafajeste".

— Não é o tipo de homem que o senhor quer que se case com sua filha — disse Charles, sério e inseguro de novo. Por que todo mundo gostava tanto de Blake? Não fazia sentido, considerando que ele era tão irresponsável. O fato de ser divertido e legal não bastava.

— Não é, não — concordou Arthur prontamente. — Eu pensava assim quando ela se casou com ele. Blake era meio avoado já naquela época, tinha ideias meio loucas. Mas ele é muito divertido. — O pai de Maxine olhou para Charles e sorriu. — É bom ver que ela finalmente vai se casar com um médico. Eu diria que vocês dois formam um casal perfeito. — Charles sorriu. — Como está sua relação com as crianças?

— Vou levar um tempinho para me acostumar, já que eu nunca tive filhos.

— Então você deve estar adorando — comentou Arthur todo feliz, pensando nos netos pelos quais ele era tão louco. — São crianças incríveis.

Charles concordou com ele educadamente. Foram jantar poucos minutos depois. Foi uma noite bastante agradável, e Charles estava relaxado e feliz quando foram embora. Ele gostava dos pais dela, o que também deixava Maxine feliz. Pelo menos essa área era fácil para ele. Ainda não havia aprendido a lidar com as crianças, e tinha ciúmes de Blake. Mas amava Maxine, como gostava de repetir para ela. E até gostava dos pais dela. Os dois sabiam que o restante se encaixaria com o tempo, principalmente quando o bebê de Zelda parasse de berrar — o que esperavam que já tivesse acontecido quando voltassem da viagem de barco.

Capítulo 21

Charles, Maxine e os filhos dela voaram de Nova York direto para Nice. Quando saíram de casa, Jimmy ainda berrava.

Foi um voo agradável. Três tripulantes e o capitão do barco de Blake esperavam por eles no aeroporto de Nice e os levaram para o barco em dois carros. Charles não fazia ideia do que esperar, mas ficou um tanto surpreso com os uniformes impecáveis e o profissionalismo da tripulação. Ficou óbvio que não se tratava de um barco qualquer. E Blake Williams não era um homem qualquer. O barco se chamava *Bons Sonhos*, e Maxine não contou a Charles, mas Blake tinha mandado o barco ser construído para ela, que era um sonho muito, muito bom. Um veleiro de setenta e cinco metros, como Charles nunca tinha visto. A tripulação era composta de dezoito pessoas, e as acomodações eram mais lindas que a maioria das casas ou do que qualquer hotel. Havia uma fortuna em obras de arte nas paredes de madeira. As crianças sempre se divertiam muito quando estavam a bordo. Eles andavam pela embarcação como se fosse uma segunda casa, o que não deixava de ser.

Ficaram muito felizes em ver a tripulação, que também se alegrou em vê-los. A equipe de bordo era treinada para atender a qualquer necessidade imaginável, a mimá-los de todas as formas possíveis. Nenhum pedido era pequeno ou desprezível, nada era ignorado. Era a única época do ano em que Maxine se sentia totalmente mimada e podia relaxar por completo. A tripulação entretinha as crianças e usava os brinquedos em todas as paradas. Havia jet skis, pequenos veleiros, lanchas e jangadas com eles, além de um heliporto para quando Blake usasse o barco. E havia um cinema de tamanho real para entretê-los à noite, uma academia completa para se exercitarem e um massoterapeuta.

Charles se sentou no deque com uma expressão de surpresa e desconforto enquanto o barco gigante se afastava do porto. Uma comissária lhe ofereceu uma bebida, outra ofereceu uma massagem. Ele declinou de ambas as ofertas e ficou observando Mônaco cada vez menor ao horizonte; velejavam em direção à Itália. Maxine e os filhos estavam desfazendo as malas e se ajeitando. Felizmente, nenhum deles sentia enjoo no mar e, naquele barco enorme, Charles suspeitou que também não fosse sentir nada. Ele observava a costa com binóculos quando Maxine subiu e o encontrou. Usava uma camiseta cor-de-rosa e short. Já haviam pedido educadamente a Charles que não usasse sapatos no deque de madeira. Estava tomando um bloody mary e sorriu para Maxine, que se aconchegou ao seu lado e lhe deu um beijo no pescoço.

— Está tudo bem? — Max estava feliz, relaxada e mais linda que nunca.

Ele confirmou com um sorriso constrangido.

— Me desculpe por eu ter feito tanto escândalo para vir conhecer o barco. Agora entendo por que você gosta tanto. Quem não gostaria? Eu só me senti meio mal porque é o barco de Blake. É meio como estar no lugar dele. É realmente difícil superar o cara. Como vou conseguir impressionar você depois disso tudo?

Foi uma confissão honesta e humilde. Maxine ficou emocionada. Era bom passar as férias com ele, mesmo que fosse no barco de Blake. Ela estava com Charles, e não com Blake. Exatamente onde e com quem queria estar.

— Você não precisa me impressionar dessa forma. Você me impressiona sendo você mesmo. Não se esqueça de que abri mão de tudo isso.

— As pessoas devem ter achado que você era louca. Eu acho.
— Não era. A gente não combinava. Ele era ausente. Era um marido ruim. Não tem nada a ver com isso tudo, Charles. E eu o amo, mas ele é uma furada. Blake não era o homem certo para mim, pelo menos não no fim.
— Você tem certeza disso? — Charles parecia não acreditar. — Como alguém pode ser uma furada e conseguir dinheiro para ter tudo isso? — Era uma pergunta pertinente.
— Ele é bom com os negócios. E está disposto a arriscar tudo para conseguir vencer. Blake é um bom jogador, mas isso não significa que seja bom marido e bom pai. E, no fim das contas, ele me colocou na aposta e perdeu. Achou que não haveria problema em ser ausente, fazer o que queria e aparecer de vez em quando. Depois de um tempo, eu simplesmente achei que não valia a pena. Eu queria um marido, não apenas um nome. E eu só tinha um nome.
— Não é um nome ruim — argumentou Charles e terminou a bebida.
— Prefiro ter o seu — sussurrou ela.
Charles se inclinou e a beijou.
— Eu sou um homem de muita sorte. — Ele reluzia de alegria ao dizer isso.
— Mesmo que eu tenha três crianças que não facilitam a sua vida, um trabalho que me consome, um ex-marido louco e uma babá que adotou um bebê viciado em crack e me avisou quatro dias antes? — perguntou ela, olhando nos olhos dele.
Maxine às vezes ficava preocupada se Charles iria tolerar sua vida. Era muito mais insana do que estava acostumado. Não tão insana quanto a de Blake, porém muito mais agitada que os seus padrões. Mas estar com ela também o deixava animado, e, apesar de suas reclamações, era louco por Max. Ela conseguia sentir isso agora.
— Me deixe pensar um pouco — respondeu ele diante da lista dela. — Não, apesar disso tudo, eu te amo, Max. Só preciso de tempo para me acostumar a tudo isso. Principalmente às crianças.

Eu simplesmente não me sinto confortável perto delas ainda. — Também foi uma confissão honesta. — Nunca achei que fosse me apaixonar por uma mulher com três filhos. Mas daqui a alguns anos eles vão embora.

— Mas vai demorar — lembrou ela. — Sam tem só 6 anos. E os outros dois ainda vão fazer o ensino médio.

— Talvez eles consigam pular de ano — brincou ele.

Maxine não gostava do fato de Charles querer tanto que seus filhos crescessem e fossem embora. Isso era um grande motivo de preocupação. Um ponto importante para Max. Até o momento, ela vivia para os filhos e não tinha a intenção de mudar isso por ninguém, nem por Charles.

Ela falou para ele sobre o orfanato de Blake e pediu que não contasse às crianças. O pai queria que fosse surpresa.

— O que ele vai fazer com cem órfãos?

Charles estava surpreso. Por que alguém faria uma coisa dessas? Mesmo com a grana de Blake, parecia loucura.

— Ele vai dar abrigo, educação e cuidado. Depois vai mandar as crianças para a faculdade algum dia. Blake está criando uma fundação para o orfanato. É muito legal da parte dele. É um presente incrível para as crianças. Ele tem como bancar isso, não vai nem fazer diferença no tanto que tem.

Nisso Charles conseguia acreditar, a julgar pelo barco e por tudo o que já havia lido sobre Blake. Era um dos homens mais ricos do mundo. Charles ainda ficava impressionado por Maxine não ter levado nada dele, e gostava da escala mais humana de sua vida. Não havia muitas mulheres que resistiriam à tentação de levar tudo o que podiam quando se separassem. Para ele, era por isso que Max e Blake eram tão amigos, porque ele sabia que ela era uma pessoa muito boa. Charles mesmo tinha total noção disso.

Os dois ficaram deitados no deque, pegando sol por algum tempo, e as crianças foram almoçar com eles. O plano era ancorar em Portofino naquela noite. O barco era grande demais para entrar no porto, e as crianças não se interessavam muito em sair. Depois, passariam vários dias na Córsega, na Sardenha, em Capri e em Elba na volta. Tinham uma bela viagem planejada, e passariam a maior parte dela no barco, ancorados.

Para a surpresa de Maxine, Charles jogou cartas com as crianças à noite. Ela nunca o tinha visto tão relaxado. Sam havia acabado de tirar o gesso e suas costelas estavam bem melhores, então pôde se mover pelo barco com tranquilidade. Charles o levou para passear de jet ski no dia seguinte. Ele mesmo parecia uma criança. Depois foi mergulhar com um dos membros da tripulação, já que tinha licença para isso. E foi mergulhar de snorkel com Maxine após o almoço. Nadaram até uma pequena praia juntos e se deitaram na areia branca. Jack e Daphne ficaram observando os dois com binóculos, e ela fez cara de nojo quando se beijaram. Ainda implicava com Charles, mas era difícil evitá-lo no barco. Com o tempo, até Daphne relaxou, principalmente depois que ele a ensinou a fazer esqui aquático. Charles era bom nisso e lhe deu algumas boas dicas.

Maxine ficou muito contente ao ver que Charles estava se aproximando das crianças. Levou muito tempo, e os filhos não ajudaram — a não ser Sam, que se dava bem com todo mundo e sentia pena dele. Ele achava que Daphne estava sendo muito má e disse isso a Charles.

— Você acha, é? — indagou Charles, rindo.

Estava de muito bom humor desde que entraram no barco. Apesar das trepidações iniciais, ele confessou a Maxine que eram as melhores férias de sua vida, e ela nunca o tinha visto tão feliz.

Blake ligou no segundo dia. Só queria se certificar de que a viagem estava indo bem e pediu a Maxine que mandasse um alô para Charles. Ela passou o recado, e uma nuvem negra cobriu os olhos de Charles de novo.

— Por que você não relaxa em relação a ele? — sugeriu ela.

Charles assentiu com a cabeça e não falou nada. Independentemente do que ela dizia para deixá-lo seguro, ele ainda sentia bastante ciúme de Blake. Ela compreendia, mas achava desnecessário. Estava apaixonada por ele, não por Blake.

Eles conversaram sobre o casamento, e ela recebeu e-mails do bufê e da cerimonialista. Estava tudo sob controle.

Nadaram em lindas enseadas da Córsega e se deitaram na areia clara das praias. Depois foram para a Sardenha, onde havia bem mais gente e vários outros barcos enormes. Maxine e Charles jantaram em terra e, no dia seguinte, partiram para Capri. As crianças sempre se divertiam lá. Andaram de carruagem e fizeram compras; Charles comprou uma pulseira turquesa linda que ela adorou. E ele falou de novo, enquanto voltavam para o barco, que estava se divertindo muito na viagem. Os dois pareciam felizes e relaxados. Blake deu um presente e tanto para eles cedendo o barco. E as crianças estavam enfim começando a gostar de Charles, sem reclamar tanto dele com Maxine, apesar de Daphne ainda dizer que ele era intransigente. Mas, comparado ao pai dela, todo mundo era. Charles era maduro em sua essência. Ainda assim, conseguia se divertir, contar piadas, e dançou com Maxine no deque certa noite, quando a tripulação escolheu uma música ótima.

— Você não se incomoda por estar com outro homem no barco dele? — perguntou Charles.

— Nem um pouco. Ele já esteve aqui com metade das mulheres do mundo. Já nos separamos há muito tempo. Eu não estaria me casando com você se fosse diferente.

Charles acreditava nisso, apenas sentia que Blake estava sempre o observando aonde quer que fosse. Havia fotos dele em todo canto, algumas de Maxine e várias das crianças. Tudo em molduras prateadas lindas.

As semanas passaram rápido demais; de repente, já era a última noite. Ancoraram em Saint-Jean-Cap-Ferrat e iam para Monte Carlo no dia seguinte, para pegarem o voo de volta para casa. Era uma noite linda de luar, as crianças estavam assistindo a um filme, e Maxine e Charles se sentaram nas cadeiras do deque e conversaram com leveza.

— Eu odeio voltar para casa — reconheceu ela. — Sair do barco é sempre como ser expulsa do Jardim do Éden. É difícil voltar para a realidade depois disso aqui. — Max riu, e ele concordou. — As duas próximas semanas vão ser uma loucura antes do casamento — avisou ela, mas Charles não parecia mais preocupado ou irritado com isso.

— Eu já desconfiava. Vou me esconder em algum canto se ficar demais para mim.

Maxine planejava trabalhar durante duas semanas, pois tinha muito a fazer no consultório e vários pacientes a atender antes de tirar férias em agosto, para o casamento e a lua de mel. Thelma iria substituí-la de novo, como sempre fazia.

Quando voltassem para casa, estariam a quatro semanas do casamento. Ela mal conseguia esperar. Maxine e as crianças iriam se mudar para a casa de Southampton no dia primeiro de agosto, e Charles iria com eles. Zellie e o bebê também, Maxine torceu para que isso desse certo. Seria uma dose poderosa de realidade para Charles, mas ele disse estar preparado. Os dois estavam animados com o casamento, e os pais dela também ficariam hospedados com eles no fim de semana da cerimônia. Charles teria alguém com quem conversar enquanto Maxine cuidava dos últimos detalhes. O único momento em que Charles não ficaria com eles seria na noite anterior ao casamento, depois do jantar. Max fez com que ele reservasse um quarto de hotel para que não a visse na manhã do casamento. Ela era supersticiosa com isso, o que ele achava bobagem, mas concordou em ceder por uma noite.

— Talvez seja a única noite em que eu durma bem com tanta gente na casa.

Era bem diferente da paz do chalé dele em Vermont. Maxine nunca queria ir lá porque não tinha como levar os filhos, ao contrário da antiga casa nos Hamptons, que abrigava todos eles e ainda sobrava espaço para convidados.

O capitão atracou no porto de Monte Carlo bem cedo na manhã seguinte, e eles já estavam parados quando todo mundo acordou. Tomaram o último café da manhã no barco, e depois alguém da tripulação os levaria para o aeroporto. Antes de partirem, Maxine ficou olhando para o lindo veleiro nas docas.

— Você ama esse barco, não é? — perguntou Charles, e ela confirmou.

— Sim — disse Maxine com carinho. — Sempre odeio ir embora. — Ela olhou para Charles. — Eu me diverti muito com você, Charles. — Max se aproximou e deu um beijo nele, que foi correspondido.

— Eu também — disse ele e a pegou pela cintura.

Juntos, caminharam para longe do *Bons Sonhos* e entraram no carro. As férias foram perfeitas.

Capítulo 22

Os dez dias seguintes foram uma loucura no consultório. Quando agosto chegasse, ela passaria um mês fora, assim como a maior parte de seus pacientes. Muitos viajariam com os pais por causa das férias de verão. Porém, tinha de atender vários dos pacientes mais graves antes de deixá-los com Thelma, além de querer colocá-la a par de tudo.

As duas almoçaram juntas assim que Maxine chegou da viagem de barco, e Thelma perguntou sobre Charles. Ela o havia encontrado duas vezes, mas não tinha uma impressão muito clara dele, a não ser a de que era um homem bem reservado. Já havia conhecido Blake também e comentou que os dois homens eram extremamente diferentes.

— Você com certeza não tem um tipo — brincou Thelma —, e, se tem, eu não sei direito qual seria.

— Provavelmente Charles. Somos mais parecidos. Blake foi um erro de principiante — comentou Maxine sem pensar muito, mas parou e refletiu. — Não, isso não é verdade, nem é justo. Deu certo quando éramos jovens. Eu cresci e ele não, e tudo foi por água abaixo depois.

— Não foi por água abaixo, não. Vocês tiveram três filhos.

Thelma tinha dois, e eram lindos. O marido era chinês, de Hong Kong, e as crianças tinham uma pele linda em tom caramelado e olhos enormes levemente puxados. Nasceram com o melhor dos dois. A filha era uma modelo adolescente, e Thelma sempre dizia que o filho partia todos os corações da escola. Assim como a mãe, ele iria para Harvard no outono e depois para a Faculdade de Medicina. Seu marido também era médico, um cardiologista, chefe do departamento na Universidade de Nova York. Tinham um casamento bem-sucedido. Maxine estava tentando combinar um jantar com os quatro, mas ainda não tinham conseguido. Eram todos muito ocupados.

— Charles me parece uma pessoa muito séria — comentou Thelma, e Maxine concordou.

— Ele é, mas tem um lado doce também. É muito bom com Sam.

— E com os outros?

— Ele está tentando. — Maxine sorriu. — Daphne é difícil.

— Deus me livre das meninas adolescentes — comentou Thelma e virou os olhos para cima. — Jenna está me odiando essa semana. Ela me odeia há dois anos, na verdade. Às vezes eu acho que ela vai me odiar para sempre. Na maior parte das vezes, eu nem sei o que fiz de errado, mas, na opinião dela, assim que me levanto da cama, já estou fazendo merda. A única coisa boa que faço é ter bons sapatos. Ela usa todos.

Maxine riu da descrição. Tinha os mesmos problemas com Daphne, apesar de ela ser dois anos mais nova e ainda não ter tanta raiva. Mas estava quase lá. Seria uma longa luta.

— Falando nisso, como está o bebê da sua babá?

— Ele ainda berra muito. Zellie disse que o pediatra falou que o bebê está indo bem, mas é um ajuste difícil. Comprei protetores de ouvido para o Charles para quando a gente for para Southampton. Eu mesma uso. É a única coisa que funciona. Zellie vai ficar surda de tanto segurar o garoto se ele não parar logo. — Maxine sorriu com carinho.

— Parece divertido — disse Thelma, e as duas riram.

Era bom ter um tempinho para relaxar durante o almoço. Maxine não fazia isso sempre, e estava tão atolada no consultório que se sentia culpada, mas Thelma era uma boa amiga. Era uma das poucas médicas a quem confiava em delegar seus pacientes.

Conforme o planejado, Maxine passou seus compromissos profissionais para Thelma no dia primeiro de agosto, e foram todos para Southampton em uma caravana de carros. Havia o dela, o de Charles, e Zelda dirigiu uma perua alugada. As crianças foram com Zellie, pois o carro de Maxine estava entulhado com coisas para o casamento. E Charles foi na sua BMW impecável. Ele não falou nada, mas Maxine sabia que não queria as crianças no carro. E elas foram felizes da vida com Zelda, pois o único lugar onde Jimmy dormia e finalmente parava de chorar era no carro. Um alívio divino. Mais de uma vez, quando o menininho dava gritos de explodir os pulmões no apartamento, Maxine sugeriu que Zellie pegasse o carro e fosse dar umas voltas no quarteirão. Ela foi várias vezes, e funcionava. Maxine lamentava que ela não pudesse ficar dando voltas a noite inteira. Ele era uma coisinha linda com um rosto fofo. Era difícil gostar dele porque chorava muito, mas naquela última semana ele estava melhorando devagar. Havia esperança. Com um pouco de sorte, ele já teria superado isso quando Charles fosse morar com eles, depois da lua de mel. Ele adiou a mudança de suas roupas para o apartamento.

Charles acomodou suas coisas no quarto dela assim que eles chegaram à casa de Southampton. Maxine lhe deu um closet e encheu o seu próprio com as coisas que comprou na cidade. Colocou o vestido de noiva, escondido com cuidado e coberto em um closet no quarto de hóspedes, junto do vestido lavanda de Daphne, que ela ainda tinha de experimentar. A filha havia se recusado a fazer isso, e disse que não iria ao casamento, que ficaria no quarto. Ela gostava um pouco mais de Charles depois da viagem de barco, mas não o suficiente para querer ver os dois se casando. Ainda dizia para a mãe que ela estava cometendo um erro e que ele era chato e intransigente.

— Ele não é chato, Daff — retrucou Maxine com calma. — Ele é responsável e firme.

— Não é, não — insistiu a filha. — Ele é entediante, e você sabe disso.

Mas Maxine nunca ficava entediada com ele. Charles estava sempre interessado no trabalho dela, e eles passavam a maior parte do tempo conversando sobre medicina. Nunca discutia isso com Thelma, mas era o assunto preferido dela e Charles.

Na primeira semana, Maxine teve milhares de coisas para resolver e reuniões com o pessoal do bufê e com a cerimonialista. Falava com o florista quase todos os dias. Colocariam flores brancas em todo canto e trariam cercas e árvores podadas com formatos especiais e orquídeas. Seria simples e elegante, e um tanto formal, exatamente o que Maxine queria. Charles não estava interessado nos detalhes do casamento e confiava nela para que decidisse tudo.

À noite, ela e Charles saíam para jantar ou levavam as crianças ao cinema. E, durante o dia, elas ficavam com os amiguinhos na praia. Estava tudo bem até a chegada de Blake, na segunda semana depois de se mudarem. Charles virou um iceberg assim que ele chegou.

Blake foi até a casa para ver Maxine e os filhos, e ela lhe apresentou Charles. Nunca tinha visto Charles tão tenso e desagradável. Ele ficava arrepiado sempre que Blake falava, apesar de Blake não ver problemas nisso e estar charmoso como sempre. Blake o convidou para uma partida de tênis no clube, mas Charles declinou secamente, o que deixou Maxine triste. Blake conversou com ele com bom humor, e não se ofendeu. Charles não conseguia ficar perto dele e brigou com Maxine naquela noite sem motivo algum. Blake alugou uma casa perto da deles para passar a semana, bem próxima à praia, um lugar com piscina, o que Charles achou um absurdo. Ele se sentiu acuado e falou isso para Maxine.

— Eu não sei por que está tão irritado — comentou Maxine. — Ele foi extremamente gentil com você.

Ela achava que Charles estava exagerando. Afinal de contas, ele era o vencedor, o noivo.

— Você age como se ainda estivesse casada com ele — reclamou.

— Isso não é verdade. — Max ficou chocada com o que ele disse. — Que coisa ridícula de se dizer.

— Você se jogou no pescoço dele e o abraçou. E ele não tira as mãos de você.

Charles estava furioso, assim como ela. As acusações dele simplesmente não eram justas. Ela e Blake eram carinhosos um com o outro, mas não havia nada além disso, não em anos.

— Que coisa nojenta de se dizer. — Maxine estava furiosa. — Ele me trata como uma irmã. E ele teve muito boa vontade de falar com você, você mal trocou duas palavras com ele. Blake está dando um jantar de presente a nós. Poderia pelo menos ser educado com ele, poderia se esforçar. Porra, a gente acabou de passar duas semanas no barco dele.

— Não foi ideia minha! — gritou Charles. — Você me forçou a ir. E sabe o que acho desse jantar. Eu também nunca quis isso.

— Você se divertiu no barco — lembrou ela.

— Sim, me diverti — concordou ele —, mas me pergunto se você tem alguma ideia do que é transar com a sua noiva na cama em que ela transava com o ex-marido. Sua vida é assanhada demais para mim, Maxine.

— Ah, pelo amor de Deus, não fique tão nervoso. É só uma cama. Ele não está dormindo nela conosco.

— Mas talvez durma! — retrucou Charles e saiu do quarto.

Ele fez as malas naquela noite e foi para Vermont de manhã. Disse que voltaria para o casamento. Que belo começo. Charles ficou dois dias sem atender suas ligações, o que a deixou magoada, e, quando por fim se falaram, não pediu desculpa por ter ido embora. Ele foi ríspido e frio. Maxine não gostou das acusações, e Charles não gostava de ter Blake por perto, entrando e saindo da casa. Ele falou que Blake agia como se a casa ainda fosse dele, e ela também ficou com raiva disso, dizendo que não era verdade.

— Cadê o noivo? — perguntou Blake no dia seguinte quando foi à casa dela.

— Foi para Vermont — respondeu ela com raiva.

— Opa. Será que estou sentindo o cheiro de desentendimentos pré-nupciais? — brincou ele, ela deu um gemido.

— Não, o cheiro que você está sentindo é o da minha raiva por ele agir feito um babaca.

Podia ser honesta com Blake, mesmo que com as crianças tivesse de parecer feliz. Disse a elas que Charles precisava de um pouco de paz e silêncio antes do casamento, e Daphne revirou os olhos. A filha ficou feliz por ele ter ido embora.

— Por que você está tão irritada, Max? Ele parece um cara legal.

— Eu não sei como pode dizer isso. Ele mal falou com você ontem. Eu achei que Charles foi muito grosso e até falei isso para ele. O mínimo que podia fazer era falar com você direito. E ele deu uma resposta tão ríspida quando o convidou para jogar tênis.

— Ele deve ficar um pouco desconfortável porque o seu ex-marido está por perto. Nem todo mundo é tão tranquilo como nós — comentou ele, rindo —, ou tão loucos.

— Foi isso que ele disse. — Maxine sorriu para Blake. — Charles acha que somos todos malucos. E o bebê de Zelda o deixa irritado.

Ela quis falar "e os nossos filhos também", mas pensou duas vezes antes de lhe dizer isso. Não queria que Blake ficasse preocupado com Charles. E ainda estava certa de que ele e as crianças se acostumariam uns aos outros e que até passariam a se gostar com o tempo.

— Eu tenho que admitir que o bebê de Zellie é meio escandaloso. — Blake sorriu para ela. — Será que ela vai encontrar o botão do volume nessa criança? A mãe dele deve ter se entupido de crack.

— Não deixe que ela escute você falando isso. E ele está melhorando. Só leva tempo.

— Eu não tenho como culpar Charles por não gostar disso — declarou ele. — E você? Já está ficando apavorada?

Blake estava implicando com ela. Maxine deu um leve empurrão nele, como duas criancinhas brincando na caixa de areia.

— Ah, fique quieto. Eu só estou com raiva. Não estou nervosa.

— Devia estar! — disse Daphne atrás da mãe enquanto passava.

— Pode parar com isso! — berrou Maxine e balançou a cabeça.

— Garota chata. Você já contou para eles sobre o orfanato? — perguntou ela a Blake.

— Eu ia contar hoje à noite. Espero que eles achem legal e não fiquem chateados. Pelo visto eles estão cheios de opiniões próprias hoje em dia. Jack acabou de me falar que as minhas calças são curtas demais, meu cabelo muito comprido e que estou fora de forma. Talvez ele esteja certo, mas é meio duro de escutar.

Blake sorria quando Sam entrou e olhou para ele.

— Para mim você está bem, papai — disse ele, aprovando o pai.

— Obrigado, Sam. — Blake o abraçou, e Sam reluziu de alegria.

— Quer comer pizza com a gente hoje à noite? — perguntou ele para Maxine.

— Claro. Eu adoraria.

Ela não tinha mais nada para fazer. Maxine adorava como as pessoas iam e vinham na casa de Southampton, e também gostava da proximidade de Blake. Era uma pena que Charles não conseguisse relaxar e curtir. Quando foi embora, falou que era muita confusão para ele. Disse que parecia um circo, o que não soou como um elogio para Maxine. Ela queria matá-lo em alguns momentos, como agora, antes do casamento. Toda a agitação e todos os detalhes do preparo do casamento faziam o que havia de pior nos dois aflorar. Maxine não estava sendo tão paciente quanto costumava ser e achava que Charles não tinha sido muito educado indo para Vermont assim que Blake chegou. E Blake havia sido muito gentil com ele. Para Maxine, era óbvio que Charles nutria um complexo de inferioridade quanto a Blake. Ela torceu para que isso passasse logo

Blake foi buscar Maxine e os filhos para jantarem naquela noite, e, como já havia planejado, contou a eles sobre o orfanato no Marrocos enquanto comiam. As crianças se surpreenderam por um momento e depois perceberam como era incrível o projeto que o pai estava organizando. Todas falaram que estavam orgulhosas. E Maxine sentiu orgulho dos filhos por gostarem do que o pai estava fazendo.

— A gente pode ir visitar, papai? — perguntou Sam, todo interessado.

— Claro. Podemos todos ir para Marrakech juntos depois. A construção ainda não acabou, mas, quando terminar, eu levo vocês três comigo.

Blake achava que as crianças tinham de ver o orfanato, seria bom para elas. Era bem diferente do mundinho seguro e feliz dos filhos.

Também falou de como Maxine foi incrível ao ajudá-lo no Marrocos. Ele explicou o que fizeram, o que viram, e as crianças prestaram muita atenção. E então, subitamente, Daphne perguntou o que aconteceu com Arabella.

— Eu a mandei embora — respondeu ele. Não precisavam saber o restante da história.

— Assim, de repente? — perguntou Jack.

Blake fez que sim com a cabeça e estalou os dedos.

— Assim, de repente. Eu falei "sai de mim, coisa ruim", e ela se foi. Que nem mágica. Ela desapareceu.

Blake falou com um ar de mistério e todos gargalharam, incluindo ele próprio. Maxine viu que Blake estava lidando melhor com a situação. Recuperou-se rápido. Como sempre. Seus sentimentos pelas mulheres em sua vida nunca eram muito profundos, apesar de Maxine saber que foram mais profundos por Arabella que pela maioria. Mas foi um fim bem desagradável, considerando a cena que ele descreveu. Max sabia que ele não iria contar os detalhes para as crianças, nem deveria, por isso aprovou a forma como ele lidou com o assunto.

— Que bom — comentou Daphne com convicção.

— Aposto que você está feliz — disse o pai dela. — Você foi um demoniozinho com ela em Aspen.

— Não fui, não — retrucou Daphne se defendendo veementemente.

— Foi, sim — disseram Sam, Jack e Blake a uma só voz, e todo mundo na mesa riu, até mesmo Daphne.

— Talvez eu tenha sido, mas não gostei dela.

— Não sei por quê — comentou Blake —, ela foi legal com você.

— Ela era fingida. Que nem quando Charles é legal com a gente. Ele não faz de coração.

Maxine ficou chocada com o comentário da filha.

— Como você pode falar um negócio desses, Daff? Ele não é fingido, só é reservado — protestou ela.

— Ele é fingido. E odeia a gente — disse Daphne com tristeza. — Dá para ver.

Maxine só conseguiu se lembrar do comentário de Charles sobre internatos. O instinto das crianças é incrível. Ela ficou em silêncio.

— Arabella também não queria a gente por perto. Eu não sei por que você e a mamãe não se casam de novo logo. Vocês dois são muito mais legais que as pessoas com quem saem. Vocês arrumam umas pessoas muito esquisitas.

— Obrigado, Daphne — disse Blake pelos dois com um sorriso. — Eu saio com umas pessoas bem legais, sim.

— Não sai, não. São todas idiotas — decretou Daphne, e todos riram de novo. — E a mamãe sai com esses caras chatos, intransigentes e arrumadinhos.

— Isso é uma reação a mim — explicou Blake com leveza. — Ela não achava que eu era maduro o suficiente, então sai com homens bem maduros que não são nada parecidos comigo. Não é, Max? — Ela ficou constrangida com o comentário e não falou nada. — E, além disso, eu e a sua mãe gostamos das coisas como estão. Somos amigos agora. Não brigamos. Podemos sair com vocês. E eu fico com as minhas idiotas e ela com os arrumadinhos dela. O que pode ser melhor?

— Vocês dois se casarem de novo — respondeu Daphne.

— Isso não vai acontecer — retrucou a mãe dela baixinho. — Eu vou me casar com Charles na semana que vem.

— E eu vou dar um jantar de presente para eles — acrescentou Blake para mudar de assunto.

A conversa estava ficando meio pesada demais para eles, apesar de Maxine saber que era normal os filhos quererem que os pais casassem de novo, e um casamento com outra pessoa acabava com essa esperança de uma vez por todas.

— O jantar vai ser ótimo — continuou Blake para cobrir o silêncio incômodo depois dos comentários de Daphne e da resposta de Maxine. — Eu tenho uma surpresa para a noite.

— Você vai sair pelado de dentro do bolo? — perguntou Sam todo animado, a mesa inteira rapidamente se alegrou e começou a rir.

— Charles iria *adorar* isso! — disse Maxine, com a mão na barriga de tanto rir.

— É uma boa mesmo. Eu não tinha pensado nisso — disse Blake com um sorriso.

Ele sugeriu que fossem para a casa que havia alugado e entrassem na piscina depois do jantar. Todos acharam uma ótima ideia. Pegaram suas roupas de banho na casa de Maxine e foram nadar na casa dele. Divertiram-se muito, e as crianças resolveram passar a noite na casa do pai. Blake convidou Maxine para ficar também.

— Eu ficaria — disse ela com sinceridade —, mas, se Charles descobre, ele me mata. É melhor eu ir para casa.

Max dirigiu o pequeno trecho entre a casa de Blake e a dela e deixou os filhos com o pai. Foi uma noite ótima, e os três receberam bem a notícia do orfanato. Maxine estava ansiosa para se encontrar com as crianças e ajudá-las com os traumas que passaram.

Blake saiu e entrou da casa dela várias vezes durante a semana. Maxine percebeu que era mais fácil sem Charles por perto. Ele mal ligou para ela de Vermont, e ela não ligou para ele. Achou que fosse melhor deixá-lo se acalmar, que ele apareceria mais cedo ou mais tarde. O casamento aconteceria em poucos dias.

Charles voltou no dia do jantar oferecido por Blake. Chegou como se tivesse apenas ido comprar pão. Beijou Maxine, entrou no quarto deles e colocou suas coisas no chão. E, quando se encontrou com Blake em casa naquela tarde, foi até civilizado, o que deixou Maxine surpresa e aliviada. Charles estava bem mais calmo do que quando foi embora. Como sussurrou Daphne de forma muito elegante para o pai, parecia que Charles tinha tirado um cabo de vassoura do rabo. Blake olhou para a filha sem acreditar e sugeriu que não falasse o mesmo para a mãe. Blake riu sozinho se lembrando do comentário enquanto dirigia para o clube para verificar se estava tudo certo com o jantar. O que Daphne disse era verdade. Charles parecia mesmo mais tranquilo. Blake só esperava que Maxine fosse feliz com ele. Queria o melhor para ela.

Capítulo 23

Maxine também comprou um vestido novo para o jantar, e, quando Charles a viu com o figurino novo, deu um assobio. Era um tomara que caia longo de tecido dourado-claro e fino que a cobria como se fosse um sarongue. Ela parecia a Grace Kelly jovem. Colocou sandálias douradas de salto alto. Blake decidiu que o traje da festa seria a rigor.

Charles estava alinhado com um blazer preto de um só botão. Quando chegaram à festa, Blake estava usando um blazer branco de dois botões, calças pretas de terno, gravata-borboleta preta e mocassins de couro. Maxine notou imediatamente que ele não usava meias. Ela o conhecia bem, e isso não a surpreendeu. Muitos homens em Southampton faziam isso. Era uma espécie de moda local, apesar de Charles fazer um comentário sobre isso e ter colocado meias. Blake estava incrivelmente lindo, bronzeado e com seus cabelos pretos, e Charles também estava. Os dois eram homens bonitos. E, com seus cabelos loiros e longos e o vestido dourado-claro, Maxine parecia um anjo. Blake disse que só lhe faltavam as asas.

Blake convidou cem pessoas da lista de Max e algumas poucas que ele queria. Havia uma banda com dez integrantes que tocava tudo, desde Motown até músicas dançantes e suingue. E todos estavam muito felizes. O champanhe fluiu que nem água, e Maxine viu que Daphne pegou uma taça. Fez um sinal de que ela só podia tomar uma, e a filha assentiu. Mas Maxine ficaria de olho nela mesmo assim.

Foi divertido ver todos os seus amigos e apresentar Charles para os que não o conheciam. Os pais dela estavam lá, sua mãe com um vestido longo azul-claro e um blazer, e o pai vestia um blazer branco como o de Blake. Era um grupo de pessoas bonitas.

O pai de Maxine parou para falar com Charles pouco antes do jantar e perguntou como foi a viagem de barco. Eles não se viam desde então.

— É um barco e tanto, não é? — disse ele com alegria, e Charles concordou e falou que se divertiram muito. Seria difícil não se divertir lá.

Charles começou a noite dançando com Maxine, os dois pareciam felizes e tranquilos, relaxados um nos braços do outro. Formavam um belo casal. E a festa estava linda. Blake mandou decorar a pista de dança com milhares de flores brancas e lanternas delicadas de papel com detalhes dourados.

Blake fez um discurso espirituoso antes do jantar e contou algumas histórias bem engraçadas de Maxine que fizeram com que todos gargalhassem, incluindo Max. Charles parecia meio incomodado, mas sobreviveu. Ele não gostava do fato de Blake conhecê-la melhor que ele e de ter uma história com ela. Blake desejou tudo de bom para o casal e disse que esperava que Charles se saísse bem melhor que ele na tarefa de fazê-la feliz. Foi um momento emocionante que deixou os olhos de Maxine marejados. E, depois, Charles se levantou e ergueu um brinde ao generoso anfitrião e prometeu fazer o que pudesse para que Maxine fosse amada para sempre. Todos ficaram comovidos.

Blake convidou Maxine para dançar no intervalo da refeição, e eles giraram na pista de dança como Fred Astaire e Ginger Rogers. Sempre dançaram bem juntos.

— O que você disse foi adorável, mas você me fez feliz, sim — corrigiu ela. — Sempre fui feliz com você, Blake. Eu só não via você com frequência e nunca sabia onde estava. Sua vida ficou grandiosa demais para que eu fizesse parte dela depois que ganhou todo aquele dinheiro.

— Minha vida não ficou grandiosa, Max — disse ele com carinho. — Ela não é um milésimo do tamanho da sua. Ela não chegava aos pés da sua vida naquela época. Acho que eu sabia disso e fiquei assustado. Você era bem mais inteligente que eu, e tão mais sábia. Sempre ficou de olho no que realmente importava, como os nossos filhos.

— E você também fez isso — disse ela generosamente —, é só que a gente queria coisas diferentes. Eu queria trabalhar e você queria brincar.

— Acho que existe uma fábula francesa sobre isso. E olha só aonde eu cheguei. Segundo Daphne, eu estou cercado de idiotas.

Eles estavam rindo do comentário quando Charles apareceu e tomou Maxine em seus braços.

— Vocês estão rindo do quê? — perguntou ele, desconfiado. — Pelo visto estavam se divertindo bastante.

— Uma coisa que Daphne falou para ele sobre as idiotas com quem sai.

— Que comentário de se fazer com o pai — disse ele, obviamente em tom de crítica.

— Mas é verdade — disse Maxine rindo de novo.

A dança chegou ao fim e eles voltaram para a mesa. Maxine teve a impressão de que Charles não queria dançar com ela, só queria afastá-la de Blake.

Blake escolheu os lugares perfeitos para os convidados. As pessoas que ela mais amava sentavam-se à mesa de Maxine e Charles, e os amigos de Blake estavam na mesa com ele. Ele não tinha companhia e escolheu colocar a mãe de Maxine ao seu lado direito, o que era apropriado. Charles também notou isso. Ele viu tudo e passou a noite observando os dois. Não desgrudou os olhos de Maxine e Blake. Parecia um homem preocupado. Só relaxava quando Maxine dançava com Jack ou Sam.

Todos continuaram dançando até a meia-noite, depois do jantar. Quando deram as doze badaladas, fogos de artifício estouraram no céu. Blake organizou um show de fogos para eles, e Maxine bateu palmas que nem uma criança. Ela adorava fogos, e Blake sabia disso. Foi uma noite perfeita. Os últimos convidados saíram à uma da manhã. Charles ficaria no hotel naquela noite, como ela havia insistido. No fim, os pais de Maxine resolveram ficar no hotel também, e não com ela. Max dançou uma última vez com Blake e agradeceu pelos fogos. Perguntou a ele se poderia levar Zellie para casa. Ela levaria Charles ao hotel onde ele ficaria hospedado para que não a visse até o casamento. Blake prometeu que levaria todo mundo em meia hora.

Quando a dança acabou, ela voltou para Charles e eles foram embora.

O casamento aconteceria ao meio-dia no dia seguinte. Mas todos concordaram que seria difícil superar aquele jantar. Ela e Charles conversaram sobre isso enquanto iam para o hotel. Ele reclamou, achava que era uma tradição boba. Preferia que tivessem ficado em casa, mas Maxine havia insistido. Charles deu um beijo de boa-noite nela, o que o fez se lembrar de por que estava se casando com ele. Ela o amava, apesar de ser o que Daphne chamou de "arrumadinho". Eles viajariam para Paris na noite seguinte, iam fazer uma viagem de carro no vale do Loire. Para ela, seria a lua de mel perfeita.

— Vou sentir sua falta hoje — declarou ele com a voz rouca, e ela o beijou de novo.

— Também vou sentir sua falta — sussurrou ela dando risadinhas. Havia bebido bastante champanhe, mas não estava bêbada, tinha certeza de que estava sóbria. — Quando eu encontrar você de novo, uns dez minutinhos depois, eu vou ser a Sra. West — disse ela, feliz.

— Mal posso esperar — anunciou ele, e deu um último beijo nela. Depois, relutante, saiu do carro, acenou e entrou no hotel. Maxine foi embora.

Quando entrou em casa, foi para a sala e se serviu de mais uma taça de champanhe. Alguns minutos depois, ouviu o carro de Blake chegando com Zellie e as crianças. Zellie havia deixado o bebê em casa com uma babá, que foi embora assim que eles voltaram, e Zelda fez com que todas as crianças fossem para o segundo andar, para os quartos. Estavam exaustas e foram para o quarto depois de murmurar um boa-noite para os pais, que ficaram sentados conversando no sofá.

Blake estava de bom humor e achou que Maxine estava meio alta, ainda mais do que na festa. Lá, ela parecia sóbria, mas agora não tanto, depois de mais duas taças de champanhe. Ele também pegou mais champanhe. Os dois estavam se divertindo conversando sobre a noite. Blake havia bebido muito, mas continuava sóbrio e parecia um astro de cinema com aquele blazer branco. Na verdade, os dois pareciam grandes astros, e fizeram um brinde.

— Que festa linda! — exclamou ela girando na sala em seu vestido dourado. Rodopiou e caiu bem nos braços dele. — Você dá umas festas tão boas. Foi muito glamorosa, você não acha?

— Eu acho melhor você se sentar antes de cair, sua bêbada — brincou ele.

— Eu não estou bêbada — insistiu ela, o que era um sinal claro de que estava. Ele sempre gostava quando Maxine ficava meio bêbada. Era tão engraçada e tão sensual, e tão raro... mas era uma noite especial. — Você acha que eu vou ser feliz com Charles? — perguntou ela com uma expressão séria. Estava tendo mais trabalho do que nunca para se focar nele.

— Espero que sim, Max — disse Blake sinceramente. Podia ter respondido outra coisa, mas não respondeu.

— Ele é tão maduro, não é? Parece um pouco o meu pai — comentou ela com o olhar meio torto. Ainda assim, estava mais linda que nunca, e ele teve de dizer para si mesmo que não devia tirar vantagem da situação. Não seria justo. Blake não teria feito nada que a ferisse, principalmente não naquela noite. Ele perdeu a viagem, e sabia disso. Trocou o champanhe pela vodca e encheu a última taça de champanhe que Maxine tinha em casa.

— É, ele é um pouco como o seu pai — concordou Blake. — Os dois são médicos.

Ele estava começando a se sentir alegrinho também e não estava nem aí. Se era para encher a cara, a noite era essa.

— Eu sou médica também — informou ela com um soluço. — Uma psiquiatra. Trabalho com traumas. Eu não fui me encontrar com você um dia desses no Marrocos? — Blake e a própria Maxine riram com a própria pergunta dela.

— Você fica diferente com botas. Acho que prefiro com salto alto.

Ela levantou uma de suas lindas pernas, olhou para a sandália dourada e delicada e concordou.

— Eu também. As botas me dão bolhas.

— Vá de salto alto na próxima vez — sugeriu ele, e tomou um gole de vodca.

— Eu vou. Prometo. Sabe de uma coisa — disse ela bebericando o champanhe —, nós temos filhos ótimos. Eu os amo demais.

— Eu também.

— Eu não acho que Charles goste deles — declarou ela franzindo o cenho.

— Eles também não gostam de Charles — disse Blake, e os dois riram sem parar.

Então Maxine olhou fixamente para Blake, como se ele estivesse bem longe.

— Por que a gente se divorciou mesmo? Você se lembra? Eu não me lembro. Você fez alguma coisa ruim comigo? — Ela definitivamente estava bêbada, e ele também.

— Eu me esqueci de voltar para casa. — Blake sorriu com tristeza.

— Ah, foi isso. Agora eu lembro. Que pena. Eu realmente gosto de você... Na verdade, eu te amo — declarou Max sorrindo com bondade para ele, e deu outro soluço.

— Eu também te amo — disse Blake com carinho, e então a sua consciência falou mais alto. — E acho que você devia ir para a cama, Max. Você vai estar com uma ressaca dos infernos amanhã no casamento.

Champanhe era sempre um terror no dia seguinte.

— Você está pedindo para eu ir para a cama com você? — perguntou ela um pouco surpresa.

— Não, não estou. Se eu fizesse isso, Charles ficaria muito puto amanhã e você se sentiria culpada. Mas acho que você devia ir dormir.

Maxine terminou o champanhe assim que ele parou de falar, e naquela altura já estava bem bêbada. O último gole fez toda a diferença, e ele estava se sentindo bêbado também. A vodca fez muito efeito depois de uma noite inteira bebendo, ou talvez fosse o efeito de vê-la daquela forma, naquele vestido dourado. Max era inebriante. Sempre havia sido, para ele. De repente se lembrou, e se perguntou como poderia ter esquecido.

— Por que eu tenho de ir dormir tão cedo? — Maxine fez um beicinho para ele.

— Porque, Cinderela — disse ele segurando-a pelo braço e levantando-a do sofá —, você vai virar abóbora se não for agora. E você vai se casar com o príncipe encantado amanhã.

Ele começou a conduzi-la para o quarto.

— Não vou, não. Eu vou me casar com Charles. Disso eu me lembro. Ele não é o príncipe encantado. Você é. Por que eu vou me casar com ele?

Max ficou séria de repente, e Blake riu e perdeu o equilíbrio, quase deixando-a cair, mas a segurou com mais força. Ela era leve como uma pluma.

— Eu acho que você vai se casar com ele porque você o ama — disse ele, e entrou no quarto de Maxine.

Blake a colocou na cama com cuidado e depois se levantou e olhou para ela, acenando. Os dois estavam para lá de bêbados.

— Ah, que bom — disse Maxine com alegria. — Eu o amo. E realmente devia me casar com ele. Ele é médico. — Ela olhou para Blake. — Eu acho que você está bêbado demais para voltar para casa. E estou bêbada demais para levar você. — Era uma avaliação precisa da situação. — É melhor você ficar por aqui. — Quando ela falou isso, o quarto girou ao redor dele.

— Eu só vou me deitar aqui rapidinho para ficar mais sóbrio, se você não se importar. Aí depois eu vou para casa. Você não se importa, não é? — perguntou ele, e se deitou ao lado dela de blazer e sapato.

— Não me importo nada — respondeu ela, então se virou para ele e apoiou a cabeça em seu ombro. Ainda estava com o vestido e as sandálias douradas. — Bons sonhos — sussurrou ela, fechou os olhos e caiu no sono.

— É o nome do nosso barco — disse Blake com os olhos fechados, e desmaiou.

Capítulo 24

O telefone tocou sem parar na casa de Maxine na manhã seguinte. Eram dez da manhã. Tocou, tocou e ninguém atendeu. Ainda estavam todos dormindo. Sam finalmente escutou o telefone e saiu da cama para atender. A casa estava em silêncio total.

— Alô? — disse Sam.

Ele ainda estava de pijama e bocejou. Todos foram dormir tarde, ele estava cansado. Não sabia onde as outras pessoas estavam, mas sabia que Daphne tinha tomado champanhe demais na noite anterior. Ele prometeu que não contaria para ninguém que ela vomitou quando voltaram para casa.

— Oi, Sam. — Era Charles. Pela voz, estava bem acordado. — Posso falar com a sua mãe, por favor? Só quero dizer "oi". Eu sei que ela deve estar muito ocupada com o casamento.

Maxine tinha avisado que iriam à casa dela para fazer cabelo e maquiagem. Ele tinha certeza de que a casa estava parecendo um zoológico.

— Você pode chamá-la? Vai ser rápido.

Sam colocou o telefone na mesa e foi descalço para o quarto dela. Olhou pela porta, que estava aberta, e viu os pais dormindo com a roupa da noite anterior. O pai roncava. Ele não quis acordar os dois, então voltou ao telefone e disse:

— Eles ainda estão dormindo — disse ele com firmeza.

— Eles?

Charles sabia que não era Sam, pois estava conversando com ele. Então com quem ela estava dormindo àquela hora no dia do casamento? Não fazia sentido.

— O meu pai está lá também. Ele está roncando — explicou Sam. — Eu aviso que você ligou quando ela acordar.

O telefone ficou mudo antes de Sam desligar. O menino voltou para o quarto no segundo andar. Não tinha ninguém acordado, então ele não viu por que teria de se arrumar. Ligou a TV e, pela primeira vez, não ouviu nem o bebê de Zellie. Parecia que estavam todos mortos.

A cabeleireira e a maquiadora chegaram pontualmente às dez e meia. Zelda pediu que entrassem, se deu conta da hora e foi acordar Maxine. Ficou surpresa quando viu Blake dormindo ao seu lado, mas deduziu o que tinha acontecido. Os dois estavam vestidos. Devem ter enchido a cara na noite anterior. Cutucou Maxine com gentileza no ombro, e, depois de várias tentativas, ela finalmente se mexeu e olhou para Zelda com um gemido. Imediatamente fechou os olhos e levou as mãos à cabeça. Blake ainda dormia profundamente ao seu lado, roncando feito um buldogue.

— Ai, meu Deus — disse Maxine, e fechou os olhos por causa da claridade. — Ai, meu Deus... Eu estou com um tumor no cérebro e estou morrendo.

— Acho que pode ser por causa do champanhe — comentou Zelda baixinho tentando não rir dela.

— Pare de berrar! — pediu Maxine com os olhos fechados.

— A senhora está péssima — confirmou Zelda. — A cabeleireira e a maquiadora estão aqui. O que eu falo para elas?

— Eu não preciso de uma cabeleireira — disse ela, tentando se sentar. — Preciso de um neurocirurgião... Ai, meu Deus! — exclamou, olhando para Blake. — O que ele está fazendo aqui? — E então se lembrou. Olhou para Zelda, espantada.

— Acho que está tudo bem, vocês dois estão vestidos.

Maxine o cutucou e o sacudiu para que acordasse. Ele se mexeu e gemeu da mesma forma que ela.

— Talvez seja uma epidemia de tumores no cérebro — sugeriu Zelda enquanto Blake abria os olhos e olhava para as duas com um sorriso.

— Eu fui sequestrado. Oi, Zellie. Então o seu bebê não está berrando?

— Acho que ele se cansou. Querem alguma coisa?

— Um médico — disse Maxine. — Não... Merda... Nem pensar. Se Charles visse isso ele ia me matar.

— Ele não precisa saber — declarou Zelda com firmeza. — Não é da conta dele. E a senhora ainda não é esposa dele.

— E nunca vou ser se ele souber disso — gemeu Maxine.

Blake estava começando a achar que não era má ideia. Ele se levantou, testando como as pernas bambas se comportariam, ajeitou a gravata e caminhou até a porta cambaleando.

— Vou para casa — anunciou ele como se fosse uma ideia revolucionária.

— Beba bastante café quando chegar — sugeriu Zelda. Ela achava que os dois ainda estavam bêbados, ou com a pior ressaca do mundo. — Quanto beberam, gente? — perguntou Zelda para Maxine quando o ouviram fechar a porta ao sair.

— Muito. Champanhe sempre acaba comigo — disse Maxine saindo da cama, ao mesmo tempo que Sam entrou para falar com ela.

— Cadê o papai? — perguntou ele à mãe.

Maxine estava bem pior que Daphne, que também estava de ressaca.

— Foi para casa.

Ela andou na ponta dos pés e sentiu fogos de artifício explodindo na cabeça. Era como o show da noite anterior, só que não tão bonito.

— Charles ligou para você — anunciou Sam.

A mãe parou, congelada, e parecia ter levado um tiro.

— O que você falou para ele? — perguntou com uma voz rouca.

— Falei que você estava dormindo. — Max fechou os olhos de tanto alívio. Nem se atreveu a perguntar se tinha mencionado o pai. — Ele disse que estava ligando só para dar "oi" e que veria você no casamento ou alguma coisa assim.

— Não posso ligar para ele. Estou muito mal. Charles vai saber que fiquei bêbada ontem à noite e vai se preocupar.

— A senhora vai vê-lo no casamento — disse Zelda. — Está um trapo, temos de arrumá-la. Tome um banho, eu pego o café.

— Boa... Isso... Ótima ideia.

Max entrou no banho, e parecia estar levando facadas na cabeça. Enquanto estava no banho, Zelda subiu para acordar as crianças. Daphne parecia tão mal quanto a mãe. Zelda brigou com ela e prometeu que não ia contar nada. Jack se levantou e desceu para tomar café. Estava bem. Tinha bebido apenas uma taça de champanhe e refrigerante o resto da noite, o que fez com que não acabasse como a irmã.

Zelda fez com que Maxine tomasse duas xícaras de café e comesse ovos mexidos, sob protestos, e lhe deu duas aspirinas. A cabeleireira começou o trabalho na cozinha mesmo. Até a maquiagem doía, e fazer os cabelos era ainda pior. Mas tinha de ajeitá-lo. Não podia aparecer no casamento de rabo de cavalo e sem maquiagem.

Em meia hora, Maxine estava toda maquiada e mais linda que nunca. Sentia-se péssima, mas não parecia. A mulher fez um trabalho excelente, o rosto de Maxine reluzia. A cabeleireira prendeu os cabelos de Maxine em um coque francês e colocou uma pequena fileira de pérolas nele. Max mal conseguia se mover quando se levantou, e havia navalhas perfurando seus olhos sempre que olhava para a luz.

— Eu juro que estou morrendo, Zellie — comentou ela, fechando os olhos um minuto.

— Vai dar tudo certo — garantiu Zellie.

Daphne desceu, pálida, cabelos bem penteados, brilho nos lábios. Era tudo o que a mãe permitiu que colocasse. Maxine estava mal demais para perceber que Daphne também estava de ressaca; nem Sam nem Zellie falaram nada.

Faltando vinte minutos para o meio-dia, todas as crianças, incluindo Daphne, estavam prontas. Zelda obrigou Daphne a colocar o vestido, ameaçando contar que tinha ficado bêbada se não obedecesse. Funcionou. Depois, Zelda foi pegar o vestido e os sapatos de Maxine, que estava em pé na cozinha que nem um cavalo doente com os olhos fechados.

Max colocou os sapatos e deixou que Zelda ajudasse com o vestido. Ela fechou o zíper e a cinta. Seus filhos levaram um susto quando a viram. Parecia uma princesa encantada.

— Você está muito linda, mãe — comentou Daphne, com sinceridade.

— Obrigada. Estou me sentindo uma merda. Acho que estou resfriada.

— Você e o papai ficaram bêbados ontem à noite — disse Sam, rindo, e a mãe lançou um olhar sério para ele.

— Não conte para ninguém. Principalmente para Charles.

— Prometo. — Ele nem se lembrava de ter contado para Charles que o pai estava roncando.

Os carros estavam esperando por eles. Um minuto depois, Zelda apareceu com um vestido vermelho de seda, sapatos pretos de couro e segurando o bebê. Ele tinha começado a se mexer, mas ainda não estava chorando. Maxine sabia que, se ele berrasse, ia partir sua cabeça ao meio. Implorou em silêncio a ele que não começasse. Eles iam se encontrar com os pais dela e Blake na igreja. Charles estaria esperando por ela no altar. De repente, em grande parte por causa da ressaca fenomenal, achou ela, a ideia de entrar na igreja e de se casar a fez se sentir meio enjoada.

Havia um carro para Zellie e as crianças e outro para ela. Maxine encostou a cabeça no assento e fechou os olhos a caminho da igreja.

Era a pior ressaca de sua vida. Estava convencida de que Deus a estava castigando porque ela passou a noite com Blake. Isso não devia ter acontecido. Mas, pelo menos, foi só isso.

A limusine dela estacionou atrás da igreja às onze e cinquenta e cinco. A limusine com as crianças estava logo atrás. Eles conseguiram. Maxine caminhou até a casa paroquial com o máximo de firmeza que conseguia, seus pais a esperavam lá. Blake devia pegar as crianças antes da cerimônia, e ele entrou logo atrás dela. Estava pior que ela. Formavam um casal perfeito. Dois bêbados arrependidos. Ela sorriu cheia de dor para ele. Blake gargalhou e deu um beijo em sua testa.

— Você está deslumbrante, Max. Mas está um trapo.

— É, você também. — Ela estava feliz por vê-lo.

— Desculpe por ontem à noite — sussurrou ele. — Eu não devia ter deixado você tomar o último champanhe.

— Não se preocupe, tomei porque eu quis. Acho que queria ficar bêbada.

Os pais dela escutavam com interesse, e então a porta da casa paroquial foi escancarada e Charles entrou que nem um furacão. Ele olhou para todo mundo com olhos enfurecidos e depois para Maxine em seu vestido de noiva. Não era para ele vê-la. Era para estar no altar. Olhou para ela com raiva. O florista lhe entregou o buquê e tentou prender uma pequena orquídea na lapela de Charles. Ele o afastou.

— Você estava com ele ontem à noite, não estava?! — berrou com Maxine e apontou para Blake.

Ao ouvir isso, levou as mãos à cabeça.

— Ai, meu Deus do céu, não grita!

Charles olhou para ela e para Blake e percebeu que Maxine estava bêbada. Nunca a tinha visto assim.

— Eu bebi demais e ele caiu no sono — explicou ela. — Não aconteceu nada.

— Eu não acredito em nenhuma palavra que você diz! — retrucou ele com ódio. — Vocês são loucos, todos vocês. Vocês dois parecem que ainda estão casados. Seus filhos são uns pentelhos. Bebês viciados em crack, veleiros, mulheres idiotas. Vocês são doentes, todos vocês. Eu não vou me casar com você, Maxine. Nem que me pagasse, eu entraria nessa família. E tenho certeza de que você nunca parou de dormir com ele.

Quando falou isso, Maxine começou a chorar. Antes que ela pudesse responder, Blake deu um passo à frente e segurou Charles pela lapela de seu terno cáqui, erguendo-o do chão.

— Você está falando com a minha esposa, seu escroto engomadinho. E essas crianças pentelhas são os meus filhos! E me deixe falar uma coisa, seu babaca. Ela não se casaria com você nem por um cacete. Você não serve nem para lustrar os sapatos dela, então vá embora e saia da nossa frente.

Ele jogou Charles porta afora. Charles se virou e saiu correndo. Maxine ficou olhando para Blake.

— Que merda! O que eu vou fazer?

— Você queria se casar com ele? — perguntou Blake com um olhar preocupado.

Ela balançou a cabeça, e o movimento quase a matou.

— Não queria, não. Descobri isso ontem à noite.

— Quase tarde demais — comentou Blake.

As crianças comemoraram. Foi a primeira vez que viram o pai em ação, e adoraram vê-lo colocando Charles para correr. Na opinião deles, ele já foi tarde.

— Bem, digamos que o dia começou interessante — comentou Arthur Connors, olhando para o ex-genro. — Você sugere que eu faça o que agora? — Ele não estava triste, apenas preocupado.

— Alguém tem de avisar a todo mundo que o casamento foi cancelado — disse Maxine, jogando-se em uma cadeira vazia.

As crianças comemoraram de novo, e Zelda sorriu. O bebê nem se mexeu, estava dormindo profundamente. Talvez ele simplesmente não gostasse de Charles.

— Seria uma pena desperdiçar um vestido desses — disse Blake olhando para ela. — E as flores estavam lindas quando dei uma olhada na igreja. Que tal a gente usar isso tudo para um bom objetivo? — Ele olhou para Max com seriedade e baixou a voz para que ninguém mais ouvisse. — Eu prometo que dessa vez eu volto para casa. Não sou mais tão burro quanto antes. E já não estou atrás de mulheres idiotas, Max.

— Que bom — disse ela baixinho olhando nos olhos dele.

Maxine sabia que ele estava dizendo a verdade, que dessa vez voltaria para casa. Talvez até ficasse lá. Ainda era um cafajeste, e ela gostava disso nele, mas havia crescido. Os dois cresceram. Ela não esperava mais que Blake fosse outra pessoa, queria que fosse apenas Blake. E descobriu que amava a pessoa que era quando estava com ele. Eles instigavam o melhor um do outro.

— Max?

Ele a sacudiu. Eram meio-dia e meia, os convidados já estavam esperando havia meia hora enquanto a música tocava.

— Sim — aceitou ela em voz baixa, e ele a beijou.

Era o que os dois queriam fazer na noite anterior. Foi preciso que Charles aparecesse na vida deles para que os dois reatassem. Charles era tudo o que ela deveria querer, mas tudo o que ela queria, tudo o que sempre quis, era Blake.

— Vamos! — disse Blake, entrando em ação. Ele esqueceu a ressaca, e Max estava melhor também. — Jack, você leva a vovó até o altar. Sam, você leva a Zellie. Daffy, você entra comigo. Pai — ele olhou para o sogro e eles trocaram um sorriso —, falando nisso, por você tudo bem? — Não que isso fosse fazer muita diferença, mas Blake não queria que ele se sentisse excluído.

— Ela teria morrido de tédio com o outro cara — comentou Arthur com um sorriso enorme para Blake —, e eu também — acrescentou.

Maxine deu uma gargalhada.

— Esperem uns cinco minutos e aí vocês dois entram.

O pastor já estava no altar esperando havia meia hora, perguntando-se o que havia acontecido.

Todos saíram correndo, e os convidados observaram a família entrando na igreja. Todos reconheceram Blake e ficaram meio surpresos quando ele e Daphne pararam no altar. Sam e Jack se uniram aos dois um minuto depois. Obviamente era um casamento muito liberal e moderno, no qual o ex-marido ajudava a dar a mão da noiva. Os convidados ficaram impressionados e um pouco surpresos. Zellie e a mãe de Maxine se sentaram, esperando pela entrada de Max com o pai. A música mudou de repente, e ela caminhou na direção de Blake, olhando apenas para ele. Seu pai estava muito feliz. Ela não desviou o olhar de Blake. Os dois se entreolharam, e todos os anos que compartilharam, os bons e os ruins, se uniram em um momento de luz.

O pastor os observava e entendeu o que havia acontecido. Blake se inclinou para falar com ele e sussurrou que eles não tinham licença para se casar.

— Fazemos a cerimônia hoje — sussurrou o pastor —, tiramos a licença na segunda e refazemos a cerimônia só entre nós. Pode ser assim?

— Perfeito. Obrigado — disse Blake, respeitoso, e voltou a olhar para a noiva.

Ele e Arthur trocaram um aperto de mãos. Arthur deu um tapinha no ombro de Blake e sussurrou um "bem-vindo de volta".

Blake voltou toda a sua atenção para Maxine e tomou o lugar ao lado dela. As crianças olharam e perceberam que tanto a mãe quanto o pai estavam com os olhos marejados.

O pastor se virou para os presentes e os olhou solenemente.

— Meus queridos — começou —, estamos aqui reunidos hoje para unir este homem e esta mulher, e, pelo que entendi, ou pelo que posso ver, eles já foram unidos um dia — olhou para as crianças sorrindo — e tiveram belos resultados. E quero que todos vocês saibam que, quando realizo um casamento, ele perdura. Então não vão voltar aqui pedindo outra chance. — Ele olhou diretamente para Maxine e Blake, que se entreolhavam radiantes. — Então tudo bem, vamos lá.

"Estamos aqui reunidos para consagrar a união deste homem e desta mulher..."

Maxine não conseguia ver nada além de Blake, e Blake não conseguia ver nada além de Maxine, e os dois só ouviam um ao outro e o zumbido da ressaca, até que ambos disseram "aceito", se beijaram e caminharam até a saída da igreja. E dessa vez não foram apenas as crianças e o pastor que comemoraram, mas todos os presentes.

Não foi o casamento que os convidados esperavam, nem o que Maxine e Blake esperavam, mas foi o casamento que devia acontecer, o que estava destinado aos dois. Foi o casamento entre duas pessoas que sempre se amaram, e cada um deles, à sua maneira, por fim amadureceu. Foi uma união perfeita entre um cafajeste encantador e amável e sua noiva muito feliz.

Arthur Connors deu uma piscadela para aos dois quando passaram por ele na igreja. Blake retribuiu, e Maxine deu uma gargalhada.

Este livro foi composto na tipologia Adobe
Garamond Pro, em corpo 13/16, e impresso
em papel off-white no Sistema Cameron da
Divisão Gráfica da Distribuidora Record.